KB017168

이스라엘

평화가 사라져버린 5,000년 성서의 나라

이스라엘

평화가 사라져버린 5,000년 성서의 나라

김종철 지음

리수

프롤로그

10년 전 처음 이스라엘을 방문한 이후로 벌써 20여 차례나 다녀왔다. 때로는 분쟁, 폭탄 테러의 뉴스가 전세계를 뒤숭숭하게 할 때도 굳이 이스라엘을 찾아가는 나에게 사람들은 묻는다. "왜 그렇게 이스라엘을 자주 가느냐?" 심지어는 이스라엘 사람도 내게 묻는다. "왜 자주 오느냐?"

이스라엘은 참으로 매력 있는 나라다. 우리 나라보다도 훨씬 작은 땅에 바다와 호수, 강과 만년설, 사막과 광야가 있다. 자연도 변화 무쌍하다. 현대의 도시 속에 최첨단 기술 연구소가 있는가 하면, 5,000년 전의 흔적이 눈을 돌리는 곳마다 기다리고 있다. 실탄이 장전된 총을 맨 군인들이 가는 곳곳마다 지키고 있는가 하면, 밤이면 터질듯 꽉 죄는 청바지를 입은 젊은이들이 거리에 앉아 커피를 마시는 낭만이 있는 곳이다. 누군가가 자기 얼굴을 알아볼까봐 그러기나 하는 듯 얼굴을 칭칭 감고 눈만 내놓는 헤잡을 뒤집어쓴 아랍 여인이 있는가 하면, 그 옆으로는 허리춤이 다 드러나는 탱크탑을 입은 이스라엘 여인이 헤나 문신을 한 팔을 흔들며 지나가고 있는 곳이다.

때만 되면 곳곳의 첨탑에서 들려오는 무슬림의 기도 소리가 시끄럽게 들리다가도, 잠시 후면 어디서 무슨 일이 생겼는지 앰뷸런스의 사이렌 소리가 고막을 찢으며 지나가는 곳이다. 한 무더기의 무슬림들이 물결처럼 지나간 골목을 다음날이면 또 검은 옷을 입은 유대인들이 물결처럼 지나간다. 그 장면은 마치 흰색의 물결과 검은색의 물결, 흑백의 대결 같아 보이기까지 하다. 이슬람, 유대교, 기독교, 가톨릭, 이집트의 콥틱, 러시아 정교, 그리스 정교 등 수십 가지의 종교인들이 그 좁은 땅 덩어리에서 서로 복닥거리면서 살아가고 있다. 한마디로 인종 전시장이며 종교 전시장이다.

가는 곳마다 성경책이나 역사책에서 반드시 한 번쯤 들어봤을 만한 유적지가 있고 수천 년의 역사와 문화가 지금도 그대로 살아서 팔딱거리고 있다. 국제 뉴스에서나 봤을 만한 팔레스타인과 이스라엘 군인과의 부닥침, 이 둘을 갈라놓는 분리 장벽, 끝도 없는 검문 검색, 수천 년 전의 역사적 사실 때문에 영토를 주장하는 이스라엘 사람들과 그들을 불법 무단 점령군이라 주장하는 팔레스타인 사람들의 항변을 눈으로 보고 들으면서 정복자의 오만함과 피정복자의 서러움을 절실하게 깨달을 수 있는 곳이다.

이스라엘은 찾아갈 때마다 늘 다른 모습이다. 항상 그 곳에 살고 있는 사람들은 잘 모르겠지만 어쩌다 한 번씩 찾아갔을 때 느껴지는 그 반가움과 변화된 모습들은 새로운 여행의 기쁨을 알게 한다. 이스라엘 여행은 단순한 관광이 아니다. 역사와 문화와 국제 정치와 분쟁과 전쟁과 인권과 유대인, 중동 아랍인의 생활, 성경 이야기, 그리고 레저와 휴식이 동시에 충족되는 새로운 체험이다.

그 체험을 즐기기 위해 나는 이스라엘을 찾아간다. 갈 때마다 새로운 것을 알게 되고 갈 때마다 새로운 이야기를 듣고 갈 때마다 새로운 곳을 찾아가게 된다.

이스라엘은 흥미 진진, 변화 무쌍 그 자체다. 유대인은 보통 사람들이 아니다. 뭔가 특별하다. 분명히 뭔가가 있다. 팔레스타인 사람들도 독특하다. 그들의 이야기는 언제 들어도 늘 진지하다. 그리고 꼭 들어줘야 한다. 약자는 서러운 거니까.

이 책은 내가 지난 10년 간 20여 차례 개인적인 여행을 목적으로 찾아갔을 때와 방송 프로그램의 제작을 위해 이스라엘에 가서 듣고, 보고, 배우고, 느끼고, 먹어보고, 부딪쳐보고, 싸우고, 찍고, 녹음하고, 받아 적고, 주워 모으고, 얻어온 것들을 정리한 내용이다.

이스라엘에 관심 있고 찾아가보고 싶은 독자, 찾아가지는 못하지만 그래도 좀 더 자세히 알고 싶거나 다른 책에선 볼 수 없는 내용을 보고 싶어하는 분들에게 큰 도움이 되고 싶다.

2006년 7월

김종철

차례

3부. 유대인 이야기

4부. 팔레스타인 이야기

1부

5,000년 성서의 역사가 살아 숨쉬는 땅

예루살렘, 5,000년 성서의 역사가 살아 숨쉬는 땅

다윗과 솔로몬의 숨결이 남아 있는 곳

예루살렘의 역사는 이스라엘의 역사와 그 맥락을 같이 한다. BC 1000년경, 다윗은 왕이 된 이후에 여부스 족속이 살고 있던 예루살렘을 점령하여 수도로 정하고, 이 곳에 도시를 세웠다. 그후로 다윗의 아들인 솔로몬 왕이 지금의 엘 아크사 사원 자리에 아름다운 성전을 지었는데, 왕궁도 만들었고 외부의 세력을 막을 수 있는 망루도 건설하는 등 예루살렘을 성역화하는 작업을 해냈다. 다행스럽게도 그 당시에 세운 도시가 아직까지 그 흔적이 남아 있어, 예루살렘엔 지금도 다윗 왕과 솔로몬 왕의 애정이 담긴 그 숨결을 느낄 수 있다.

하지만 예루살렘의 영화는 다윗과 솔로몬만이 누려야 했다. 그 뒤로 아시리아의 왕 산헤립이 쳐들어오고, 기원전 587년 바빌론의 왕인 느부가넷살이 공격해온 뒤로 결국 예루살렘의 영화는 막을 내리게 되었기 때문이다.

예루살렘의 슬픈 역사

그 이후로 예루살렘은 2,000년 동안 20여 차례나 주인이 바뀌고, 10여 차례나 완전히 파괴되어버리는 비운을 맞게 된다. 바빌론에 의해 예루살렘은 불에 타서 초토화되고 이스라엘 백성은 이 곳에서 모두 쫓겨나고 만

1. 황금 사원 2. 엘 아크사 사원 3. 통곡의 벽 4. 분 문 5.야파 문 6.새 문 7. 다마스커스 문 8.헤롯 문 9. 스테반 문 10.황금 문 11 스테반 기념 교회 12. 만국 교회와 겟세마네 동산 13. 겟세마네 동굴 14. 눈물 교회 15. 선지자들의 무덤 16. 감람산 정상 17. 유대인들의 무덤 18. 주기도문 교회 19 예수 승천 교회 20. 키드론 계곡 21 불에 탄 집 22. 아르메니안 지역 23 고고학 박물관 24 유대인 지역 25 크리스천 지역 26 성 분묘 교회 27. 베데스다 연못 28 아랍 지역 29 정원 무덤

18
15
17
3

다. 기원전 539년에 바빌론이 멸망하자 이스라엘 백성은 고향으로 돌아오지만 다시 페르시아의 통치를 받게 된다. 솔로몬 성전이 있던 장소에 제2성전을 짓도록 허용하는 등 페르시아는 그래도 조금 나은 편이었다. 그 뒤로 알렉산더 대왕의 세계 정복에 항복하여 알렉산더의 손에 넘어갔다가, 다시 이집트의 지배를 거쳐, 로마가 예루살렘을 침략한 AD 70년에는 아예 쑥대밭이 되기도 했다.

예루살렘의 슬픈 역사는 그 이후로도 계속된다. 4세기경에는 로마의 콘스탄티누스 황제의 어머니인 헬레나로 인해서 한동안 기독교 부흥기를 맞이하지만, 다시 페르시아가 쳐들어와서 예루살렘을 폐허로 만들었다.

638년에는 이슬림 군대의 지배를 받게 된다. 예루살렘은 회교도에게도 굉장히 의미 있는 도시이기 때문이다. 왜냐하면 메카에서 자고 있던 마호메트가 천사들의 부름을 받아 마법의 말을 타고 하늘로 올라가 예루살렘까지 여행을 했는데, 마침내 현재의 엘 아크사 사원이 있는 자리에서 승천을 했다고 믿기 때문이다. 결국 예루살렘은 7세기부터 11세기까지 이슬람의 지배를 받게 된다.

하지만 잃어버린 기독교 국가를 찾기 위해 원정온 십자군에 의해 다시 점령되어 약 1세기 동안 많은 교회를 만들다가, 13세기 중엽에는 이집트의 마믈묵 왕이 지배를 하고, 또다시 19세기까지 터키의 지배를 받게 된다.

이렇듯 예루살렘은 다윗 왕과 솔로몬 왕 시대 이외에는 2,000년 동안 단 한 순간도 자신의 자치 국가를 이루지 못하는 비운의 도시로 존재해왔다.

주변 국가가 예루살렘을 침 삼켰던 이유

그렇다면 예루살렘은 왜 이렇게 수많은 외부의 침략을 받아야만 했고 주인이 계속 바뀌어야만 했을까? 해발 600~700미터의 고지대에 위치하고 있는 예루살렘 성은 주변에 키드론 계곡과 힌놈 계곡 등이 있어서 성문을 닫으면 쉽게 접근하기 힘든 천혜의 전략적 위치에 자리잡고 있다. 그리고 중동 지역의 가장 큰 문제인 식수를 해결할 수 있는 기혼 샘이 있어서 얼마든지 성문을 닫고도 견딜 수 있다는 점도 매력이다. 게다가 밑으로 이집트와 아프리카 대륙, 위로는 시리아와 터키가 있으며, 동쪽으로는 요르단과 이라크 등 중동 아시아 대륙이 펼쳐지고, 왼쪽으로는 60여 킬로미터 떨어진 곳에 지중해가 있어서 중동 여러 국가가 유럽으로 진출하는 관문이 되기도 하는 곳이다.

특히 구약 때부터 남쪽의 이집트와 아프리카 대륙이 중동 지역과의 상업적 교류를 하는 데 있어서 반드시 예루살렘을 거쳐야만 했고, 그 능선의 꼭대기에 위치한 예루살렘 성은 자연히 침략 대상으로 눈독을 들이기에 충분했던 것이다.

더군다나 예루살렘은 유대교, 기독교의 성지이자 이슬람교의 성지이기 때문에 서로 성지를 차지하려는 전쟁이 끊이지 않았던 점 또한 예루살렘의 주인이 수없이 바뀌어야만 했던 이유 중의 하나이다.

과거와 현재가 공존하는 곳

현재의 예루살렘은 16세기 중반 오스만 터기 제국의 황제 슐레이만 1세가 세운 예루살렘 성을 기준으로 해서, 성 안의 도시는 올드시티Old City로 그 외에는 1세기 전부터 새롭게 현대식으로 세운 뉴시티New City로 나뉘어져 있다.

서울의 여의도보다 훨씬 작은 크기의 올드시티는 가로 세로 약 1킬로미터밖에 안 되는 작은 동네로, 복잡하고 오래 된 건물이 밀집되어 있어서 자동차가 다닐 수 있는 골목도 기껏해야 몇 군데에 불과하다. 그런데도 이 예루살렘 성 안에는 아랍 지역과 아르메니안 지역, 크리스천 지역, 유대인 지역으로 4등분이 되는데, 각 지역마다 건물의 양식이나 지역의 분위기가 확연히 구분된다. 유대인 지역은 거리와 집들이 잘 정돈되어 있으며 은행과 서점, 귀금속 가게와 햄버거 집들이 있을 만큼 부유한 분위기가 나지만, 아랍 지역은 지저분하고 복잡하며 밤길도 어두운 편이다. 반면에 아르메니안 지역은 인적이 드물어서 적막한 분위기가 돌 정도이다. 물론 각 지역에 사는 사람들은 될 수 있으면 남의 구역에는 찾아가지 않으려 한다. 물론 외국에서 온 관광객은 예외지만.어쨌든 작은 도시 안에서도 이렇게 네 가지의 다양한 민족과 건물 양식, 생활 방식을 한꺼번에 두루 둘러볼 수 있는 셈이다.

뉴시티는 현대식 건물과 잘 정돈된 도로 시설들이 있어서 각종 관공서와 상업 빌딩, 호텔 등으로 이루어져 있다. 예루살렘은 신시가지와 구시가지가 공존하는 그래서 과거와 현재를 동시에 느낄 수 있는 아주 특이한 곳이라고 할 수 있다.

긴장과 기도로 뒤범벅이 된 도시 예루살렘

현재 예루살렘은 약 40만 명이 모여 사는 경제 도시 텔아비브보다도 인구가 훨씬 많은 약 60만 명으로 이스라엘에서 가장 큰 도시이다. 그러면서도 이스라엘의 수도는 예루살렘이 아니라 텔아비브다. 이스라엘 정부는 예루살렘이 수도라고 생각하고 국회를 예루살렘에 두고 있지만 문제는 국제 사회다. 아직은 예루살렘이 이스라엘의 수도라고 볼 수 없다는 것이다. 그래서 이스라엘에 있는 미국 대사관이나 영국 대사관 같은 공관도 모두 텔아비브에 있다. 국제 사회에서 수도로 인정받지 못하는 불운의 도시가 바로 예루살렘이다.

3,000년의 역사를 고스란히 간직하고 있는 올드시티와 높은 빌딩이 솟아있는 뉴시티가 나란히 이웃하고 있는 예루살렘은 특히 성으로 둘러싸인 올드시티를 기점으로 동쪽은 소위 말하는 팔레스타인 사람들이 모여 사는 서안 지구west bank가 있고 올드시티의 서쪽엔 주로 유대인들이 모여 산다. 그런데 예루살렘 성의 동쪽에 있는 곳이 왜 서안지구가 되었을까? 그것은 현재 이스라엘과 요르단의 국경을 이루고 있는 요단 강을 기준으로 봤을 때 서쪽 지역이기 때문에 서안 지구라고 한다. 지금이야 서안 지구도 이스라엘의 영토가 되어 이스라엘의 통제를 받고는 있지만, 서안 지구와 예루살렘의 올드시티도 1967년 6일 전쟁 이전에는 요르단 국가의 영토였다. 그래서 아직도 서안 지구와 올드시티 안에는 팔레스타인 사람들이 많이 거주하고 있다.

특히 올드시티 안에는 작은 성 안에 100여 개의 골목과 1,000여 개의 상점, 3,000년의 역사를 가진 수많은 크고 작은 유적지들이 있으며, 약 3만 명의 팔레스타인, 유대인들이 함께 살아가는 아주 복잡하고 시끄러운 곳이다.

더군다나 유대인들과 아랍인들이 모두 신성시 여기는 통곡의 벽과 황금 사원이 있는 곳이라 늘 유대인과 아랍인들이 팽팽하게 긴장하고 있는 곳이기도 하다. 늘 팔레스타인 사람들은 모이면 유대인들을 원망하고 저주하고, 유대인 군인들은 끊임없이 이들을 감시하고 못마땅하게 생각한다. 그래서 지금도 늘 충돌이 일어나고 총도 쏘고 피를 흘리며 쓰러지기도 하고 돌멩이를 던지는 등 살벌한 분위기가 자주 일어난다.

하루에도 몇 번씩 돌로 쌓아올린 탑 꼭대기에 매달린 스피커에서 모슬렘의 기도 소리가 시끄럽게 들려나오고 금요일 정오만 되면 평소엔 모두 어디에 숨어지내는지도 모를 아랍인들이 머리엔 하얀 하타머리에 두루는 두건를 뒤집어 쓴채 골목 골목에서 나와 황금 사원을 향해 구름떼처럼 몰려간다. 그런가 하면 뜨거운 태양이 내리쬐는 한여름에도 검은 털모자와 검은 코트를 껴입은 유대인들이 또 어디선가 나타나 구석 구석 골목을 통해 통곡의 벽으로 몰려들어 알아듣지 못할 말로 기도를 한다. 조금만 정신을 잃으면 뭐가 뭔지 모를 정도로 정신이 없지만 그래도 나름대로 톱니바퀴가 맞물려 돌아가듯 잘 돌아간다. 사실 잘 돌아가는 것은 아니다. 늘 언제 어디서 어긋날지 모를 정도의 팽팽한 긴장감이 돌고 있으며 또 어느 순간엔가는 '팍' 하고 터지기도 한다.

그런 긴장감 속을 뚫고 지나가는 수많은 순례자와 여행자들…. 하루가 멀다하고 뉴스에선 팔레스타인 분쟁, 폭탄 테러, 자살 테러의 소식이 끊이지 않는데도 마다 않고 그곳을 찾아오는 전세계의 성지 순례자들, 이들은 아이러니하게도 분쟁중인 곳을 평화의 땅으로 간주하고 찾아오고 있다. 이렇게 넌센스가 이뤄지고 있는 땅이 바로 현재의 예루살렘이다.

그런가 하면 세계에서 찾아오는 젊은 여행자들은 왜 그리도 많은지….

아무리 예루살렘 시내 곳곳에서 폭탄이 터지고 수십 명이 그 자리에서 즉사했다는 기사가 나가도 미국이나 독일, 일본, 남아공 등의 나라에서 온 젊은 배낭 여행자들이 하루에도 수천 명씩 몰려드는 곳이 또 예루살렘이다. 여름철 같은 한창 시즌엔 배낭 여행자들의 숙소인 유스호스텔에도 침대가 없어 여기 저기 돌아다녀야 할 정도이다.

폼으로 들고 다니는 총이 아닌 실제 총알이 장전된 M16 소총과 권총을 휴대하고 다니는 군인들을 너무도 쉽게 만날 수 있는 곳, 그리고 또 그렇게 완전 무장하고 경계 근무를 서고 있는 군인에게 다가가 인사하고 함께 사진도 찍을 수 있는 여유도 있는 곳, 예수님이 십자가를 지고 가셨다는 비아 돌로로사를 따라 줄지어 늘어선 수많은 상점과 기념품 가게, 그리고 팔레스타인 사람들을 위한 재래식 시장에서 들려나오는 시끄러운 음악소리와 손님 끄는 외침, 양이 배가 갈라진 채로 거꾸로 매달려 있는 푸줏간에서 흘러나오는 물들로 질퍽거리는 바닥…. 또 어느 순간엔가는 요란한 사이렌 소리를 내며 지나가는 앰뷸런스 소리…. 하여간 예루살렘에선 잃었던 정신도 바짝 차리게 하는 긴장감이 있으면서 또 어느 순간엔가는 정신을 잃게 하는 변화 무쌍한 곳이 바로 현재의 예루살렘이다.

예루살렘의 성벽과 성문

현재 예루살렘의 올드시티를 감싸고 있는 예루살렘 성은 예수님 당시의 성과는 다른 모습이다. 현재 세워져 있는 성은 1542년 오스만 터키 제국의 슐레이만 황제에 의해 재건된 작품으로, 둘레는 3.4킬로미터이고 높이는 12미터에다 모두 서른네 개의 탑이 있는 대형 축조물이다.

위의 왼쪽부터 헤롯 문, 새 문, 다마스커스 문, 야파 문.

예루살렘 성은 3,000년 전에 다윗이 세운 성에서부터 솔로몬 성, 그리고 제1성전과 제2성전의 모습을 지나 오늘날 우리가 볼 수 있는 슐레이만이 재건한 성의 모습에 이르기까지 여러 차례 그 위치와 크기가 변화되어 온 것이다.

예루살렘 성은 모두 여덟 개의 문을 갖고 있는데, 이 문을 통하지 않고

시온 문, 분 문, 황금 문, 스테반 문.

는 예루살렘 성안으로 들어갈 수가 없다. 현재는 골든 게이트만 사용되지 않으며 나머지 일곱 개의 문으로는 출입이 허용된다.

헤롯 문Herod's Gate은 올드시티의 아랍 지역으로 들어가는 문이라서 아랍 사람들이 가장 많이 사용하는 문이다. 성문의 윗부분에 꽃이 조각되어 있어 꽃문이라고도 한다.

다마스커스 문Damascus Gate은 예루살렘 성문 중에서 가장 아름답고 번화한 문이다. 그래서 예루살렘의 성문을 소개할 때 자주 등장하는 문이기도

하다.

새 문New Gate은 성문 중에 가장 늦게 만들어졌다고 해서 붙여진 이름이며, 야파 문Jaffa Gate은 예루살렘 성문 중에서 분 문과 함께 차가 드나들 수 있는 문이다.

시온 문Zion Gate은 예루살렘 성안에서 시온 산으로 통하는 문으로 이 문의 바깥쪽에는 총알의 흔적이 뚜렷하다. 1948년 이스라엘 독립 전쟁 때 바깥쪽에서 아랍 군인들이 쏘아댄 총알 자국이다.

분 문Dung Gate은 말 그대로 배설물이 드나드는 문이라는 뜻으로 예수님 당시에 예루살렘 성안에 살던 사람들의 배설물과 쓰레기를 밖으로 내다 버리는 문이었다고 한다. 통곡의 벽이 가까워 유대인과 외국인의 사용이 잦은 탓에 성문들 중에서 가장 검문이 심하다.

여덟 개의 예루살렘 성문 중에서 유일하게 사용하지 않고 굳게 닫혀 있는 문인 황금 문Golden Gate은 예수님 당시에 미문이라 불릴 만큼 아름다운 문이다.

스테반 문St. Stephen's Gate은 스테반 집사가 사울에 의해 이 문으로 끌려 나가 문 밖 광장에서 돌에 맞아 죽었다고 전해져 붙여진 이름이다. 문 양 옆에 사자의 모습이 조각되어 있어서 라이언 문이라고도 한다.

성전산Temple Mount, 예루살렘의 상징

예루살렘을 상징하는 것 중에 빠질 수 없는 것이 바로 바위의 돔Dome of Rock의 황금색 돔 지붕이다. 파란 하늘을 배경으로 보이는 황금색 돔은 고풍스런 예루살렘의 스카이 라인을 더욱 아름답게 장식하고 있는데, 특히 해질 무렵 햇빛에 반사되어 반짝이는 황금색 돔을 가리켜 이 곳 사람들은 "또 하나의 태양이 떠 있는 것과 같다" 고 표현한다.

뿐만 아니라 예루살렘의 조금 높다 싶은 곳에서 보면 어디서든지 황금색 돔이 보이기 때문에 황금 돔을 뺀 예루살렘은 상상할 수조차 없을 정도이다.

바로 이 황금색 돔의 주인공인 바위의 돔이 있는 곳은 성전산Temple Mount 이라는 곳인데, 이 안에는 엘 아크사El Aksa Mosque라는 모스크와 이슬람 박물관이 함께 있어서 예루살렘 여행에서 꼭 한 번 들러야 할 곳이다.

너무나 빽빽하게 들어선 건물과 좁디 좁은 올드시티 안에서도 이 곳만은 푸른 잔디밭과 나무가 있으며, 비교적 넓은 공원이 있어 성전산은 또 하나의 작은 세계와 같은 느낌이 든다.

원래는 아브라함이 이삭을 바치던 장소

이 아름다운 건물은 지금 모슬렘의 성지가 되어 있지만 원래는 구약 시대 때 아브라함이 아들 이삭을 바치려고 했던 바위가 있는 장소이다. 그

황금 사원이 만들어내는 스카이 라인(위). 감람 산에서 바라본 예루살렘 전경, 가운데 보이는 황금색 지붕이 아브라함이 아들 이삭을 하나님께 제물로 바치려 했던 장소인 동시에 이슬람의 창시자 마호메트가 승천했던 장소에 지었다는 황금 사원이다. 뒤로 보이는 건물들은 예루살렘 신도시이다(아래).

래서 이 곳을 모리아 산이라고도 하고 바위의 돔Dome of Rock이라고도 하는 것이다. 아브라함의 시대가 끝날 무렵 오래 전부터 그 곳에서 살고 있던 여부스 인 아라우나라는 사람이 타작 마당으로 사용했던 황무지산을 다윗이 사들였다는 곳이기도 하며, 그의 아들 솔로몬은 바로 이 장소에다 외국에서 수입해온 나무와 구리, 금으로 화려한 성전을 건축하였다.

그런데 이 웅장한 성전은 BC 587년 바빌론의 왕 느부갓네살에 의해 파괴되었고, 전쟁에 진 유대인들은 바빌론에 끌려가 유배 생활을 해야만 했다. 50년이 지난 후 다시 예루살렘으로 돌아온 그들은 스룹바벨에 의해 비교적 작은 규모로 이 성전을 다시 세웠다.

그 후 한참 뒤 로마의 원조로 왕위에 오른 헤롯 대왕은 유대인들에게 저질렀던 과오를 분산시키고 신임을 얻기 위한 일환으로 이 성전을 확대 재건축하였다. 수만 명의 인부들이 동원된 엄청난 공사로 성전 내부의 길은 두 배나 넓어졌고, 마침내 솔로몬 성전의 장엄하고 아름다운 옛모습을 되찾을 수 있게 되었다. 이 공사는 BC 20년에 시작되어 AD 64년에야 비로소 준공을 보았으며, 헤롯이 만든 이 성전은 예수 생애의 배경이 되었다.

예루살렘에 입성한 예수는 바로 이 성전에 와서 장사하는 자들을 내쫓으며 화를 내셨고, 유대인들에게 성전을 허물면 사흘 만에 다시 일으켜 세우겠다고 하셨다. 그리고 돌 하나도 돌 위에 남지 않게 다 무너지리라고 예언하셨던 것처럼 AD 70년 예루살렘 멸망 시 로마의 디도Titus 장군은 예루살렘 성 안에 있던 유대인들을 잡아 죽였고, 정말 예수가 예언했던 대로 솔로몬이 아름답게 만든 성전을 벽돌 하나 남기지 않고 무너뜨렸다. 단지 성벽의 일부분이 남아 있게 되었는데 그것이 바로 통곡의 벽이다.

그 후 2세기경 로마의 하드리아누스Hadrianus 황제는 하나님을 모독하기 위해 이 자리에 주피터 신전을 세웠지만, 다시 비잔틴 시대에는 그 건물이 기독교에 의해 사용되다가, 614년경에 페르시아에 의해 파괴되고 한동안 돌무더기 산으로 방치되어 있었다.

현재는 이슬람의 성지

AD 636년에 회교도가 예루살렘을 점령한 뒤 이 산의 돌무더기를 치우고, 이 곳을 선지자 마호메트가 천사장 가브리엘의 인도를 받으며 희귀한 말을 타고 하늘로 올라간 곳이라고 정했다. 칼리프Caliph, 예언자의 후계자를 일컫는 말 오마르가 이 곳에 회교 사원을 지었는데, 그것이 바로 황금 사원이라 불리기도 하는 바위의 돔이다. 회교도들은 사우디 아라비아에 있는 마호메트의 고향 메카와 선지자들의 무덤이 있는 메디나라는 곳에 이어 이 곳을 중요한 성지로 삼고 있다. 그 후 691년에 칼리프 압둘 말릭이 오마르가 세운 사원을 현재의 모습으로 보수하여 지금까지 이어져 내려오고 있는데, 지난 1,300년 동안 수차례 보수해왔지만 외형은 거의 변형되지 않았다고 한다.

바위의 돔 건물은 비잔틴 양식으로 설계되어 있지만 장식은 동양적이다. 외형은 팔각형으로 각 벽의 길이는 20미터, 직경은 약 55미터, 높이는 54미터, 지상으로부터 약 5.4미터까지는 대리석판이고 그 윗부분의 벽은 화려한 페르시아 풍의 타일로 덮여 있는데, 그 아름다움은 직접 보지 않고는 그 어떤 형용사로도 표현하기가 힘들 정도이다. 지붕은 실제로 500킬로그램의 금을 입혔다고 하는데, 새벽녘과 한낮, 그리고 해질 무렵의 색깔

바위의 돔 건물은 비잔틴 양식으로 설계되어 있지만 장식은 동양적이다. 외형은 팔각형으로 각 벽의 길이는 20미터, 직경은 약 55미터, 높이는 54미터, 지상으로부터 약 5.4미터까지는 대리석판이고 그 윗부분의 벽은 화려한 페르시아 풍의 타일로 덮여 있는데, 그 아름다움은 직접 보지 않고는 그 어떤 형용사로도 표현하기가 힘들 정도이다. 지붕은 실제로 500킬로그램의 금을 입혔다고 하는데, 새벽녘과 한낮, 그리고 해질 무렵의 색깔이 모두 달라지는 걸 느낄 수 있다.

이 모두 달라지는 걸 느낄 수 있다.

바위의 돔의 내부엔 아브라함이 이삭을 바쳤다는 바위가 중앙에 있다. 이 바위는 길이가 약 13.5미터 폭이 약 0.8미터, 그리고 높이는 약 1.8미터이다. 하지만 회교도들은 이 곳에서 아브라함이 이삭을 바친 것이 아니라 이스마엘을 바쳤다고 믿고 있다. 그리고 마호메트가 이 바위에서 승천했다고 믿고 있다.

엘 아크사 사원은 바위의 돔 남쪽에 있는데 황금 사원을 만든 사람의 아들에 의해 715년에 세워졌지만 그 후 수차례 파괴되고 재건되어 처음의 모습은 찾아볼 수기 없다고 한다. 한 번에 약 1,500명 정도의 이슬람 신도들이 들어가서 기도할 수 있을 정도의 규모이다.

엘 아크사 사원의 바로 오른쪽에 있는 이슬람 박물관에는 고대의 도자기, 화폐, 유리 그릇, 바위의 돔 건물과 관련된 여러 가지 자료와 코란 등이 전시되어 있어 둘러볼 만하다.

통곡의 벽 Western wall

지금도 통곡의 벽에 가면 많은 유태인들이 커다란 돌을 쌓아올린 벽을 향해 경전을 읽고 있는 모습과 머리를 앞뒤로 흔들며 기도하고 있는 것을 볼 수 있다. 과연 유대인들은 왜 통곡의 벽 앞에서 고개를 흔들며 기도를 하고 있는 것일까?

그 이유를 알려면 먼저 통곡의 벽의 역사에 대해서 알아야 한다. 통곡의 벽은 헤롯이 BC 20년에 솔로몬의 성전에 이어 두 번째 성전을 지을 때 건축된 건축물의 일부이다. 그러나 서기 70년에 로마의 디도 장군에 의해

통곡의 벽에서 기도하고 있는 유대인. 통곡의 벽에선 누구라도 기도할 수 있다. 그러나 반드시 머리를 가려야 한다. 유대인들이 머리에 쓰는 키파는 우리의 머리 위엔 항상 하나님이 계신다는 것을 의미한다. 그들은 이곳에서 무너진 성전을 다시 회복시켜 달라고 기도하고 있으며, 전 세계에서 날아온 유대인들의 기도 쪽지가 벽 틈에 빼곡히 꽂혀 있다. 매주 금요일에 통곡의 벽 앞마당에서 펼쳐지는 성인식, 유대인들은 태어난지 7일째 되는 날 '브리트 밀라' 라는 할례 예식을 거행하고 13살이 되면 이곳에 와서 온 가족의 축복 속에 성인식을 치루게 된다(아래 오른쪽).

예루살렘이 불바다가 되면서 이 성전도 허물어지고 말았는데 다행히 성전의 서쪽 벽 끝자락만 조금 남게 되었다. 그래서 통곡의 벽을 다른 말로 서쪽의 벽이라고도 한다. 그 당시 디도 장군이 헤롯 성전을 모두 파괴하지 않고 서쪽 벽을 조금 남겨놓은 이유는 이만큼 커다란 성전을 부수었다는 것을 과시하기 위해 증거로 남겨두었다고 한다.

그런데 그 성벽의 끝자락이 2,000년이 지났는데도 사라지지 않고 지금까지 남아 있는 이유는 바로 그 성벽 바로 위에 계속해서 새로운 성을 쌓았기 때문이다. 그래서 통곡의 벽을 가만히 보면 밑부분부터 위로 올라갈수록 서로 다른 크기의 바위로 쌓여 있음을 알 수 있다. 크기가 다른 그 돌들이 바로 다른 시대의 건축물이라고 보면 된다. 맨 밑에서부터 7단까지는 제2성전 시대의 것이고, 그 위의 4단까지는 로마 시대에 덧붙인 것이며, 또 그 위에 있는 것은 터키 시대의 돌들이다. 그러니까 서쪽의 벽은 예수님 당시의 건축물의 흔적이라 할 수 있다.

그런데 지금 그 서쪽 벽의 안쪽에는 이슬람 사원이 자리잡고 있어 유대인들로서는 여간 안타까운 일이 아닐 수가 없다. 2,000년 전의 그 성전을 복구하지는 못할 망정 현재 이슬람교 성전의 일부가 되어 있으니 통곡을 하지 않을 수 없는 것이다.

그럼 2,000년 전의 예루살렘 성전 모습과 현재의 모습을 비교해보자.

서기 70년에 이스라엘은 로마에 의해 완전히 멸망하여 유대인은 그 후로 한동안 예루살렘에 들어갈 수 없었다고 한다. 하지만 비잔티움 시대로 들어가면서 일년에 단 한 번 성전이 파괴된 날에만 예루살렘에 들어오는 것이 허용되었는데, 각지로 흩어졌던 유대인들은 그날 이 곳에 모여 허물

통곡의 벽을 포함한 성전의 2,000년 전 모습과 현재의 모습. 윗 사진의 아랫 부분 중 짙은 색깔 부분이 아직까지 남아 있으며, 그 부분이 바로 통곡의 벽이다. 현재 짙은 부분 아래쪽으로 17단이 더 묻혀 있는데, 아래 사진 왼쪽에 보이는 윌슨 아치 안으로 들어가면 흙에 묻혀 있는 일부를 볼 수 있다.

윌슨 아치. 통곡의 벽 정면 왼쪽으로 보이는 입구가 윌슨 아치이다. 이 곳으로 들어가면 지하에 묻혀 있는 통곡의 벽을 감상할 수 있다.

어진 성전을 두들기며 슬피 울곤 하였는데, 그때부터 이 곳을 통곡의 벽이라고 불렀던 것이다.

1948년에서 67년까지는 요르단 구역이었기 때문에 또다시 유대인들의 접근이 불가능했었는데, 6일 전쟁 이후로 다시 유대인들이 접근할 수 있게 되어 오늘에 이르게 되었다.

현재의 통곡의 벽은 지하에 17단이 더 묻혀 있는데, 그 묻혀 있는 일부의 모습을 보려면 윌슨 아치 안으로 들어가야 한다.

십자가의 길, 비아 돌로로사Via Dolorosa

비아 돌로로사는 '고난의 길' 이라는 뜻의 라틴어로 예수가 십자가를 지고 빌라도의 법정에서부터 골고다 언덕까지 걸어갔던 길이다. 하지만 이 길이 실제로 예수께서 십자가를 지고 걸어가신 길은 아니다. 이 길은 예루살렘에 한 번도 와본 적이 없는 16세기 유럽의 크리스천이 소문과 문서만으로 추정하여 정해놓은 것이, 현지에서는 사실처럼 굳어져 오늘날까지 알려져 왔으며, 그리고 그 길 위에 갖가지 의미를 붙여 기념 교회를 세워놓은 것이다. 그렇지만 아마도 이 정도쯤이 아니었을까 하는 추측으로 길을 만들어놓았기 때문에 전혀 틀리다고도 볼 수 없다.

또 이 길을 따라 가다보면 예수님이 마지막으로 가신 길이라고 하기엔 너무나 협소하고 복잡하며 팔레스타인 장사꾼들의 외침으로 인한 소란함까지 더해 무척 혼란스럽다. 실제로 나는 비아 돌로로사를 찾기 위해 한참이나 골목길에서 오고가는 아랍 사람들의 틈바구니에 끼여 헤맸지만 나중에 알고 보니 내가 헤맨 그 길이 비아 돌로로사였을 정도였다. 그 정도로 성지 같지 않은 성지가 바로 비아 돌로로사이다.

현재 이 곳은 예수가 십자가를 지고 가는 과정에서 있었던 여러 가지 사건을 바탕으로 14포인트로 구분해놓았는데, 매주 금요일 오후 3시만 되면 수도사들이 예수님의 십자가 행렬을 재연하는 행사가 열리기도 한다.

비아 돌로로사는 '고난의 길' 이라는 뜻의 라틴어로 예수가 십자가를 지고 빌라도의 법정에서부터 골고다 언덕까지 걸어갔던 길이다.

성 분묘 교회 Church of the Holy Sepulchre

성 분묘 교회는 비아 돌로로사의 맨 마지막 장소로 예수가 십자가에 메달려 돌아가시고 무덤에 묻히셨으며, 다시 그 무덤에서 부활하신 기독교의 최고 성지이다. 그래서 이 곳은 항상 수많은 성지 순례객들로 붐빈다. 기독교 역사의 가장 핵심적이고 중요한 곳인 만큼 이 곳을 거쳐간 역사도 복잡하고 미묘하다.

현재 이 곳은 여섯 개의 기독교 종파가 함께 공존하면서 각자 자기 구역을 나눠서 관리하고 있어 특이하다. 가톨릭 교회, 그리스 정교회, 콥틱 교회, 이디오피아 교회, 아르메니안 교회, 시리아 정교회 이렇게 여섯 개의 종파가 성 분묘 교회를 나눠서 관리하고 있다.

이 교회는 기독교를 정식으로 공인한 로마 황제 콘티탄티누스의 어머니 헬레나가 기독교도였기 때문에 이 곳을 직접 찾아와 기독교의 중요한 성지로 인정하고, 마침내 335년에 이 자리에 예수님의 사망과 부활을 기념하는 교회를 건축했다고 한다.

하지만 614년에 페르시아 군대가 쳐들어와서 파괴를 하고, 다시 1149년에 십자군에 의해서 재건되어 현재의 모습으로 보존되었다. 그런데 1291년에 이슬람 교도에 의해 점령되었을 때에는 교회를 파괴하지 않았고, 다만 두 개의 출입문 중에 하나를 막아버려서 지금은 입구가 하나밖에 없다.

한 가지 이상한 점은 예수님이 십자가에 못박히신 바로 이 자리와 무덤의 자리가 예루살렘 성 밖이 아니라 성 안에 위치하고 있다는 점이다. 그 이유는 원래 예수님 당시에는 이 곳이 예루살렘 성 밖이었는데, 터키

성 분묘 교회. 비아 돌로로사의 맨 마지막 장소로 예수가 십자가에 매달려 돌아가시고 무덤에 묻히셨으며, 다시 그 무덤에서 부활하신 기독교의 최고 성지이다.

성 분묘 교회 내부. 예수님의 십자가가 세워졌던 바로 그 장소이다. 아래 오른쪽 사진은 십자가에서 운명하신 예수님을 내려 염했던 바위이다.

점령 시대에 예루살렘 성을 다시 건축할 때 이 곳을 포함하여 더 넓게 건축하였기 때문에 지금처럼 예루살렘 성 안에 위치하게 된 것이라고 한다.

무덤의 골짜기, 키드론 계곡Kidron Velly

예루살렘의 스테반 문으로 나오면 넓은 광장이 있고 밑으로 내려가는 길이 보인다. 이 길을 따라가면 차가 다니는 길이 나오고 그 길을 건너면 다시 감람산으로 올라가는 길이 나오는데, 바로 이 곳이 키드론 계곡이다.

키드론 계곡은 말 그대로 양옆에 높은 산과 언덕을 사이에 두고 깊게 패인 골짜기인데, 한쪽은 예루살렘 성을 또 한쪽엔 올리브 산감람 산이라고도 한다을 사이에 두고 있다. 그래서 예루살렘 성에서 올리브 산으로 가려면 이 키드론 계곡을 거쳐야만 한다.

특히 이 곳엔 어두운, 또는 혼탁한이라는 뜻을 가진 '키드론'이라는 이름에 걸맞게 성서 속 인물들의 무덤들이 여럿 있는데, 압살롬의 무덤과 헤실 자손들의 무덤을 볼 수 있고, 모양이 특이한 스가랴의 무덤도 확인할 수 있다. 예루살렘 성 쪽의 언덕 위엔 모슬렘 교도들의 무덤이 몰려 있는데, 이것은 모슬렘 교도들이 성 가까이에 묻히고 싶어하기 때문이라고 한다. 그리고 감람산 쪽에는 예루살렘 성쪽을 향해서 가지런히 놓여 있는 유대인들의 무덤을 볼 수 있는데, 이 역시 구세주의 강림을 기다리기 때문이라고 한다.

압살롬 무덤 Absalom's Pillar

압살롬은 다윗 왕의 아들인데 이복 형제인 암논이 압살롬의 여동생 다

키드론 계곡에는 무덤들이 많이 보이는데 성서 속 인물들의 무덤들을 볼 수 있다. 스가랴, 헤실 자손들, 그리고 압살롬의 무덤을 직접 볼 수 있다.

말을 겁탈하자 분노에 차서 암논을 죽이고 헤브론으로 도망갔다가 아버지 다윗의 왕좌를 빼앗으려 했던 패륜아다.

압살롬은 아버지가 왕으로 있는 다윗 성에 쳐들어와서 다윗 왕의 후궁을 겁탈하고 마침내 다윗의 군사와 충돌하여 나뭇가지에 목이 걸려 죽는 비참한 최후를 맞이했다. 그 압살롬의 무덤이 현재 키드론 계곡에 있는데 속에는 아무것도 없다고 한다.

유대인들은 다윗 왕에게 칼뿌리를 들이댔던 패륜아 압살롬의 무덤을 지날 때마다 지금도 돌을 던진다고 한다.

헤실 자손들의 무덤Grotto of B'nei Hezir

헤실이라는 인물은 성경에도 자세히 기록되어 있지 않다. 단지 다윗 왕 시대 때 17번째 제사장을 지내던 인물 정도로만 알려져 있는데, 이 곳은 헤실 제사장과 그의 가족들이 묻힌 동굴이라고 알려져 있다.

그리고 예수님이 가롯 유다에 의해 체포될 때 예수님의 제자였던 야고보가 이 동굴에 숨었었다고 해서, 야고보의 동굴Grotto of Tames이라고도 불린다. 정말 겟세마네 동산에서 이 곳까지는 얼마든지 달려와서 숨을 수 있는 거리이다.

스가랴의 무덤The Tomb of Zechariah

누가복음 11장 50절에 보면 예수님께서 바리새인과 율법학자들에 대해 책망하시면서 하신 말씀이 나온다. "창세 이후로 흘린 모든 선지자의 피를 이 세대가 담당하되 곧 아벨의 피로부터 제단과 성전 사이에서 죽임

헤실 제사장과 그의 가족들이 묻힌 무덤과 스가랴의 무덤. 스가랴의 무덤은 지붕이 마치 피라밋 모양처럼 생겼고, 그 밑에는 열두 개의 기둥이 받치고 있는 모습이어서 눈길을 끈다.

을 당한 스가랴의 피까지 하리라." 스가랴는 요아스가 유대의 왕으로 있을 때 요아스가 왕이 되도록 공헌한 제사장 여호야다의 아들이다.

그런데 아버지 여호야다가 죽자 백성과 왕이 하나님을 외면한 생활을 한다. 그러나 스가랴는 하나님의 명령을 받아 왕과 백성들에게 하나님을 경외하는 삶을 살 것을 경고한다. 하지만 요아스는 여호야다의 은공도 잊은 채 여호야다의 아들인 스가랴를 성전 안에서 돌로 쳐죽였다. 아마도 성전 안에서 돌에 맞아 죽은 사람은 스가랴뿐일지도 모른다. 돌에 맞아 피를 흘리고 형체도 알아보지 못할 정도로 망가진 스가랴의 시체는 끌려 나와 키드론 계곡에 묻힌 것이다.

압살롬의 무덤, 헤실 자손들의 무덤과 함께 나란히 있는 스가랴의 무덤은 지붕이 마치 피라밋 모양처럼 생겼고, 그 밑에는 열두 개의 기둥이 받치고 있는 모습인데 가깝게 접근할 수도 있다. 물론 철조망이나 입장료는 없다. 오히려 가까이 가면 여러 가지 쓰레기들로 어지럽혀 있다.

다윗의 도시City of David

다윗 성이라고도 불리는 이 곳은 원래 여부스 족이 살고 있었다. BC 1003년에 다윗이 이 곳을 여부스 족으로부터 빼앗아 다윗 성이라고 이름을 붙이고 이 곳에 정착하여 다윗 왕국의 수도로 삼았다.

이 곳은 키드론 골짜기의 중턱에 있는 곳이라 다윗이 이 곳에 쳐들어왔을 때에도 여부스 족들은 다윗의 군대를 향해 "네가 이 곳으로 들어오지 못하리라. 소경과 절뚝발이라도 너를 물리치리라."라고 조롱하였는데, 그만큼 이 성은 난공불락의 요새였던 것 같다. 하지만 다윗은 기혼 샘에서부터 시작된 물길을 따라 들어가 이 곳에 잠입하여 마침내 성을 빼앗고 말았다.

이 성 바로 옆에 있는 기혼 샘 때문에 더욱 성으로서의 역할을 하기에 충분했다. 다윗은 이 다윗 성으로 모세의 십계명이 들어 있는 법궤를 들여오며 너무 기뻐서 옷을 벗고 춤을 추게 된다. 이 모습을 본 다윗의 아내 미갈이 다윗을 조롱하자 다윗은 미갈에게 죽을 때까지 자식이 없으리라고 저주를 했던 곳이다.

다윗의 도시.

하지만 이 성도 BC 586년에 바빌론에 의해 파괴되는데, 지금의 다윗 성은 그 당시 모습의 일부분이라고 한다.

기혼 샘 The Spring of Gihon

구약 시대엔 예루살렘에 물을 공급하는 샘이 두 개가 있다. 기혼 샘이 그중에 하나로 그 당시 사람들에게는 매우 중요한 곳이었다. 강수량이 많지 않고 기온이 높은 지역으로서는 물이 그만큼 소중하기 때문이다. 예루살렘 최초의 성이 바로 기혼 샘 바로 옆에 세워진 것도 그런 이유 때문이다. 기혼 샘을 더욱 중요하게 생각한 것은 다윗 왕이다. 자신이 예루살렘에 처음으로 쳐들어와 이스라엘 국가를 건설하게 된 것도 바로 기혼 샘으로부터 나 있는 물길을 이용해서 쳐들어갔으며, 자신의 사랑하는 아들 솔로몬을 왕으로 기름부어 줄 때도 기혼 샘에 가서 했을 정도이다.

그러나 솔로몬이 왕으로 등극한 이후 2세기 반 만에 아시리아의 왕 산헤립이 침공해왔는데, 그 당시의 히스기야 왕이 기혼 샘의 물줄기를 바꿔놓는 대 역사를 이루어놓기도 했다. 히스기야 터널이 바로 그것이다.

이렇듯 역사적인 의미가 깃든 곳임에도 불구하고 오늘날의 기혼 샘은 너무나 허술하기 이를 데 없다. 기혼 샘을 찾아갈 수 있을 만한 안내판도 제대로 없어 그냥 물어서 가야 할 정도이다. 막상 그 앞에 가도 과연 이 곳이 솔로몬 왕이 기름을 부음받은 곳일까 하는 의구심이 들 정도이다. 하지만 기혼 샘에 들어가려면 돈을 내야 하고, 여기서부터 히스기야 터널이 시작되며 히스기야 터널의 끝은 실로암 연못이다.

히스기야 터널 Hezekiah's Tunnel

역대하 32장 30절에 보면 히스기야 왕이 산헤립의 침략에 대비해서 성 밖에 있는 샘물의 줄기를 성안으로 끌어들였다는 장면이 등장하는데, 그 물줄기가 바로 히스기야 터널이다.

BC 688년경 예루살렘을 통치하고 있었던 히스기야 왕은 주변 국가였던 아시리아 제국의 왕 산헤립이 침략해 들어올 것을 대비해서 전국의 장인들을 불러모아 방패와 병기를 만들게 했고, 예루살렘 성의 곳곳에 요새를 만드는 등 군사 전략가로써 뛰어난 기질을 보였다. 산헤립이 침공해올 경우 예루살렘 성문을 모두 닫아야 하는데, 예루살렘 성안의 사람들이 먹

기혼 샘과 히스기야 터널. 구약 시대엔 예루살렘에 물을 공급하는 샘이 두 개가 있었는데 그중 하나가 기혼 샘었으며 그 당시 사람들에게는 매우 중요한 곳이었다. 히스기야 터널 또한 히스기야 왕이 산헤립이 침략해 들어올 것을 대비해서 성 밖에 있는 샘물의 줄기를 성안으로 끌어들인 것이다.

는 샘물이 바로 성밖에 있는 기혼 샘뿐이었다. 그래서 히스기야 왕은 기혼 샘으로부터 터널을 뚫어 성안에 있는 실로암까지 연결하기로 마음먹고 딱딱한 암반을 파들어가는 대공사를 시작한 것이다.

약 2,500명의 사람들이 암반 터널 공사에 참여했는데, 기혼 샘과 실로암 양쪽에서 서로 파들어가 533미터의 터널을 뚫는 엄청난 공사를 해낸 것이다. 그런데도 약 15센티미터 정도의 오차밖에 없어, 그 당시의 기술로 이런 공사를 해냈다는 것은 현대 기술로도 놀라지 않을 수 없다고 한다. 도대체 어떤 장비로 이렇게 단단한 바위 속을 정교하게 뚫었는지 감

실로암 연못. 실로암 연못은 히스기야 터널을 통해 들어온 기혼 샘물을 받아두는 서수지 같은 곳이었다.

탄사가 나올 정도이다. 한 사람이 지나갈 수 있을 만큼의 폭과 약 2미터 정도의 높이에다 중간중간에 마주오는 사람과 비켜설 수 있는 공간도 만들어져 있다.

이 터널을 따라 통과하는 데는 약 30분 정도 걸어가야 하고, 반바지 차림에 맨발이나 샌들을 신고 가야 하는데, 워낙 좁은 데다 발을 다치기 쉬우므로 될 수 있으면 맨발보다 샌들을 신고 갈 것을 권한다. 그리고 반드시 랜턴이나 촛불이 있어야만 한다. 촛불이 준비되어 있지 않으면 기혼 샘 입구에서 양초와 성냥을 팔고 있다.

병든 자가 예수님의 기적으로 병 고침을 받은 곳으로 유명한 베데스다 연못.

그 당시의 공사 현황을 기록한 돌판이 발견되었지만, 지금은 그 곳에 없고 이스탄불의 고고학 박물관에서 보관하고 있다고 한다. 지금도 히스기야 터널에는 발끝이 시려울 정도의 차가운 샘물이 엄청난 양으로 흐르고 있고, 그 물에는 물고기도 살고 있다.

실로암 연못 Pool of Shiloah

실로암 연못은 히스기야 터널을 통해 들어온 기혼 샘물을 받아두는 저수지 같은 곳이었다. 요한복음의 9장에 등장하는 소경의 눈을 예수님의 이적으로 뜨게 한 유명한 장소이기도 하다. 바로 이 곳에 5세기경에 교회가 세워졌었지만, 614년 페르시아 침략 때 파괴되어 오늘날까지 재건되지 않고 파괴된 모습으로 남아 있다.

기혼 샘으로 들어가서 히스기야 터널을 지나 밖으로 나오면 그 곳이 바로 실로암 연못이다.

베데스다 연못 Bethesda

베데스다 연못은 38년 동아 병들었던 자가 예수님의 기적으로 병 고침을 받은 곳으로 유명하다. 그런데 한 가지 미리 알아두어야 할 것이 베데스다 연못은 자연적으로 땅속에서 물이 샘솟는 연못이 아니라 빗물을 받아두었다가 성전에서 물이 필요할 때 길어다 쓰는 못이라는 점이다. 그래서 이 곳에 가면 커다란 수장고를 몇 개 볼 수가 있다. 원래는 이 베데스다 연못의 크기가 지금보다 컸지만 현재는 원래의 모습보다 작게 보존되었다는 얘기도 있다.

베데스다 연못은 5세기 중엽인 비잔틴 시대 때 복원되었지만, 614년 페르시아에 의해 파괴되었다가 다시 십자군 원정 때 재건되는 수난의 역사를 갖고 있다. 덕분에 비잔티움의 건축물과 십자군 시대의 건축물을 한자리에서 볼 수 있기도 하다.

이 베데스다 연못 역시 예수님 당시에는 예루살렘 성 밖에 있었지만 400년 전 예루살렘 성 건축 때 포함되었다고 한다. 베데스다 연못 유적지는 현재의 지표면보다 훨씬 아래쪽에 있는 것을 알 수 있다. 이 곳뿐만 아니라 올드 시티 안의 유대인 지역에 있는 불에 탄 집Bunt House 같은 유적지 역시 지하에 묻혀 있는 것을 볼 수 있으며 통곡의 벽 또한 절반 정도가 땅속에 파묻혀 있다. 이는 수천 년 동안 예루살렘 도시가 멸망하여 모든 건물이 파괴되고 난 후, 새로운 예루살렘을 건설하면서 흙으로 덮어 지금의 높이가 되었기 때문에 옛날 유적지들이 땅속에 묻혀 있는 것이다.

올리브 산Olives Mt., 예루살렘을 한눈에 보기 좋은 곳

예루살렘 성의 동쪽에 있는 작은 산이 바로 올리브 산이다. 우리 나라에선 감람 산이라고도 하는데, 현지에선 올리브 산이라 부른다. 이 곳은 스테반 문을 나와 키드론 계곡을 건너가면 되는데, 예루살렘 성을 한눈에 바라볼 수 있는, 전망이 좋은 곳이다.

이 산 역시 예수와는 많은 관련이 있다. 제자들과 함께하며 설교를 하시고, 예루살렘 성을 보며 눈물을 흘리셨으며, 예수께서 유다의 반역에 의해 끌려가시기 직전 이 곳에서 기도를 하셨고, 골고다에서 돌아가신 후 부활하셔서 이 곳에서 많은 제자들이 보는 가운데 승천하셨기 때문이다. 그래서 아직도 메시아가 오지 않았다고 믿고 있는 많은 유대인들은 자신이 죽은 뒤에 예루살렘 성이 잘 보이는 이 산의 중턱에 묻혀서 메시아가 오기만을 기다리고 있는 곳이기도 하다.

아무리 낮은 산이라고는 하지만 날씨도 더운데 이 곳을 걸어 올라가는 일은 쉬운 일이 아니다. 그렇기 때문에 산에 있는 몇 군데의 유적지를 하나하나 둘러보며 올라가는 일정을 잡는 것이 좋다. 먼저 올리브 산으로 올라가는 길 입구 왼쪽에 있는 성모 마리아의 무덤과 겟세마네 동굴을 둘러보고, 입구 오른쪽에 커다랗게 자리잡고 있는 만국 교회를 둘러본 후, 그 위에 있는 눈물 교회와 학개 선지자 무덤, 예수 승천 교회, 그리고 주기도문 교회를 둘러본다. 그 다음 그 길로 뒤로 넘어가 벳바게 교회와 베다

올리브 산. 예수의 일화와 관련이 많은 산으로 예루살렘 성을 한눈에 바라볼 수 있는, 전망이 좋은 곳이다. 우리 나라에선 감람 산이라고도 부른다.

니의 나사로 무덤을 보고, 다시 그길로 되돌아 올라와 올리브 산 정상에 오르면 시원한 바람이 불어 산에 올라온 여행자들의 땀을 식혀준다. 이곳에서 해질 무렵의 예루살렘 성을 바라보는 것 또한 절경이다. 날씨가 좋은 날엔 멀리 사해와 헤브론까지 보인다고 한다.

성모 마리아의 무덤 Tomb of the Virgin Mary

스테반 성문을 나와 아랫쪽으로 내려가는 길을 따라 5분 정도 걷다보면 왕복 2차선의 차로가 나오는데, 그 길을 건너면 우측에 커다란 만국 교회가 보인다. 왼쪽에 또다시 아래로 내려가는 계단이 보이는데 그 계단을 다시 따라 내려가면 교회 건물이 보이고, 그 입구를 따라 내려가면 많은 사람들이 양초에 불을 켜고 기도하는 광경을 만나게 된다.

이 곳이 바로 예수님의 어머니인 성모 마리아의 무덤이다. 조금은 어둠침침하고 쾨쾨한 냄새가 나지만, 800년 전에 만들어진 건물답지 않게 천장에서 늘어뜨려진 갖가지 장식물과 벽 장식으로 경건한 분위기가 감돌고 있다.

곳곳에 성모 마리아의 그림과 그 앞에서 기도하고 있는 많은 여인들을 만날 수 있다.

겟세마네의 동굴 The Cave of Gethsemane

마리아의 무덤에서 나와 입구 바로 오른쪽으로 작은 골목이 있는데, 그 골목을 따라 약 15미터 정도 들어가면 또 다른 동굴 입구가 나온다. 이 동굴은 예수님께서 겟세마네 동산에서 땀을 흘리며 기도하실 때에 돌을 하나 던지면 떨어질 만한 거리에다 제자들보고 기도하라고 했던 곳이다. 하지만 예수님의 부탁에도 아랑곳하지 않고 제자들은 기도 대신 졸고 있었고, 그 모습을 발견한 예수님이 "너희가 잠시도 나를 위해 깨어 기도할 수 없더냐" 며 원망의 말씀을 하시던 장소이다.

만국 교회 Church of All Nations

올리브 산으로 올라가는 입구에 커다랗게 서 있는 만국 교회는 예수께서 유다의 배신의 키스를 받고 대제사장들에게 끌려가기 전에 눈물을 흘

만국 교회. 예수께서 유다의 배신의 키스를 받고 대제사장들에게 끌려가기 전에 눈물을 흘리며 기도하시던 바위 자리에 세운 교회이다.

리며 기도하시던 바위 자리에 세운 교회이다.

이 만국 교회 안으로 들어가면 실제로 중앙 정면에 작은 바위가 있고 그 바위를 가시나무 장식으로 둘러싼 울타리를 볼 수 있다. 바로 이 바위가 예수께서 기도하시던 장소라고 알려져 있다.

이 바위 앞에 서 있으면 2,000년 전에 예수께서 눈물을 흘리며 마지막 필사의 기도를 하던 그 음성을 들을 수 있을 것만 같다.

이 교회는 비잔틴 시대인 379년에 처음 건축되었지만, 614년 페르시아

만국 교회 내부와 만국 교회 앞마당에 있는 여덟 그루의 감람나무. 이 나무는 수령이 약 3,000년이나 된다고 한다.

의 침공 때 파괴되었고, 다시 12세기 십자군 원정 때 재건되었다가 또 파괴되었다고 한다. 현재의 건물은 1919년부터 24년까지 16개국의 헌금으로 건축되어 만국 교회라는 이름을 붙였다고 한다.

이 교회의 옆마당엔 여덟 그루의 감람나무가 있는데 과학자들에 의하면 수령이 약 3,000년이나 된다고 한다. 그렇다면 이 나무들은 아마도 예수께서 기도하시던 그 소리와 베드로의 코고는 소리까지 모두 들었을지도 모른다.

눈물 교회 Church of Dominus Flevit

누가 복음 19장 41절에는 그 동안 갈릴리 지역에서 활동하던 예수께서 예루살렘 성 안으로 들어가기 위해 감람 산을 넘어가시다가 마침내 눈앞에 보이는 예루살렘 성을 보며 눈물을 흘리시는 장면이 나온다. 바로 그

눈물 교회와 눈물 교회의 아름다운 유리창. 예수께서 예루살렘 성을 바라보며 눈물을 흘리신 자리에 십자군이 세운 이 교회는 건물의 모양도 눈물 모양으로 건축되었고, 이름도 역시 눈물 교회라 붙여졌다.

자리에 십자군이 세운 이 교회는 건물의 모양도 눈물 모양으로 건축되었고, 이름도 역시 눈물교회라고 했다.

이 교회 안으로 들어가면 아름다운 유리창이 있는데, 이 창문을 통해 해질 무렵의 예루살렘 성을 보면 무척 감동스럽다.

선지자들의 무덤

만국 교회 왼쪽으로 나 있는 언덕길을 따라 올라가다보면 올리브 산 정상 바로 못 미쳐서 오른쪽에 가정집 같은 건물을 만나는데, 그 건물의 입구에는 학개 선지자의 무덤이라는 간판이 있다. 이 곳은 구약 성경의 마지막 부분을 장식했던 학개, 스가랴, 말라기 선지자들의 무덤이 모여 있는 곳이다.

BC 586년 유다 왕국이 바빌론에 의해 멸망하고, 유다 백성들 모두 바빌론에 포로로 끌려가 노예와 같은 생활을 했다. 하지만 그 포로 생활은 마침내 BC 539년에 페르시아에 의해 종지부를 찍게 되는데, 바빌론이 멸망하면서 백성들과 함께 고향으로 돌아온 스룹바벨과 대제사장 여호수아는 제일 먼저 성전을 재건하기 시작한다. 하지만 오랜 세월 동안 궁핍한 포로 생활을 해왔던 백성들은 성전 건축보다도 먹고 사는 일에 더 열중하게 된다. 그래서 약 15년 간 성전 건축이 중단되는데, 바로 이때 학개 선지자와 스가랴 선지자가 나서서 성전 건축의 중요성을 백성들에게 외침으로써 마침내 BC 516년에 성전을 완공하게 되는 중요한 역할을 했다.

성전 건축 이후 사람들은 성전 건축이 완성되면 학개나 스가랴 선지자의 말처럼 하나님의 나라가 완성될 줄 알았다. 하지만 하나님의 날이 올

말라기 선지자의 무덤 입구.

기미가 보이지 않자 또다시 나태하고 타락한 생활을 하기 시작하는데, 이 때 백성들의 타락된 생활을 책망하며 하나님께서 약속하신 일들은 반드시 이루어질 것을 외쳤던 선지자가 말라기이다.

예수 승천 기념 건물 Dome of Ascension

예수께서 십자가에 못박혀 돌아가신 이후 사흘 만에 부활하시고 다시 승천하셨는데, 바로 이 교회 자리가 예수께서 승천하신 곳이라고 한다. 실제로 이 교회 안에는 사람의 발자국 같은 것이 아직도 남아 있는데 어떤

예수 승천 기념 건물. 예수께서 십자가에 못박혀 돌아가신 이후 사흘 만에 부활하시고 다시 승천하신 바로 그 자리이다.

예수 승천 기념 건물 내부. 예수께서 승천하실 때 남긴 발자국이라 하여 많은 순례자들이 입맞춤을 하는 곳이다.

사람들은 그것이 예수께서 승천하실 때 남긴 발자국이라고 한다. 그래서 이 곳을 찾는 많은 순례자들이 이 곳에 입맞춤을 하며 사진을 찍고 있지만 그것이 사실인지는 알 수가 없는 일이다.

이 건물은 392년에 처음으로 건축되었는데 그 당시에는 지붕이 없었지만 나중에 회교도들이 예수의 승천을 부인하며 지붕을 씌었다고 한다. 그래서인지 지금도 아랍 사람들이 이 곳을 관리하고 있다.

주기도문 교회 Church of Pater Noster

예수가 제자들에게 주기도문을 가르치신 곳에 세워진 이 교회는 로마 황제 콘스탄티누스의 어머니 헬레나가 만든 세 개의 교회 중에 하나이다.

이 교회의 입구 쪽에 지하로 내려가는 계단이 있는데 이 곳으로 내려가면 작은 동굴을 만날 수 있다. 이 동굴이 바로 예수님께서 제자들에게 주

주기도문 교회. 로마 황제 콘스탄티누스의 어머니 헬레나가 지은 세 개의 교회 중에 하나이다.

기도문을 가르치고 유월절 이틀 전에 제자들에게 세상의 끝날에 대하여 많은 것을 가르쳤다는 장소이다.

이 교회 건물 역시 600년대에 파괴되었다가 12세기에 재건했지만 다시 파괴되어, 1870년에 재건한 것이 오늘날에 이르렀다고 한다. 이 교회에는 점자를 비롯해서 세계 80여 개국의 언어로 주기도문이 적혀 있는데, 우리나라 말로도 주기도문이 적혀 있어서 순례자들을 반갑게 맞이한다.

나사로의 무덤 Tomb of Nazarus

예수님께서 공생애 기간 동안 베푸신 여러 가지 기적 중에서 가장 하이라이트는 역시 죽은 지 사흘씩이나 되서 썩은 냄새가 나는 마리아의 동생 나사로를 무덤까지 찾아가, 단지 나사로의 이름을 부르는 것만으로 살려 내신 일이다.

나사로의 무덤 입구.

나사로의 무덤은 여리고에서 올라와 예루살렘으로 가기 직전의 마을인 베다니에 있는데, 지금까지도 잘 보존되어 있을 뿐만 아니라, 그 곳으로부터 약 20미터 떨어진 곳에는 1,500년 전에 세워진 나사로 기념 교회가 있다. 하지만 지금의 나사로 기념 교회는 40년 전에 세워진 최신식 건물이라고 한다.

나사로의 무덤은 예루살렘의 스테반 문을 나와 올리브산을 넘어서 뒤로 이어진 길을 20분 정도 따라 내려가다 보면 오른쪽에 돌로 쌓아올린 듯한 작은 건물에 사람이 하나 겨우 들어갈 만한 입구가 있는데, 이 곳이 나사로 무덤의 입구이다.

입구를 따라 들어가면 여러 개의 계단이 나오고 맨 마지막엔 정말 겨우 허리를 굽히고 들어가야 할 정도의 또 다른 입구가 나오는데, 그 안에 들어가면 약 1평 정도의 공간이 있다. 아마도 이 곳이 나사로가 사흘씩이나 들어가 있었던 곳인가보다.

나사로의 무덤 바로 건너편엔 아랍 사람이 마리아의 집터를 구경하라고 손짓을 한다. 물론 입장료는 절대로 받지 않는다면서 여행자들을 부르는데, 그 집안으로 들어가면 마리아가 사용했다는 우물이 있고 마리아가 기거하던 살림집을 그대로 재현해놓은 방도 있다. 이 방안에는 마리아가 앉았던 방석과 테이블, 등잔불 등 여러 가지 소품들이 있지만, 그것들을 정말 마리아가 사용했는지, 예수님이 정말 이 집에 들어가서 마리아 자매들에게 말씀을 전하셨는지는 모르겠다.

입장료는 받지 않겠다고 하지만 친절하게 음료수를 건네고 나중에 음료수 값을 비싸게 받는다. 하지만 예수님 당시 마리아 집안의 모습이 어떻게 생겼는지 구경하기엔 그런 대로 들어가 볼 만하다.

벳바게Bethphage

나사로의 무덤을 나와 다시 예루살렘으로 거슬러 올라가다보면 벳바게라는 교회와 마을을 만나게 된다. 벳바게는 예수님께서 예루살렘에 입성하실 때 이 곳에서부터 나귀를 타셨던 곳으로 알려져 있다. 그리고 열매를 맺지 못하는 무화과나무를 저주하신 곳이기도 하다. 그래서 지금도 종려 주일이 되면 많은 기독교인들이 종려나무 가지를 흔들며 감람산을 넘어 예루살렘 성까지 행진을 한다고 한다.

눈으로 확인하는 성서 속 삶의 모습들

불에 탄 집 Burnt House

예루살렘은 지난 수천 년의 세월을 거쳐오는 동안 몇 차례에 걸쳐서 불에 타고 멸망했던 불운의 역사를 갖고 있다. 불에 탄 집은 서기 70년에 로마의 디도 장군에 의해 멸망하면서 도시 전체가 불에 탔는데, 그때 불에 탄 가난한 어느 집의 모습이 원형에 가깝게 발굴되어 지금은 유적지가 되어 있는 곳이다.

이 곳은 2,000년 전의 예루살렘의 한 가정집이 어떤 가옥 구조와 주방기기 그리고 가구들을 갖춰놓고 살았는지를 원형 그대로 볼 수 있는 아주 희귀한 유적지이다. 예수님 당시의 예루살렘 사람들은 어떤 생활을 했는지 관심이 있는 사람이라면 한 번쯤 꼭 가봐야 할 곳이다.

박물관 중앙에 유적지가 보존되어 있고, 그 주변을 따라 자세히 볼 수 있도록 유물들이 설치되어 있다. 또 유적지의 발굴 과정과 출토품, 그리고 출토품의 용도에 대하여 슬라이드 쇼를 보여주는데, 약 10여 분에 걸쳐서 영어로 상영되며 출토품과 유적지에 관한 설명을 할 때는 유적지에 조명을 비춰 입체적인 설명을 하므로 이것 역시 볼 만하다.

카르도Cardo

다마스커스 게이트와 시온문을 연결하는 비잔틴 시대의 도로를 카르

불에 탄 집과 비잔틴 시대의 도로인 카르도.

도라고 하는데, 이 곳은 그 당시의 기둥과 도로가 비교적 많이 발굴되어 전시되고 있다. 이 곳을 둘러보면 그 당시에 얼마나 도로 계획을 잘했는지를 알 수가 있고, 비잔틴 시대의 조각품들을 감상할 수 있다.

특히 밤에는 각 기둥과 여러 유적물에 조명을 비춰주어 낮에 감상하는 것과는 또 다른 묘미가 있다.

고고학 박물관 Wohl Archaeological Museum, Herodian House

예수 시대 예루살렘의 성 안의 부유한 동네에 살았던 유대인들의 당시 모습을 보고 싶다면 유대인 지역에 있는 고고학 박물관에 가서 지하 3미터만 내려가면 2,000년 전으로 돌아갈 수 있다.

그 당시의 부유한 동네였던 이 곳은 집안의 2층 구조와, 벽조각 장식, 모자이크 바닥, 장신구, 가구 등 사치스러운 모습이 유적으로 아주 잘 보

예수 시대의 부유한 동네의 사치스러운 모습이 고스란히 보존되어 있는 고고학 박물관.

관되어 있다. 조금 전에 누군가 잠을 자다 일어났을 것 같은 방과 누군가 금방이라도 왔다갔다했을 것 같은 부엌 등은 2,000년 전의 것이라고 느껴지지 않을 만큼 깨끗하게 보존되어 있다는 것이 신기할 정도이다.

다윗의 탑 Tower of David

자파 게이트Jaffa Gate 안쪽으로 들어오면 바로 오른쪽에 커다란 성채가 보이는 데 이 곳이 바로 다윗의 탑이다. 다윗의 탑은 지금부터 400년 전에 터키에 의해 재건된 것인데, 이 안에는 예루살렘 역사 박물관Museim of the

다윗의 탑. 성채 위에 올라가면 예루살렘 올드시티와 뉴시티를 한눈에 조망할 수 있다.

history of Jerusalem이 있다. 이 곳엔 예루살렘의 옛날 모습을 축소하여 만들어놓은 것도 있고, 2,000년 동안의 예루살렘의 변천사를 각종 슬라이드와 모형을 통해 설명해준다.

뿐만 아니라 성채 위에 올라가면 예루살렘의 올드시티와 뉴시티를 한눈에 조망할 수가 있다. 다윗의 탑에서는 4월부터 10월까지 밤마다 특별 이벤트가 열린다. 탑 안에 있는 광장에서는 예루살렘의 스토리를 최첨단 음향과 레이저 조명을 이용하여 쇼를 펼치므로 정말 볼 만하다. 하지만 밤에 이루어지기 때문에 옷을 따뜻하게 입고 가는 것이 좋다. 월요일과 수요일 밤 8시 30분에는 히브리어 이벤트, 같은 날 밤 9시 30분에는 영어 이벤트가 펼쳐지며 월요일 밤 10시 30분에는 불어 이벤트, 수요일 밤 같은 시각에는 독일어 이벤트가 펼쳐진다.

이스라엘 박물관The Israel Museum

이스라엘에서 가장 큰 박물관이라고 할 수 있는 이 곳은 예술관, 고고학관, 청소년관, 책의 전당 등 여러 구역으로 나뉘어져 있다. 웬만한 성지 순례단은 이 곳까지 방문하지 못하기 때문에 정말 이스라엘의 역사와 예술, 그리고 그들의 정신에 대해서 알고 싶은 사람들이라면 꼭 한 번 찾아가 볼 만한 곳이다.

우선 이스라엘 박물관에 들어가자마자 오른쪽으로 보이는 하얀 색의 원뿔형의 건물이 바로 책의 전당이다. 이 건물은 쿰란 동굴에서 발견된 항아리의 뚜껑을 본따서 디자인한 전시장인데, 이 곳으로 들어가면 마치 동굴로 들어가는 듯한 인상을 갖게 된다. 이 곳은 쿰란 동굴에서 발굴된

이스라엘 박물관과 책의 전당. 이 곳엔 쿰란 동굴에서 발굴된 항아리, 성경 사본뿐 아니라 마사다에서 발견된 성경 사본이 원형 그대로 보존되어 있다.

항아리, 머리카락, 동전, 성경 사본 등이 전시되어 있어서 2,000년 전의 이스라엘 사람들의 체취를 느낄 수 있다.

뿐만 아니라 마사다에서도 발견된 성경 사본이 원형 그대로 보존되어

홀리랜드 호텔에 있는 1/50로 축소한 예루살렘 성의 모습.

있고 그들이 쓰던 항아리와 화살촉, 동전, 특히 마사다에서 이스라엘 사람들이 서로 누가 먼저 자살할 것인가를 제비뽑기하던 항아리 조각도 함께 전시되어 있다.

책의 전당을 나와 박물관 안으로 들어가면 이 곳엔 역사적 시대별로 이스라엘의 전통 의상과 갖가지 장신구 그리고 생활상 등이 잘 전시되어 있어서 이스라엘 전통 공부에 많은 도움을 얻을 수 있다.

책의 전당 내부와 박물관 내부에선 어떤 카메라도 촬영할 수 없다.

홀리랜드 호텔 Holyland Hotel

홀리랜드 호텔은 사실 그저 평범한 호텔이었다. 하지만 이 호텔의 뒷편에 예수님 당시의 예루살렘 성의 모습을 1/50 로 축소한 모형을 만들어놓은 뒤부터 관광객의 발길이 끊이지 않는 명소가 되었다.

예수님 당시에 예루살렘 성이 어떤 모습이었고 지금의 예루살렘 성과는 어떻게 차이가 있는지를 알려면 이 곳을 찾아가는 것이 좋다. 솔로몬 성전의 모습과 실로암 연못, 그리고 베데스다 연못과 골고다 언덕, 그리고 그 당시의 서민들의 주택과 부유층의 가옥들도 비교적 정교하게 만들어 놓아 한눈에 볼 수 있게 만들어놓았다.

시온 산, 예루살렘을 대표하는 뒷동산

시온은 환상적인 이미지를 갖고 있다. 이스라엘 백성들이 자기의 땅에서 쫓겨나 수천 년 동안 남의 땅에서 방랑 생활을 하고 있을 때 그들의 머리 속엔 오로지 예루살렘으로 돌아가고 싶은 마음뿐이었다. 그 예루살렘을 대표하는 뒷동산이 바로 시온 산이다. 그래서 그들의 귀향 프로젝트가 시오니즘 아니던가. 확실히 아침 나절의 시온은 아름답다. 그래서 "시온의 영광이 빛나는 아침"이라는 찬송가 가사도 있는가보다. 만약 시온에서 제일 높은 곳에 올라가 예루살렘을 내려다보면 저 멀리 감람 산을 배경으로 한 예루살렘이 한눈에 들어올 게 분명하다. 시온은 유대인의 마음의 고향이다. 시온산은 현재 예루살렘 성 밖에 있다. 원래는 안에 들어와 있어야 했는데 성을 설계하는 사람의 실수로 밖으로 밀려나게 되었다는 얘기가 있다. 현재 시온 산 주변엔 마가의 다락방, 베드로 통곡 교회, 마리아 영면 교회, 다윗의 무덤 등이 있다.

베드로 통곡 교회 Church of St Peter in Gallicantu

예수님 체포 당시 대제사장이던 가야바의 집으로 간주되는 지점에 1931년에 이 교회가 세워졌다고 한다. 가야바는 AD 27년부터 36년까지 유대의 대제사장인데 전 제사장 안나스의 사위이기도 하다. 오랫동안 예수를 못마땅하게 생각하여 예수가 붙들려오자 먼저 안나스에게 데려간

베드로 통곡 교회. 베드로는 예수를 모른다고 세 번씩이나 부인하였다가 닭이 세 번 우는 소리에 깜짝 놀라 회개하며 통곡했다고 해서 붙여진 이름이다.

다음 자기가 직접 신문하고 빌라도에게 끌고 간 장본인이다. 예수님이 돌아가신 다음엔 사도들을 핍박하기도 했었다. 예수님이 겟세마네 동산에서 기도를 하실 때 병사들에게 끌려 이 곳 가야바의 집으로 끌려왔다. 그리고 뒤따라왔던 베드로는 여기서 예수를 모른다고 세 번씩이나 부인하였다가 닭이 세 번 우는 소리에 깜짝 놀라 회개하며 통곡했다고 해서 베드로 통곡 교회라고 이름 붙여졌다. 이 교회의 지하엔 예수님께서 갇혀 있었다는 감옥이 있다.

최후의 만찬 다락방 The Hall of the last supper

우리는 최후의 만찬이라는 그림을 통해서 예수께서 십자가에 못박히기 전에 열두 제자와 함께 마지막 식사를 하시면서 떡과 포도주를 나누시

최후의 만찬 다락방. 바로 이 곳이 2,000년 전에 예수께서 마지막 만찬을 하시고 제자들에게 성령이 내려왔던 오순절의 위치일 거라는 추측을 하고 있다.

던 다락방의 모습을 많이 봐왔다. 하지만 이 곳은 우리가 그 동안 봐왔던 그림 속의 다락방과는 거리가 멀다. 그리고 우리가 생각하는 그런 다락방의 모습도 찾아볼 수 없다. 왜냐하면 이 곳은 예수께서 제자들과 함께 마지막 저녁 식사를 하셨던 그 장소라고 정확히 얘기할 수 없기 때문이다.

이 곳은 내부가 화려한 고딕 건물인데, 이 곳 역시 예루살렘의 사연 많은 역사와 함께 부숴지고 다시 세워지고 또다시 파괴되었다가 오늘날의 모습으로 변형되었기 때문이다.

다만 이 곳이 바로 2,000년 전에 예수께서 마지막 만찬을 하시고 제자들에게 성령이 내려왔던 오순절의 위치일 거라는 추측만이 알려지고 있을 뿐이다. 그리고 이 건물의 아래층에는 다윗 왕의 기념묘가 있다.

다윗 기념 무덤 The Tomb of David

이 곳은 말 그대로 다윗 왕의 죽음을 기념하는 가무덤일 뿐이지 실제의 다윗 왕의 무덤은 절대 아니다. 입구에서 무료로 나눠주는 종이로 된 모자, 키파를 머리에 쓰고 내부로 들어가면 약 세 평 정도의 작은 방이 있는데 이 방 가운데에 푸른색 융단으로 덮혀 있는 커다란 관을 볼 수가 있다. 하지만 이 관 안에 무엇이 들어 있는지는 알 수가 없다. 실제로 다윗 왕의 무덤은 예루살렘성의 동쪽이라고 성경에 적혀 있지만, 이 곳은 예루살렘성 안의 서쪽에 위치하고 있다.

정원 무덤 Garden Tomb

"그는 여기에 없습니다. 하늘로 올라갔습니다."

다윗의 무덤.

다마스커스 문에서 나와 약 5분 정도 걸어가면 정원묘Garden Tomb라는 표지판을 만나게 된다. 이 곳은 예수께서 십자가에 못박히신 뒤 운명하시고 나서 묻힌 무덤이라고 여겨지는 곳이다. 1833년 영국의 고든 장군이라는 사람이 마치 사람의 해골과도 같이 생긴 언덕을 보고 이 곳을 골고다 언덕이라고 생각한 것이다. 골고다는 해골이라는 뜻이기 때문이다. 그리고 그 근처에서 무덤 하나를 발견하였는데 이 곳 역시 예수님의 무덤이었을 거라고 추측하고 있는 것이다. 그러니까 현재 예루살렘엔 예수님의 무덤이 성 분묘 교회와 이 곳 정원 무덤 두 군데인 셈인데 많은 사람들이 성 분묘 교회를 더욱 예수님의 진짜 무덤으로 생각하고 있는 것 같다.

정원 무덤은 현재 영국 런던에 본부를 둔 정원 무덤 협의회에서 관리하

정원 무덤.

고 있는데, 주일 오전 9시에 이 곳에서 예배를 드리고 있고, 입구에서 영어 가이드를 원하는지 물어보고 필요하다면 친절하게 영어로 가이드를 해준다. 입장료는 무료다.

{ 정원 무덤이 예수의 무덤이라고 주장하는 이유 }

1. 그 곳은 예수께서 십자가에 못박혀 죽은 곳과 가깝다.

2. 그 곳은 정원 안에 있었으며 바위를 깎아 만든 부자의 무덤이었고, 커다란 돌을 굴려서 입구를 막았다.

3. 예수의 제자들이 밖에서 무덤 안을 들여다볼 수 있었다.

4. 무덤 안에는 몇 사람이 들어갈 수 있는 방이 있었다.

5. 바로 옆에 해골 모양의 언덕이 있다.

6. 근처에 성 스테반 교회가 있는 것으로 보아 공중 사형 집행 장소였을 것이고, 로마 정부도 이 곳을 사형 집행 장소로 선택, 사용하였을 것이다.

7. 예수님 당시 이 곳에 올리브나무 숲이 있었을 것이라는 증거는 발견된 많은 지하 저수 탱크들을 보아 짐작할 수 있다. 이 지하 저수 탱크의 용량은 약 90만 리터의 빗물을 보관할 수 있으며, 이것은 일년에 8개월이나 되는 가뭄에도 정원을 충분히 푸르게 만들 수 있는 용량이기도 하다. 그리고 1924년에 발견된 포도주 틀은 주변에 포도원이 있었음을 가리키기도 한다.

유대인의 삶과 역사의 장소들

야드바셈Yad Vashem

야드바셈은 제2차 세계대전 때 독일 나치에 의해 무참히 학살된 600만 명의 유대인들의 원혼을 달래는 곳이다. 그래서 이 곳에 찾아오는 유대인들의 모습은 모두가 한결같이 상기되어 있었고 비장한 모습이었으며, 이 곳의 모든 전시물과 전시 구성도 관람객들에게 비장함을 안겨주는 것들이었다.

이 곳엔 기억의 홀Hall, 이름의 홀, 역사 박물관, 어린이 기념관 등 여러 가지의 기념관들이 있는데, 유대인들이 나치에 끌려가서 수용소 생활을 할 때 쓴 일기장과 편지, 그 곳의 참상을 찍은 사진들이 전시되어 있다.

뿐만 아니라 수용소에서의 생활상 등을 마치 직접 보는 것처럼 디오라마로 재현해놓았고, VTR과 슬라이드를 이용한 입체적인 설명도 계속 상영되고 있다.

특히 나치들이 유대인의 몸에서 빼낸 기름으로 만들었다는 비누와 유대인들의 시체에서 뽑은 금이빨, 유대인을 구별하기 위해 팔에 감고 다녔던 다윗의 별들을 보면 얼마나 자유가 소중한지를 다시 한 번 깨달을 수 있으며, 사람의 인권을 생각해보고 사람이 어디까지 잔인해질 수 있는 동물인지도 다시 한 번 생각하게 하는 곳이 바로 야드바셈이다.

일요일과 수요일 오전 10시에는 안내원이 가이드를 해주는데 이 곳을

야드바셈 외경과 고난 속에서 유대인 어린이를 돌보다 숨진 코르작 박사의 숭고한 정신을 표현한 부조 작품.

찾아온 초등학생부터 대학생, 그리고 군인들이 열댓 명씩 모여 서로 관람을 하며 토론하고 있는 모습을 자주 볼 수 있다.

메어셰어림Mea She'arim

메어셰어림은 1875년 뉴시티에 세워진 유대 정교회의 본거지 마을 이름이다. 이 곳에 사는 유대인들은 한여름에도 두꺼운 털모자와 검은 옷을

메어셰어림의 유대인들. 한여름에도 두꺼운 털모자와 검은 옷을 길게 늘어뜨려 입는다.

길게 늘어뜨려 입으며 자신들만의 생활 방식을 고집하고 있다.

안식일에는 자동차를 전혀 운전하지도 않고 다른 사람들이 자동차를 몰고 자신의 동네에 들어오는 것조차 싫어하고 있다. 아니 싫어하는 정도가 아니라 자동차가 다니는 것을 보면 돌을 던지기도 하고 심지어는 안식일에 자신들의 도로에 어떤 차도 다니지 못하게 해달라고 집단 시위까지 벌이는 정도이다.

그리고 그들은 이스라엘 사람들이라면 누구든지 하는 영어를 전혀 사용하지 않는다. 그래서 이들에게 다가가 영어로 물어보면 전혀 알아듣지 못하고 아예 영어를 하려고 하지도 않는다. 'Old City' 같은 아주 간단한 단어조차도 못 알아듣는 사람들이 대부분이라는 얘기다.

더구나 거리에서 만나는 모든 남자들의 복장이 검은 모자에 검은 외투를 입고 있어서 특별히 구분이 가지도 않으니까 더욱 사람을 헷갈리게 한다.

이 곳에 구경을 가는 것은 좋지만 이들 앞에서 카메라를 꺼내는 것은 조심해야 하고, 말은 걸지 않는 것이 좋다. 그리고 될 수 있으면 낮에 가야지 밤에 가면 길을 잃고 헤맬 수도 있다.

역사를 바꾼 마을, 베들레헴

예루살렘의 다마스커스 문 앞에서 합승 택시인 세루트를 타고 약 20분 정도 달리다보면 어느새 작은 마을 베들레헴을 만난다. 이 곳은 언뜻 보기엔 먼지만 풀풀 날리는 길에 정리되지 않은 골목들, 그 속에서 뛰어노는 땟국물의 아랍 아이들만이 바글바글한 곳 같지만, 매년 12월 말이 되면 전 세계에서 모여든 크리스천들로 발 디딜 틈도 없이 복잡해지는 세계적인 마을이다.

3,000년 전에는 이스라엘을 건국한 다윗이 태어난 곳이기도 하고 기름 부음을 받은 곳이기도 하지만, 2,000년 전에는 온 인류를 구원한 예수 그리스도가 인간의 모습으로 이 땅에 태어난 역사적인 곳이 바로 베들레헴이다.

이렇게 이스라엘의 역사와 전 세계의 역사를 180도 바꿔놓은 인물의 탄생지임에도 불구하고 베들레헴이 너무나 개발되어 있지 않다는 점은 좀 의외지만 또 한편으로는 그래서 더욱 매력 있는 게 아닌가 싶다.

베들레헴은 헤브론과 남부 지방을 연결하는 남북 간선 도로 근처의 예루살렘 남동쪽 9킬로미터쯤에 있으며, 표고는 약 690미터 이상이다. 현재 이 곳엔 약 3만 5,000명의 인구가 살고 있는데 대부분이 아랍인들이지만 놀랍게도 크리스천도 많다. 순례객들이 둘러보아야 할 곳은 베들레헴의 입구에 있는 라헬의 무덤, 베들레헴 안으로 들어가선 제일 중요한 예수 탄

베들레헴. 3,000년 전에는 이스라엘을 건국한 다윗이 태어난 곳이기도 하고 기름 부음을 받은 곳이기도 하지만, 2,000년 전에는 온 인류를 구원한 예수 그리스도가 인간의 모습으로 이 땅에 태어난 역사적인 곳이 바로 베들레헴이다.

생 기념 교회와 우유 교회, 목자의 들판 등이 있다.

라헬의 무덤 Rachel's Tomb

라헬은 야곱의 아내이자 요셉의 어머니이다. 야곱이 형들을 피해다니다가 우물에서 물을 긷는 라헬을 보고 반해서 라헬을 아내로 얻기 위해 14년 간이나 종살이를 했을 만큼 미모였고 야곱이 사랑했던 여인이다.

하지만 라헬은 야곱의 아내가 되었어도 자식을 낳지 못해 괴로워했고 하나님께 기도하자 드디어 요셉을 낳게 해주셨던 것이다. 그 라헬의 무덤

야곱의 아내이자 요셉의 어머니인 라헬의 무덤.

이 바로 베들레헴에 있다.

현재 라헬의 무덤 자리에 세운 교회는 15세기에 만들어진 것인데, 아기를 낳지 못하는 여인들은 이 곳을 찾아와 기도한다고 한다.

예수 탄생 교회 Church of the Nativity

인류를 구원하기 위해 오신 구세주는 화려한 팡파레와 함께 축제 속에 오신 것이 아니라 아주 작고 냄새나는 마구간에서 나셨다. 도저히 사람이 잠을 잘 수 없는 장소, 특히 아기가 엄마의 뱃속에서 태어나고 신생아가 잠시라도 있을 수 없는 그런 장소에서 아기 예수는 태어난 것이다. 그래서 예수의 탄생은 더욱 인류에게 많은 의미와 메시지를 전달하고 있는지

예수 탄생 교회의 외관과 내부, 오른쪽은 말을 타고 들어오는 사람들을 막기 위하여 약 1미터 20센티미터로 작게 낮춰서 만들었다고 하는 입구.

도 모른다.

예수가 탄생한 그 장소가 바로 오늘날의 예수 탄생 교회이다. 수억의 인류가 믿고 따르는 예수의 탄생 장소에 직접 내 발로 찾아가 내 눈으로 확인한다는 것은 감동 그 자체이고 내 인생의 또 다른 역사이지 않을까?

바로 그 의미 심장한 장소를 찾아가기 위한 예수 탄생 교회의 입구는 그러나 너무나 작고 초라하기 짝없다. 그리고 아무리 키가 작은 사람이라 하더라도 어른이라면 반드시 허리를 반쯤 숙여야만 안으로 들어갈 수 있다. 겸손해야 한다는 얘기다.

예수 탄생 교회 베들레헴의 별. 인류의 역사를 BC와 AD로 가른 인물이 태어난 장소치고는 허름하고 좁기 이를 데 없는 장소이지만, 수많은 크리스천들이 꼭 한 번 찾아가 은별 위에 직접 입을 맞추고 싶어하는 바로 그 장소다.

예수 탄생 교회는 아기 예수가 탄생한 그 마구간 동굴예수 탄생 당시에는 동굴 속에 마구간을 만들었다고 한다 위에다 콘스틴타누스 황제의 어머니 헬레나가 339년에 교회를 만들었는데, 그 후 약 200년 뒤 민란으로 파괴되었다가, 비잔틴 시대인 5세기경 재건된 것이 바로 지금까지 서 있는 예수 탄생 교회이다.

이 교회는 길이 약 50미터 폭이 약 24미터의 십자가 형태의 모습을 띄고 있다. 입구는 원래 세 개였지만 지금은 두 개의 문은 벽돌로 막혀 있고, 나머지 한 개의 문도 말을 타고 들어오는 사람들을 막기 위하여 약 1미터 20센티미터로 작게 낮춰서 만들었다고 한다.

안으로 들어가면 양 옆으로 열한 개씩의 돌기둥이 두 줄로 모두 네 줄이 서 있는데, 그중에 한 기둥에선 눈물이 흐른다고 해서 크게 화제가 되고 세계의 관광객들이 몰린 적이 있었다.

바닥엔 무척 오래 된 나무로 마루가 깔려 있는데, 이 마루 밑에는 비잔틴 시대의 모자이크가 장식되어 있어 나무 바닥을 들어올리면 모자이크를 볼 수 있다.

교회 안의 정면엔 제단이 마련되어 있고, 정면 오른쪽에 바로 예수님의 탄생 장소인 동굴로 내려가는 계단이 있다. 이 계단으로 내려가면 어른이 스무 명 정도 서면 꽉 찰 것 같은 작은 동굴이 나오는데, 내려가자마자 바로 오른쪽에 빨간 천으로 덮혀 있는 마치 벽난로 같은 작은 공간 안에 은으로 만든 별 모양이 바로 예수가 탄생한 장소이다.

인류의 역사를 BC와 AD로 가른 인물이 태어난 장소치고는 허름하고 좁기 이를 데 없는 장소이지만, 수많은 크리스천들이 꼭 한 번 찾아가 은별 위에 직접 입을 맞추고 싶어하는 장소이자, 해마다 성탄절이 되면 지구의 순례자들이 한꺼번에 모이는 장소 또한 바로 이 곳인 것이다.

시간이 맞으면 그 곳의 수도사들이 하루에 몇 차례씩 예배를 드리는 장면을 목격할 수 있다.

이 곳으로 내려온 계단과 맞은편에 있는 또 다른 계단으로 올라가면 다시 윗층에 있는 예수 탄생 교회의 내부가 되는데, 올라온 계단 바로 앞에 있는 출구로 나가면 성 캐더린 교회로 들어갈 수 있게 된다.

성 캐더린 교회는 예수 탄생 교회가 동방정교회, 아르메니안 교회, 로마 가톨릭 교회가 공동으로 소유 관리하기 때문에 로마 가톨릭의 프란치

성 캐더린 교회와 우유 교회. 우유 교회는 아기 예수가 태어난 이후 이집트로 피신하기 전에 잠시 살았던 곳으로 알려진 장소에 세운 교회이다.

스코회에서 별도의 성당을 만들어 매년 성탄 미사를 여기서 올리고 그 성탄 미사를 전세계에 방송하고 있다.

우유 교회 Milk Gorotto

예수 탄생 기념 교회에서 나와 건물의 왼쪽 끝으로 가면 차 한 대가 다닐 수 있는 골목길을 만나게 된다. 이 골목을 따라서 약 20미터 정도를 가면 무척 아름다운 교회를 만나게 되는데 이 교회가 바로 우유 교회이다.

목자의 들판. 예수님이 태어날 당시 천사들이 목자들에게 나타나 기쁜 소식을 전해준 곳이다.

이 교회는 아기 예수가 태어난 이후 이집트로 피신하기 전에 잠시 살았던 곳으로 알려진 장소에 교회를 세운 것인데, 동굴의 벽이 하얀색이라고 해서 우유 동굴이라 불렀다고 한다. 아마도 마리아와 요셉은 이 곳에서 아기 예수를 품에 안고 다른 사내 아기들이 로마 병사에 의해서 칼에 찔려 죽어가는 비명 소리를 들었을지도 모른다. 지금의 교회 건물은 1872년도에 세워진 것이다.

목자의 들판 Field of Sheperd's

목자의 들판에 있는 동굴 속의 채플.

예수 탄생 교회에서 나와 오른쪽으로 돌아가면 아래로 내려가는 계단이 보이는데 그 계단을 따라 내려가다보면 더 아랫쪽으로 가는 길이 나온다. 그 길을 따라서 약 2킬로미터 정도 걸어가다보면 목자의 들판이 나온다. 이 곳은 예수님이 태어날 당시 천사들이 목자들에게 나타나 기쁜 소식을 전해준 곳이라고 하며, 그 곳을 기념하기 위한 교회가 있다. 그래서 교회의 건물도 목자들이 주로 사용하던 천막 모양이라고 한다. 천막 모양의 교회 뒤로 돌아가면 천주교에서 관리하는 동굴 속의 채플도 있다.

헤브론, 있는 그대로의 팔레스타인을 만날 수 있는 곳

헤브론은 이스라엘 중에서 가장 비옥한 땅으로 수풀이 우거져서 농작물을 재배하기엔 최고의 지질을 갖고 있으며, 양질의 포도가 많이 생산되는 곳으로 알려져 있다. 그래서 예루살렘이나 여리고처럼 성으로 둘러싸인 도시가 아닌 곳치고는 꽤 오래 전에 도시가 형성된 것으로도 알려져 있다. 예루살렘에서 남서쪽으로 30여 킬로미터 떨어진 곳에 해발 900여 미터의 구릉 도시이면서 약 12만 명의 인구가 어우러져서 살고 있다. 오랜 역사 속에 도시의 주인이 바뀌고 바뀌면서 그에 따른 역사적인 상처가 많이 있다. BC 17세기 이전에 도시가 세워져서 다윗이 왕으로 즉위한 후 바로 약 7년 6개월 간 이스라엘의 수도로도 역할을 했고 이스라엘 백성이 바빌론에 유배되었을 때와 예수님 이후에 예루살렘이 멸망할 때는 이미 로마의 통치에 들어갔었다. 그 이후 12세기에 십자군에 의해 다시 탈환되었다가 1517년에는 투르크 소유로 들어가 400년 간 통치를 받았으며 1917년부터는 연합군의 통치를 받는 등 상처의 연속으로 점철된 도시가 바로 헤브론이다.

헤브론이야말로 팔레스타인 사람들이 살아가는 있는 그대로의 모습을 볼 수 있는 곳이라 할 수 있다.

현대 역사에 등장하는 헤브론

헤브론의 약 12만 명 인구 중에 유대인은 기껏 400여 명뿐이다. 하지만 그만큼 이스라엘도 헤브론에서 완전히 손을 떼지 못하고 있다. 설사 이스라엘 정부가 헤브론에서 손을 떼고 싶어도 유대인들이 자발적으로 그 곳에서 위험을 무릎쓰고 살고 있기 때문이다. 아랍 사람이 도시 속의 섬처럼 겨우 살아가고 있는 유대인들을 못마땅해하고 있는 이유는 무엇인가?

그것은 헤브론에 마크펠라 동굴이 있기 때문인데 이스라엘은 아브라함이 400세켈을 지불하고 산 장소라고 주장하고 있다. 즉 4,000년 전에 이루어진 흥정인 셈이다. 세켈은 지금도 이스라엘이 쓰고 있는 화폐 단위이다.

이스라엘이 헤브론 소유권을 주장하는 이유 중에 또 하나가 바로 3,000년 전에 다윗 왕이 예루살렘으로 천도하기 전에 헤브론을 7년 동안 수도로 삼았었다는 것이다.

유대인들은 이 같은 종교적 역사적 영토적 근거에 따른 종교적 열정과 극우 민족주의를 바탕으로 하여 헤브론을 건설한 선지자 아브라함이 묻힌 족장묘를 중심으로 유대인 공동체를 재현하기 위해 지금까지 싸워왔다.

하지만 아랍인 역시 종교적 역사적 근거를 내세우고 있다. 아브라함을 선지자로 받들고 있는 회교도들도 이 곳의 묘지와 동굴 위에 세운 회교 사원을 신성한 것으로 생각하고 있다. 또 아브라함이 땅을 사들였다는 '헷족'의 존재는 바로 이 땅이 아브라함과는 다른 족속의 소유였다는 점을 보이는 증거라고 말한다.

양측의 이 같은 종교적 이념과 정치적 현실이 뒤섞여 헤브론은 유혈의 인화점이 되어온 것이다.

1929년 8월 아랍 군중이 유대인 촌을 공격 67명 사망.

1936년 아랍인들의 폭동 재발로 유대인 추방당함.

1948년 요르단의 통치로 들어감.

1967년 '6일 전쟁'으로 이스라엘이 헤브론을 통치.

1968년 유대인 자치 거주 시작. 36년에 추방당한 이후로 32년 만임.

이때 한 작은 호텔에서부터 시작하여 3주후에 헤브론의 이스라엘 군 사령부 지역 안으로 거주지를 옮김.

1971년 유대인 정착촌 건설 시작.

1979년 헤브론 중심에 유대인 촌 정착.

1980년 아랍인들이 유대 교회당에서 집으로 가던 유대인들에게 총격 6명 사망.

1983년 복면을 쓴 유대인이 이슬람 대학에서 자동 소총 난사, 아랍 학생 3명 사망.

1994년 4월 유대인이 마크펠라 사원에 총을 들고 난입, 아랍인에게 난사 29명 사망. 범인은 현장에서 흥분한 아랍인에 의해 몰매 맞아 사망.

마크펠라 동굴 Cave of Machpelah

예루살렘에서부터 달려온 버스가 헤브론에서 멈추는 곳은 바로 시장 입구이다. 마치 우리 나라 시골 장터와 같은 아랍 시장 길을 따라 약 10분 정도 걸어가면 커다란 석조 건물이 보이는데 현재 사람들이 살고 있는 헤브론의 건물보다 오히려 더 웅장하고 견고해 보이는 요새와도 같은 건물이 눈앞에 펼쳐진다. 이 곳이 바로 아브라함이 아내 사라를 장사지내기 위해 돈 주고 샀다는 그 장소이다.

나중에 아브라함 자신도 함께 묻힌 이 무덤 동굴 위에 세운 마크펠라는

마크펠라 동굴. 이 곳은 아브라함과 그의 아내 사라가 묻혀 있는 동굴 위에 지은 건물로 헤브론에서 오래 된 건물이기도 하지만 이스라엘과 팔레스타인 모두에게 성스럽고 중요한 성지이기도 하다. 두 민족은 이 건물을 서로 차지하기 위해 오래 전부터 싸우고 있다.

너비가 34미터 길이가 55미터의 돌로 만든 건물이다. 예수님 당시에 헤롯이 이 곳을 지나다가 유대인들이 너무나 소중히 여기는 장소라는 것을 알고는 선심을 베풀기 위해 커다란 건물을 지어주었는데, 그때의 건물이 하나도 손상되지 않고 지금까지 내려온다. 그러니까 이 곳은 이스라엘의 다른 곳에 있는 유적지가 겪어야 했던 파괴와 재건의 수난을 겪지 않고 다행히 지금까지 그 모습을 유지해오고 있는 것이다. 그 이유는 헤브론 역시 역사의 소용돌이를 함께 거쳐왔지만, 이 건물에 묻혀 있는 아브라함을 아

마크펠라 동굴 내부, 아브라함과 사라의 무덤.

랍 사람들도 조상으로 여기기 때문에 소중히 여겨왔던 것이다.

마크펠라 동굴 안에 있다는 아브라함과 이삭의 무덤 그리고 야곱과 레아의 무덤을 보기 위해 들어가려면 먼저 이스라엘 군인들의 철저한 검문을 받아야 한다. 아랍 사람과 유대인들이 모두 소중히 여기는 곳이니 만큼 언제 있을지 모르는 폭탄 테러를 방지하기 위해서다.

몇 차례의 검문과 질문을 통과해 들어가면 마치 커다란 트럭과 같은 통이 두 개가 보이는데, 이것이 바로 아브라함과 사라의 무덤이다. 하지만 이것은 진짜가 아니라 가짜다. 진짜 무덤은 이 건물의 지하 동굴에 있는데 언제부터인지는 모르지만 입구가 폐쇄되어서 아무도 들어갈 수가 없다. 마크펠라는 유대인들만 들어갈 수 있는 유대인 지역, 아랍인들만 들어갈 수 있는 아랍 지역으로 나뉘어 있으며 출입구도 역시 두 개이다. 여행자들은 어느 쪽으로 들어가도 상관없지만, 유대인 지역으로 들어갈 땐 여권을 꼭 지참해야 한다.

은둔의 땅, 네게브 사막

마사다

{ 이스라엘의 자긍심 } 예루살렘에서 버스를 타고 이스라엘의 최남단 지역 에일랏으로 가려면 좌측엔 요르단 계곡을 오른쪽엔 네게브 사막을 끼고 달려야 한다. 예루살렘을 벗어나서 약 한 시간 정도만 지나면 왼쪽에 사해가 보이고 잠시 후 오른쪽으로 하늘로 우뚝 선 고지를 만나게 된다. 멀리서 보면 마치 높은 산봉우리를 적당한 곳에서 싹뚝 잘라낸 것처럼 보이기도 하고 웬만해선 그 꼭대기에 올라가기가 쉽지 않을 것처럼 느껴지는데, 이 곳이 바로 이스라엘 사람이라면 대단한 자긍심을 갖고 있는 마사다이다.

초등학교 학생들의 졸업식이나 군인들의 총기 수여식을 이 곳에서 하는 경우가 많이 있고, 이스라엘의 젊은이라면 반드시 한 번쯤은 들렀을 정도로 이스라엘 사람들이 마사다에 대해서 갖고 있는 자부심은 대단하다. 그렇다면 왜 이스라엘 사람들은 마사다를 사랑하고 성스럽게 여기는가? 그것은 마사다의 역사를 알면 어느 정도 이해할 수 있다.

{ 이스라엘 최후의 항전지 } AD 67년, 예루살렘은 로마의 지배하에 있었다. 그러나 유대인의 종교와 신앙 정서를 포용하지 못했던 로마는 유대인들의 민심을 거스르는 정책을 사용하고 마침내 분노를 일으킨 예루살렘

의 유대인들은 대규모 반란을 일으키게 된다. 예루살렘에서 시작된 반란은 삽시간에 이스라엘 전국으로 확산되고, 이에 당황한 로마는 마침내 본국에서 대규모의 군대를 파견하기까지 한다. 결국 지방의 반란은 진압하지만 워낙 반란의 강도가 심한 데다 견고한 성으로 둘러싸인 예루살렘만 남게 된다.

드디어 로마는 예루살렘 포위 작전을 하게 되는데 성 안으로 들어가는 자나 나오는 자들을 모두 차단한 채 예루살렘을 완전히 봉쇄하자 예루살렘 성 안은 수많은 사람들이 식량과 식수의 부족으로 굶어죽게 되고 그 안에서 인육까지 먹게 되는 사태가 벌어지게 된다. 여기 저기서 강도가 들끓고 화려했던 예루살렘은 불에 다버리는 등 아비규환이 되고 만다.

이때 일단의 무리들이 이 예루살렘 성을 탈출하는 사건이 일어난다.

{ 최후의 항전지 마사다 } 예루살렘 성 안에서 반란을 주도했던 사람 중의 하나인 엘리에젤은 한밤중에 로마 군인들의 철통 같은 포위를 뚫고 969명을 이끌고 예루살렘 성 탈출에 성공한다.

그들은 곧바로 헤롯이 만들어놓은 사해 바로 옆에 있는 마사다로 향했다. 마사다는 헤롯 왕이 유사시 유대인들이 폭동을 일으키면 피신하기 위해 만들어놓은 일종의 피신처로 네게브 사막에 있는 가파른 돌산 꼭대기의 요새였다. 높이 410미터의 산봉우리에 길이 600미터 너비 320미터의 넓은 운동장 같은 평지로 되어 있는 곳에 5.4미터의 성벽을 둘렀으며 그 성벽엔 38개의 망루를 만들었다. 말이 피신처였지 그곳은 또 하나의 궁전과 다름없었다.

마사다. 이스라엘 남부 지역이자 사막 가운데 있는 이 산은 비록 높이 410미터 밖에 안 되지만 이스라엘 민족의 자존심을 살렸던 역사의 현장이다. 이 곳을 올라가는 방법은 2,000년 전 969명이 갔던 길을 따라서 걸어 올라가는 것과 케이블 카로 3분 만에 올라가는 방법이 있다.

그 곳엔 몇 년 동안 먹고 마실 수 있는 식량과 물이 저장되어 있었으며 무기도 있었고 몇 명의 병사들이 지키고 있었다. 마사다는 한마디로 말해서 예루살렘을 도망나온 유대인들이 피신하기엔 안성맞춤인 곳이었다. 한밤중에 예루살렘 성을 빠져나온 969명의 유대인들은 밤새 사막길을 달려 마사다에 도달했다.

마사다 정상까지의 가파른 길을 목숨 걸고 올라간 969명의 유대인들,

마사다 가상도.

다음날 이들이 예루살렘 성을 빠져나간 것을 안 로마 군사들은 마사다로 쫓아갔다. 그러나 마사다는 안에서 문을 잠그기만 하면 절대로 밖에선 들어갈 수 없는 난공불락의 요새와도 같았다. 하는 수 없이 그들이 그 곳에서 내려오기만을 기다렸지만 사막 전투엔 그다지 경험이 많지 않았고 더구나 물이 부족했던 로마 군인들은 무작정 기다릴 수만은 없었다. 그래서 생각해낸 것이 바로 경사로였다. 마사다 정상까지 경사로를 쌓은 다음 성을 부술 수 있는 공성 장비인 파성추를 앞세워 성을 부수고 쳐들어가 그들을 모두 죽이거나 포로로 잡아 내려온다는 전략이었다.

그 작전은 곧바로 실행에 옮겨졌다. 로마의 병사들이 40도를 웃도는 뜨거운 사막의 태양 아래서 흙을 실어다 경사로를 쌓기 시작한 것이다. 이런 모습을 마사다 정상에서 내려다보고 있던 유대인들이 이번에는 커다란 돌과 뜨거운 물을 아래를 향해 쏟아붓기 시작했고 로마의 경사로 공사는 중단되었다.

로마는 다시 대책을 마련하기로 했다. 경사로 작업을 로마의 군인들이 나서서 할 것이 아니라 예루살렘에서 포로로 잡은 유대인들을 끌어다가 작업에 투입하자는 것이었다. 며칠 뒤 경사로 공사는 다시 재개되었다. 마사다 정상에서 이 장면을 지켜본 이스라엘 도망자들은 놀라지 않을 수 없었다. 그 공사 현장엔 예루살렘에서 포로로 잡혀간 같은 이스라엘인들이 있었기 때문이었다. 마사다 정상에 있던 유대인들이 이들에게 돌을 던지거나 뜨거운 물을 던질 수가 없다는 것을 로마 군인들이 예상했던 것이다. 로마의 예상은 들어맞았다. 마사다 정상에선 그냥 속수무책으로 이들이 점점 쌓아 올라오는 경사로를 지켜볼 수밖에 없었고 마침내 3년 뒤 경

마사다 꼭대기.

사로는 완성되었다.

여기서 로마 군인들은 엄청난 실수를 하게 된다. 그 당시 로마의 장군이었던 티투스는 경사로를 다 완성하고도 곧바로 마사다 정상을 향해 파성추를 앞세워 진격하지 않고 다음날 새벽에 총공격을 하기로 한 것이다. 어짜피 마사다 정상에 숨어 있는 이스라엘 도망자들은 이제 독 안에 든 쥐라고 생각했던 것이다.

마사다에 만들어놓은 헤롯 왕의 테라스.

그날 밤 마사다 정상에선 지도자 엘리에젤이 969명을 모두 모아놓고 연설을 한다.

"이제 우리가 그토록 걱정했던 로마 군사들의 경사로가 모두 완성되었다. 이제 분명 내일 새벽이면 그들이 이 곳으로 올라와 우리를 공격하게 될 것이다. 이제 우리에게 남은 선택의 길은 단 세 가지다. 첫 번째는 그들이 내일 새벽에 쳐들어오면 우리도 무기를 들고 맞서서 용감하게 싸우는 것이다. 그러나 우리는 분명 모두 죽게 될 것이다. 그리고 두 번째는 저들이 올라올 때 모두가 무릎 꿇고 기다리고 있다가 항복을 하는 것이다. 그렇게 되면 우리 남자들은 모두 죽거나 살아남은 자는 노예로 끌려가게 될 것이고 여자와 아이들은 노예로 끌려가거나 능욕을 피할 수 없게 될 것이다. 마지막 세 번째는 우리의 목숨이 우리의 손에 달려 있을 때 차라리 우리 스스로 끊어 저들이 승리하지 못하게 하는 것이다. 자 이제 어떻게 할 것인가?"

엘리에젤의 연설이 끝나자 그들은 모두 스스로 목숨을 끊어 로마에게 승리의 기회를 빼앗는 것만이 진정한 승리라는 결론을 내리고 만다.

먼저 969명 중에 열 명의 대표자를 제비뽑기로 선발한 다음 그 열 명이 가족 단위별로 기다리고 있는 각자의 방으로 찾아다니며 칼로 목을 벤 다음 또다시 열 명 중에 한 사람을 제비뽑기로 선발해서 그 한 사람이 나머지 아홉 명의 목에 칼을 긋는 식으로 그들은 모두 스스로 목숨을 끊기로 한 것이다.

다음날 새벽, 드디어 로마의 깃발을 앞세운 로마의 군인들이 경사로를 따라 마사다 정상에 올라왔고 파성추를 이용해 성을 부수고 그 안에 들어갔지만 마사다 정상에선 그 어떤 전투도 벌어지지 않았다. 격렬한 전투가 벌어질 것을 예상했던 로마 군인들은 허탈하지 않을 수 없었다. 이미 전투를 할 상대들이 모두 싸늘한 시체로 발견되었기 때문이다.

AD 70년, 이제 이스라엘은 지구상에서 사라져버렸다. 예루살렘에 있던 성전은 서쪽 벽의 일부만 남겨놓은 채 모두 허물어졌다.

이곳 마사다는 모든 이스라엘 백성들이 로마의 말발굽 아래 무릎을 꿇

마사다 정상에 있는 곡물 창고와 이스라엘 피난자들이 경사로를 쌓고 있는 로마 병사들에게 던졌던 돌.

거나 무참하게 살해되었지만 마사다의 969명만큼은 자기의 자존심을 지키며 끝까지 버티다 스스로 목숨을 끊었다는 것 때문에 이스라엘 사람들에게 무척이나 의미 있는 곳이었다.

그런데 그 역사의 현장이 책에서만 전해져 내려올 뿐 현장을 찾지는 못했었다. 하지만 2,000년이 지난 최근 마사다가 발견되었고, 지금 이스라엘 사람들은 이곳에 올라와 크고 작은 행사들을 치르고 있다.

{마사다의 현장엔 2,000년 전의 그 모습 그대로 } 현재 마사다 정상에 올라가는 방법은 세 가지다. 뱀처럼 길이 고불고불하다고 해서 뱀의 길이라고 하는 길과 로마 군사들이 쌓은 경사로를 따라 올라가는 길, 그리고 마사다 입구에서부터 정상까지 연결한 케이블 카가 있다.

하지만 마사다의 진정한 의미를 알고 싶거나 조금이나마 체험하고 싶은 사람들은 한결같이 뱀의 길로 걸어 올라가는데, 약 30분 정도 걸리며 땀이 비오듯이 쏟아진다. 케이블 카를 이용해서 올라가는 사람들은 외국 관광객 가운데 노인들이 많이 사용하고 있으며, 한국에서 온 단체 관광객들도 많이 이용한다.

마사다 정상에는 로마 군사들에게 집어 던졌던 돌멩이들이 쌓여 있고 음식 저장 창고와 회당 자리, 그리고 헤롯의 거실 등을 볼 수가 있으며 발견 당시의 모습과 최근에 보수된 부분을 구별하기 위해 검은색으로 표시를 해놓은 것을 볼 수가 있다.

마사다 정상의 입구 쪽에는 땀을 흘리며 올라온 여행자들의 뱃속을 얼음장같이 차갑게 해줄 식수대가 마련되어 있는데, 마사다 정상에서 맛보는 물의 맛은 정말 일품이다.

특히 마사다 정상에서 맞는 일출 광경은 정말 장관 중의 장관이다. 마사다 정상에서 동쪽으로 보면 요르단 계곡이 있고 그 아래에는 사해가 펼쳐져 있는데, 그것을 밀쳐내고 하늘로 용솟음쳐 오르는 태양을 보면서 2,000년 전의 마사다 백성들이 가졌을 희망과 용기를 다시 한 번 생각해 볼 수 있다. 이 곳에서의 일출을 보기 위해 많은 여행자들이 새벽에 이 곳을 찾아오는데, 정상에서 슬리핑 백을 이용해서 잠을 자거나 밤샘을 하기도 한다. 그럴 경우에는 모기에 조심해야 한다.

사해Dead Sea

사해는 바다가 아니라 호수이다. 그럼에도 불구하고 죽음의 바다라고 하는 이유는 무엇일까? 팔레스타인 지방은 워낙 건조하고 물이 적은 지역

염도가 높아 몸이 둥둥 뜨는 사해. 여성들의 피부 미용에 좋다는 사해 주변에 있는 검은색 진흙.

이라서 우리가 보기엔 조그마한 개천도 강이라고 하고, 조금 넓은 호수라 하면 바다로 간주하는 경향이 있다. 그래서 성경에서도 갈릴리 호수와 갈릴리 바다라는 말을 동시에 쓰고 있는 것이다.

사해는 정말 팔레스타인 인근 지역에서는 가장 넓다고 할 수 있을 정도의 크기를 갖고 있다. 남북으로 75킬로미터 폭은 16킬로미터이며 둘레는 200킬로미터의 위 아래로 긴 형태를 하고 있으니 말이다.

그래서 사해 역시 바다라고 볼 수 없는데도 죽음의 바다라고 하는 것이다. 그렇다면 왜 죽음의 바다가 되었을까? 이 곳의 물은 보통 바닷물보다 약 열 배 이상의 소금 농도를 지니고 있는데, 물을 만져보면 마치 젤처럼 끈적일 정도로 염도가 엄청나다. 호숫가에 있는 돌이나 바위도 온통 하얀색인데 그것 역시 바위 표면에 소금이 덧입혀져서 그런 것이고, 사람이 들어가면 가만히 있어도 둥실 뜰 정도이다. 그러니 이 물 속에 어떠한 생물도 살아남을 수가 없다. 그래서 죽음의 바다라고 하는 것이다.

그래서 옛날부터 이 죽음의 바다는 아무 짝에도 쓸모없는 버림받은 곳이었다. 하지만 머리 좋은 유대인들은 그 버림받은 사해를 가만두지 않았다. 사해 주변에 있는 검은색 진흙이 여성들의 피부 미용에 좋다며 상품화해서 판매를 하고 있는데, 검은 진흙은 전세계로 인기리에 팔리고 있다. 게다가 사해의 바닷물이 신경통 류머티즘 환자, 무좀 환자들에게 특효가 있어서 그 주변에 호텔을 세워 아예 전세계의 류머티즘 환자들이 사해 주변에서 며칠이고 머물며 치료할 수 있게 해놓았다. 뿐만 아니라 사해 물 속에서 플라스틱의 소재가 되는 물질이 나오는데 그 양이 엄청나서 전세계의 플라스틱 산업에 막대한 영향을 미친다고 하니 이제는 버림받은 바다가 아니라 돈을 벌어주는 고귀한 바다로 바뀌어버렸다.

사해에서는 누구든지 가만히 누워 있으면 둥실 뜨는데 가끔 파도가 치므로 조심해야 한다. 만약에 몸이 뒤집히거나 눈과 입에 물이 들어가면 너무 짜고 눈이 아프기 때문이다. 그리고 몸에 상처가 있는 사람도 역시 들어가지 않는 것이 좋다. 물에는 잠깐 들어갔다 빨리 나오는 것이 좋고 물에 들어갈 때는 벗어놓은 소지품을 항시 조심해야 한다.

에인게디 근처의 비치 같은 곳엔 샤워 시설도 잘 해놓았다.

에인게디EinGedi

사해 주변이 사막과 광야뿐인 것에 비해 에인게디에는 온천과 폭포가 있어서 한때는 비옥한 땅이었다고 한다. 그래서 그 곳엔 식물들이 많이 자라고 지금도 아열대 식물이 많이 있다. 성경에서는 다윗이 사울을 피하

쿰란 동굴. 쿰란의 동굴에서 발견된 성경 사본들은 고고학적으로도 가치가 높은 것으로 예수님 당시의 성경은 어땠었는지를 잘 알 수 있게 해준다.

여 이 곳에 있는 동굴로 숨어 들어왔었다고 해서 이 곳을 '다윗 왕의 계곡' 이라고도 한다. 또 유다 왕 여호사밧때 모압, 암몬, 에돔 왕들이 여기서 모여 유다 왕을 치려고 했다가 패배한 곳이기도 하다.

쿰란 동굴 Cave of Qumran

쿰란 동굴은 예수님 당시에 유대교의 한 종파인 에세네 파들이 집단으로 모여 살던 곳이다. 에세네 파는 그 당시 부패한 사회에 염증을 느껴 도시를 떠나 사막이나 광야에서 집단 생활을 했는데, BC 1세기경에 사해 옆인 쿰란 지역에 마을을 이루고 살았던 것이다. 그런데 AD 68년에 디도 장군이 예루살렘을 점령해서 파괴했을 때 쿰란 지역에 살고 있던 에세네 파들의 마을까지 쳐들어왔었다. 신변에 위협을 느낀 에세네 파들은 자기들이 사용하던 성경 사본을 고이 접어서 항아리에 담아 사람의 손길이 잘 닿지 않는 절벽의 동굴 속에 숨겨놓고는 자신들은 모두 로마 군인들에 의해 죽고 말았다. 그 당시에 숨겨놓았던 성경 사본은 2,000년이란 세월을 지나면서도 그 지역의 건조한 날씨 때문에 커다란 손상 없이 보존될 수가 있었는데, 현재 그 사본들은 이스라엘 박물관에 모두 전시되고 있다.

쿰란의 동굴에서 발견된 성경 사본들은 고고학적으로도 가치가 높은 것으로 예수님 당시의 성경은 어땠었는지를 잘 알 수 있게 해준다. 쿰란에 가면 그 당시 에세네 파들이 생활하던 유적지를 돌아볼 수가 있고 동굴도 구경할 수 있다.

여리고Jericho

여리고는 해발 마이너스 390미터로 지구에서 가장 낮은 도시이다. 그래서 예루살렘에서 여리고로 가는 길은 계속 내리막길이고 갈수록 날씨가 굉장히 후텁지근하다는 것을 느낄 수 있다. 예루살렘보다는 1.2킬로미터 낮은 곳이기 때문이다. 아무리 이스라엘의 더운 날씨에 익숙한 사람이라 할지라도 여리고로 들어가는 순간 훅하고 느껴오는 뜨거운 공기에 기분 좋을 사람은 거의 없다.

여리고는 지금까지 밝혀진 전세계의 유적지 중에서 가장 오래 된 도시라고 한다. 여리고엔 BC 7000년 전부터 이미 성이 있었고, 현재 그 성의 망루가 아직도 보존되고 있다. 여리고는 현재 약 7,000명의 아랍인들이 모여 살고 있다.

여리고 풍경과 유혹의 산.

유혹의 산 Temptation Mt.

여리고 성 뒤에 보면 커다란 산이 있는데, 나무나 숲이 있는 산이 아니라 사막과 같은 산이다. 예수께서 이 산의 동굴 속에서 40일 금식 기도를 하시면서 사탄의 유혹을 받은 곳으로 알려져 있다.

이 곳을 가보면 예수께서 얼마나 덥고 힘든 조건 속에서 금식 기도를 했는지를 알 수가 있다.

엘리사 샘 Ein as Sultan

열왕기 하 2장에 보면, 엘리사가 여리고 성으로 돌아와서 물이 좋지 않다는 성 사람들의 말을 듣고 물 근원에 소금을 뿌려 수질을 좋게 했다는 샘이 아직도 있다. 지금도 이 샘에는 물이 흐르는데, 이 곳 사람들은 엘리

와디켈트의 성 조지 수도원.

사 샘이라고 한다.

유대 광야와 성 조지 수도원 Wadi Qelt & George's

여리고에서 나와 예루살렘으로 올라가는 길은 뜨거운 태양과 물 한 모금도 없을 것 같은 유대 광야가 펼쳐진다. 유대 광야는 평지가 아니다. 마치 작은 언덕 같은 구릉이 끝도 없이 이어지고 그 구릉엔 바짝 말라 비틀어진 풀들이 간혹 보이며 크고 작은 자갈들만이 보이는데, 특이한 것은 마치 미국의 그랜드 캐니언 같은 깊고 좁은 계곡들을 볼 수 있다는 것이다. 이 계곡은 가까이서 보면 현기증이 날 정도로 상당히 깊은데, 이스라엘의 기후상 비가 올 때만 빗물이 흘러가고 평소에는 말라 있는 계곡이것을 와디 wadi라고 한다이라고 한다.

단 1분도 차 밖으로 걸어 나갈 수 없을 것 같은 뜨거운 공기가 차창 밖으로 느껴지는데, 아마도 예수님은 이런 유대 광야를 맨발로 걸어가서 기도하셨을 것을 생각하면 더위를 이기지 못하는 우리 자신이 부끄럽기까지 하다.

어쨌든 그런 유대 광야의 깊은 계곡 속에 마치 숨어 있듯 벼랑 끝에 아슬아슬하게 걸쳐져 있는 수도원을 볼 수가 있는데, 이 곳이 바로 성 조지 수도원이다. 이 곳은 황량한 유대 광야에선 볼 수 없었던 큰 아름드리 나무들이 서 있고 작은 연못과 동산까지도 만들어놓았다. 이 수도원은 비잔틴 시대에 많이 지어진 수도원 중에 하나로 5세기 초에 세워진 것이라고 한다.

예수님의 사역지, 갈릴리

예루살렘에서 버스를 타고 요단 강 줄기를 따라 약 세 시간 정도를 쉬지 않고 달리다 보면 아름다운 호수 그 자체인 갈릴리 바다를 만나고 그 호수의 곁에 펼쳐진 도시 티베리아Tiberias에 도착하게 된다.

티베리아는 AD 26년 헤롯 안티파스에 의해 세워졌고 로마 황제 디베리우스의 이름을 딴 도시이다. 그만큼 이 도시는 이스라엘에서 예루살렘과 베들레헴, 헤브론에 이어 중요한 도시이고 또 예수님의 공생애 기간 동안 많은 시간을 보낸 곳이라 예수님과 관련된 유적이 많이 남아 있다.

이 곳에서 고기잡이 하던 어부 베드로를 비롯하여 안드레와 야고보 등 많은 제자들을 만나셨고, 회당에서 많은 사람들에게 설교를 하기도 했다. 또 오병이어의 기적을 일으켰으며, 풍랑이 이는 갈릴리 바다를 말씀 한마디로 잔잔하게 하신 곳이 바로 갈릴리 호수이다.

2,000년 전 헤롯 대왕은 이 곳에 아름다운 궁전과 극장, 금과 대리석으로 빛나는 성전을 지었으며, 병을 치료하는 탁월한 효과로 전 로마 제국에 이름 나 있던 이 곳의 온천에 공중 목욕탕을 세웠다.

생긴 모양이 하프처럼 생겼다고 해서 히브리어로 하프라는 뜻의 키네렛 호수라고도 하고 갈릴리 바다라고도 일컬어지는 갈릴리 호수는 길이가 약 20킬로미터, 폭이 약 10킬로미터에다 깊이는 약 40미터, 둘레가 51.2킬로미터 정도 되며 해수면보다 200m 아래에 있는 호수이다. 그럼에

갈릴리 호숫가의 어부들과 여객선. 갈릴리 호수는 예수께서 고기잡이 하던 어부 베드로를 비롯하여 안드레와 야고보 등 많은 제자들을 만나셨고, 회당에서 많은 사람들에게 설교를 하기도 했으며, 또 오병이어의 기적을 일으켰고, 풍랑이 이는 갈릴리 바다를 말씀 한마디로 잔잔하게 하신 곳이다.

도 불구하고 바다라고 하는 것은 아마도 물이 귀한 이스라엘 땅에 있는 워낙 큰 호수이기 때문에 바다라고 했는지도 모르겠다.

현재는 이스라엘 전체에 식수원을 공급하는 아주 중요한 곳이며, 이스라엘 사람들뿐만 아니라 전세계 관광객과 순례자들이 반드시 찾는 중요한 의미의 장소가 되었다.

예수님의 숨결을 느끼고 싶다면 예루살렘 못지않게 이 곳 갈릴리 호수를 찾아가 반드시 한바퀴 둘러보자. 티베리아에 숙소를 정하고 시계방향으로 돌다보면 막달라, 오병이어 교회, 베드로 수위권 교회, 팔복 교회, 고라신, 엔게브, 야드니트 등 볼 거리가 많이 있다.

막달라Magdala

티베리아에서 북쪽으로 호수 주변의 도로를 따라 약 6킬로미터 정도 가다보면 오른쪽에 막달라 마리아가 예수로부터 병을 고쳤다는 집이 있다. 막달라 마리아는 병에 걸렸지만 예수께서 고쳐주신 이후로 열심히 예수를 따라다녔고, 나중에 골고다 언덕에서 운명하실 때에도 그 자리에 함께 있었던 여자이다.

오병이어 교회 Church of the Multiplication of the Loaves & Fishes

예수가 공생애 기간에 일으킨 기적 중에는 죽은 지 사흘씩이나 된 나사로를 살리신 것과 함께 가장 최고의 기적으로 일컬어지는 것이 바로 물고기 두 마리와 보리떡 다섯 개로 5,000명을 먹이고도 열두 바구니가 남은 사건이다.

이건 물리적으로 산술적으로, 그리고 상식적으로도 도저히 이해하거나 분석해볼 수가 없는 세계 초유의 사건이었다. 하지만 예수님은 아무런 사전 준비 하나도 없이 그 자리에서 아주 평범하게 해내셨다. 단지 축사 한 번 하시고 말이다. 바로 그 세계 초유의 사건이 벌어졌던 그 현장이 오

막달라의 집과 오병이어 교회 내부 모자이크. 오병이어 교회는 물고기 두 마리와 보리떡 다섯 개로 5,000명을 먹이고도 열두 바구니가 남은 세계 초유의 사건이 벌어졌던 현장이다.

병이어 교회이다.

아마도 그 당시 예수의 설교를 들었던 사람이 아이와 여자를 빼고 5,000명이라고 했으니 모두 합치면 약 1만 명 정도였을 것이다. 그럼 현재 있는 오병이어 교회를 중심으로 해서 약 1만 명의 군중이 오병이어 교회 앞에 펼쳐진 넓직한 산등성이에 앉았을 것이고, 그 수많은 군중이 한눈에 보이는 오병이어 교회의 자리쯤에서 예수가 발을 딛고 서서 설교를 하셨으며 물고기 두 마리와 보리떡 다섯 개를 앞에 놓고 하늘을 보며 축사를 하셨을 것이다.

오병이어 교회 역시 1936년에 세워진 건물인데, 교회 안에는 약 5세기경 비잔틴 시대 때 만들어진 것으로 보이는 오병이어 모자이크가 있다.

베드로 수위권 교회 Church of the Primacy of St. Peter

베드로 수위권 교회 외관과 조각상.

요한 복음 21장에 보면 예수께서 십자가에 돌아가신 뒤 부활하셔서 베드로에게 나타나 질문하는 장면이 나온다.

"베드로야 네가 나를 사랑하느냐?"

"주여 그렇습니다. 제가 주를 얼마나 사랑하는 줄은 주께서도 잘 알지 않습니까?"

"그래, 앞으로 내 양을 너에게 맡긴다. 내 양을 먹여라."

예수는 이렇게 세 번씩이나 베드로에게 당부를 하셨는데, 그 자리가 바로 베드로 수위권 교회가 세워져 있는 곳이라고 한다.

이 교회의 밖에는 예수가 베드로에게 손을 내밀어 당부하는 조각상이 있고, 검은색 현무암으로 된 교회 건물 옆으로 돌아가면 갈릴리 호수의 수면까지 갈 수 있는 돌계단이 나온다. 2,000년 전 이 곳에서 베드로가 그물을 끌어당기고 예수께서 베드로를 지그시 쳐다보며 당부하셨을 그 감동

베드로 수위권 교회 내부.

을 상상해 보기에 너무나 충분한 곳이다.

교회 안으로 들어가면 그다지 크지 않은 내부이지만 정면에 작은 바위가 보이는데, 이 바위가 예수께서 제자들과 함께 조반을 먹은 곳으로 알려져 있다. 이 교회는 1933년에 세워진 건물로 이 지역만의 특색인 검은 현무암으로 건축되어졌다.

팔복 교회 Church of the Mount of Beatitudes

마태 복음 5장에 보면 예수께서 여덟 가지 복에 관해 설교하신 내용이 나온다. 그 설교를 하신 곳으로 알려진 장소가 바로 현재 팔복 교회가 세워져 있는 곳이다. 이 곳은 갈릴리 호수의 북쪽 지역에서 높은 위치에 있기 때문에 여기서 내려다보이는 갈릴리 호수의 경관은 이루 말할 수 없고, 그 동안 이스라엘 여행에서 느꼈던 힘든 일과 고생스러웠던 일들이 순식간에 잊혀질 만큼 아름다운 곳이다. 바로 이 곳에서 갈릴리 바닷바람에 머리카락을 흩날리며 백성들에게 여덟 가지 복에 관한 설교를 하셨을 예수님을 생각하면 저절로 입에서 찬송이 흘러나올 정도이다. 그래서 이 곳을 찾는 많은 순례객들 중에 목사님은 예수님이 하셨던 것처럼 설교를 하고 싶어하는지도 모른다. 팔복 교회는 1937년에 세워졌고 교회의 형태는 팔각형으로 되어 있는데, 이것은 여덟 가지 복을 의미한다고 한다.

가버나움Capernaum

가버나움은 예수가 첫 공생애 기간 동안 주로 보내셨던 곳으로 약 20개월 간 이 곳에 머문 것으로 알려졌다. 뿐만 아니라 예수는 이 곳에서 많은

예수께서 여덟 가지 복에 관해 설교하신 곳에 세워진 팔복 교회와 예수가 첫 공생애 기간 동안 머물며 많은 기적을 베푸셨던 가버나움.

기적을 베풀었다. 회당에서 사람들을 가르쳤으며, 베드로의 장모를 고쳐주었고, 백부장의 하인을 낫게 해주고, 중풍 환자를 일어서게 했고, 혈루증을 앓고 있는 여인을 낫게 해주었으며, 소경을 눈뜨게 해주었다. 뿐만 아니라 손 마른 자를 고쳐주었고 예수에게 찾아온 수많은 환자를 낫게 해준 곳이 바로 가버나움이다.

현재의 가버나움에 가면 옛 회당 자리가 있는데, 예수님 당시에 세워진 회당터 위에다 다시 비잔틴 시대인 4세기경 교회를 세웠던 흔적이 아직 남아 있다. 그러니까 현재의 가버나움에 가더라도 예수님 당시의 회당터를 볼 수 있는 것이다.

그리고 가버나움 유적지 오른쪽엔 베드로의 집이라고 알려진 곳에 교회가 세워져 있다.

피터피쉬Peter Fish

갈릴리 호수의 특산물은 역시 피터피쉬이다. 티베리아에 있는 많은 식당에서 피터피쉬를 팔고 있다. 예수님의 제자 베드로가 갈릴리 호수에서 잡던 고기라고 해서 '피터피쉬' 라고 하는데, 정작 그 곳 사람들은 피터피쉬라고 이름붙여진 이유를 잘 모르고 있다. 고기의 내장을 빼고 기름에 튀긴 것이 요리의 전부다. 특별한 맛은 없지만 가격은 한 마리에 42NIS약 1만 원로 비싼 편이다. 하지만 과연 갈릴리 호수에서 잡은 고기, 더구나 베드로가 잡았던 고기는 어떤 고기였는지, 아마도 예수님께서도 이 고기를 드셨을지도 모른다고 생각된다면 한 번 먹어보는 것도 좋을 듯하다.

어린 예수가 자라난 마을, 나사렛

나사렛은 예루살렘에서 약 137킬로미터 정도 떨어져 있고 티베리아에서도 버스로 약 40분 정도의 거리에 위치에 있는 작은 언덕 도시이다. 인류를 구원하신 예수의 이름 앞에도 반드시 들어가는 나사렛은 그러나 생각보다 아주 허름하고 작은 동네이며 성경에서조차도 자세히 언급되지 않은 곳이다. 오죽하면 그 당시에도 나사렛에서 온 예수라고 업신여기기까지 했을까? 예수의 부모이신 요셉과 마리아가 살던 곳이며 베들레헴에서 태어난 아기 예수가 애굽으로 피신했다가 다시 돌아와 30세가 될 때까지 성장한 아주 의미 있는 곳이다.

나사렛도 역시 모슬렘의 점령하에 있었는데, 1099년에 십자군에 의해서 해방되었다가 다시 1187년에 십자군을 무찌른 살라딘에 의해 통치되었다. 1517년에 터키의 점령지가 되었고, 1918년에 영국이 독일과 터키로부터 나사렛을 빼앗았다. 그 후 30년 뒤 이스라엘이 통치하기 시작하여, 지금은 5만여 명이 오밀조밀하게 모여 살고 있는데, 인구의 절반은 모슬렘이고 절반은 기독교인이다. 하지만 자기가 살고 있는 동네에 과연 어떤 유적지가 있고 예수가 어떤 분이었는지도 모르는 사람이 너무나 많다. 이곳은 정확한 지도가 아니면 너무나 복잡한 동네라서 목적지를 찾아가기가 여간 어려운 게 아니다.

나사렛 정경. 나사렛은 예수의 부모이신 요셉과 마리아가 살던 곳이며 베들레헴에서 태어난 아기 예수가 애굽으로 피신했다가 다시 돌아와 30세가 될 때까지 성장한 아주 의미 있는 곳이다.

수태 고지 교회 Basilica of the Announciation

아직은 동이 트지 않은 새벽 결혼식을 앞두고 부푼 가슴으로 나날을 보내며 잠을 자고 있던 처녀 마리아의 방에 작은 창을 통해 강한 빛이 들어왔다. 그리고는 어디선가 소리가 들려왔다.

"마리아야, 네가 잉태하여 아들을 낳을 것이니 그의 이름을 예수라 하

마리아 수태 고지 교회 외관과 내부. 수대 고지 교회는 마리아의 집이자 하나님이 보내신 천사 가브리엘이 아기 예수의 잉태에 대해 예언했던 바로 그 자리에 세운 기념 교회이다.

라." 깜짝 놀란 마리아는 다시 물었다.

"저는 아직 결혼하지도 않았는데 아이라니요?"

"성령께서 내려주실 것이고, 지극히 높은 분이 감싸주시리라."

그제서야 맘이 놓인 마리아는 고개를 숙이며 대답을 했다.

"저는 주님의 종이오니 말씀대로 이루어지게 하소서."

지금부터 2,000년 전, 나사렛에 있는 수태 고지 교회 안에 있는 작은 동굴에서 이루어진 마리아와 천사 가브리엘의 대화 내용이다.

수태 고지 교회는 이렇듯 마리아의 집이자 하나님이 보내신 천사 가브

성 요셉 교회 내부. 성 요셉 교회는 요셉이 목수일을 하며 생활을 하던 집터 위에 세운 교회이다.

리엘이 아기 예수의 잉태에 대해 예언했던 바로 그 자리에 세운 기념 교회이다.

콘스틴타누스 황제의 어머니 헬레나의 노력으로 이미 3세기에 첫 교회가 세워졌고 역사의 수많은 소용돌이 속에서 무너지고 재건하기를 다섯 번, 현재 있는 건물은 1969년에 세운 최신식 건물이다. 이 건물은 나사렛이라는 역사적인 동네에 비해 너무나 현대적이라 어색하긴 하지만, 교회 내부에 있는 마리아의 수태 고지 동굴을 원형으로 간직하면서 그 위에 건축해 나간 공법을 사용했다고 한다.

교회 1층은 가브리엘이 마리아에게 잉태할 것을 예언했던 곳이고, 2층은 예배 드릴 수 있도록 장소를 마련하였다.

성 요셉 교회Church of St. Joseph's Carpentry

수태 고지 교회 바로 옆, 더 자세히 얘기하자면 수태 고지 교회와 함께 붙어 있다고 해도 과언이 아닌 위치에 또 하나의 교회가 있는데, 그것이 바로 성 요셉 교회이다. 요셉은 마리아의 약혼자이자 예수님을 키워주신 육신의 아버지인데 그의 직업은 목수였다. 그래서 이 교회의 이름도 목수 요셉의 교회이다.

요셉이 목수일을 하며 생활을 하던 집터 위에 세운 교회인데, 1914년에 현재의 교회 건물이 세워진 것이라고 한다.

마리아의 우물Mary's Well

이 곳은 나사렛에 있는 유일한 샘물인데 나사렛에는 우물이 수천 년 전부터 지금까지 이 곳 단 한 곳밖에 없다고 한다. 따라서 마리아도 역시 이 곳에서 물을 길어 가지 않았을까, 어린 예수도 엄마를 따라 이 곳에서 물을 길어 가지 않았을까 추측을 하고 있다. 그래서 우물의 이름도 마리아의 우물이라고 한다. 하지만 이 곳은 2,000년 전의 우물가는 아니고 현대식으로 바꾸어놓았는데, 이 우물의 수원지는 따로 있다. 마리아의 우물에서 약 50m 정도 뒤로 가면 교회가 하나 있는데 그 교회 안에 수원지가 있다.

마리아의 우물엔 현재 전혀 물이 흐르지 않고 있다. 아마도 관광객을 위해 현대식으로 우물을 바꾸긴 했지만 물까지 끌어올 생각은 하지 못했

마리아의 우물 교회.

는가보다. 안타깝게도 마리아의 우물에는 쓰레기만 잔뜩 있을 뿐이다.

길 바로 옆에 있기 때문에 관람 시간이나 입장 요금이 따로 필요하지 않다.

마리아의 우물 교회 Sourse of Mary's Well St. Gabriel Greek Ortherdox Church of the Announciation

마리아가 물을 길었다는 마리아의 우물 뒤쪽으로 가면 교회가 하나 있는데, 이 교회가 바로 마리아의 우물의 수원지이다. 그런데 수원지에 교

마리아의 우물. 이 우물은 나사렛에 있는 유일한 샘물인데 나사렛에는 우물이 수천 년 전부터 지금까지 이 곳 단 한 곳밖에 없다고 한다. 따라서 마리아도 역시 이 곳에서 물을 길어 가지 않았을까, 어린 예수도 엄마를 따라 이 곳에서 물을 길어 가지 않았을까 추측을 하고 있다.

회를 세운 이유는 무엇일까? 그리스 정교회 사람들은 마리아가 동굴에서 가브리엘 천사의 이야기를 들은 것이 아니라, 바로 이 우물에서 마리아가 물을 긷다가 가브리엘 천사를 만났다고 믿기 때문에 그리스 정교회에서 교회를 세운 것이다.

교회 안에 들어가면 아직도 차가운 샘물이 소리를 내며 흐르고 있고, 그 물을 떠먹을 수 있도록 컵도 있다.

예수가 설교하던 교회 Greek Catholic Synagogue Church

예수 설교 교회 입구.

수태 고지 교회에서 나와 약 5분 정도만 더 위로 올라가면 아주 작은 입구의 교회를 만날 수 있는데, 이 곳이 바로 예수가 어렸을 적에 설교하던 교회라고 한다. 2,000년 전에 예수께서 설교했다고 하기엔 너무나 완벽하게 보존되어 있는 점이 이상하긴 하지만, 어쨌든 예수님이 어린 시절에 아버지를 도우며 뛰놀던 나사렛 동네의 한 모습을 보는 것만으로도 좋다.

가이사랴, 이스라엘의 로마 도시

하이파에서 남쪽으로 37킬로미터 정도를 가면 가이사랴라는 해변 도시에 도착하게 된다. 가이사랴는 헤롯이 BC 22~10년에 만든 도시인데 도시의 이름을 가이사랴라고 한 것은 헤롯이 로마와 가이사 아우구스투스에 대한 충성심을 보여주기 위해 가이사의 이름을 따서 가이사랴라고 한 것이다.

헤롯은 약 10여 년에 걸쳐서 가장 현대식 도시를 만들고 싶어했고, 그래서 지금까지 남아 있는 유적만으로도 그 규모를 짐작할 수 있을 만큼 정성을 많이 기울인 것으로 보인다. 특히 원형 경기장은 지금까지 사용할 수 있을 만큼 크고 튼튼하게 만들었을 뿐만 아니라 이스라엘의 해안가 특성으로는 도저히 배가 안전하게 정박할 수 있을 만한 만이 없다는 것을 알고 두 개의 방파제를 만든 것은 지금도 어떻게 만들었는지 불가사의한 일이라고 할 정도이다.

어쨌든 헤롯은 이 곳을 이스라엘 최고의 상업 도시이자 로마와 통할 수 있는 관문으로 손색이 없는 항구로 만들려고 했던 것이다. 로마에서도 가이사랴의 훌륭한 시설을 알고 로마에서 파송된 총독의 관저를 이 곳에 만들어 이스라엘을 통치하게 했으며, 많은 관청을 이 곳에 위치하게 했다고 한다. 그래서 예수님 당시의 로마 총독이었던 본디오 빌라도 역시 이 곳에서 근무하였다고 한다.

가이사랴에 있는 수로. 지중해 해안가에 위치한 이 곳은 헤롯이 로마에게 충성하기 위해 지은 도시로 그 당시 로마로 가기 위한 길목이었다. 식수 사정이 좋지 않았기 때문에 먼 곳에서부터 물을 끌어오기 위해 만들었던 수로의 일부분이 아직도 남아 있다.

이 곳은 다시 십자군 시대에 엄청난 발전을 했는데 헤롯이 로마와 통하는 관문이고 싶어했던 것처럼 십자군은 유럽의 십자군이 성지를 찾아올 때 이 곳을 통해 들어오도록 했으며 그 당시에 만든 수로와 비포장 도로 등은 지금까지도 남아 있다.

가이사랴는 또 베드로가 로마의 군인 고넬료에게 세례를 준 곳인데, 유대인이 아닌 로마 병사가 예수님의 수제자인 베드로에게 세례를 받았다는 것은 하나의 사건이나 다름없을 정도로 큰 의미가 있는 곳이다. 그리고 이곳은 기독교 역사에서 빼놓을 수 없는 중요한 인물인 사도 바울이 유대인들의 위협 때문에 자신의 고향인 터키의 다소로 도망가기 전에 잠시 머물기도 했으며, 나중에 결국 유대인들에게 붙잡혀 고초를 겪고 고소를 당해 로마로 재판을 받으러 가기 전 2년 동안 머문 인연이 깊은 곳이기도 하다.

쉽게 찾아 갈 수 없는 곳인 만큼 사전에 성경적 의미를 충분히 알고 떠나보는 게 좋다.

야외 극장 Roman Amphitheatre

입장권을 사들고 들어가면 제일 먼저 눈에 들어오는 것은 로마에서 볼 수 있는 콜로세움과 비슷한 모양의 야외 원형 극장이다. 이 곳은 헤롯왕 시대에 만든 공연장인데, 로마 시대에 조금 고치기는 했지만 아직도 이 곳에서 클래식 공연을 할 수 있을 정도로 완벽하게 서 있다. 헤롯 시대엔 무대 뒷 부분이 벽으로 쌓여 있었는지는 모르겠지만, 현재는 객석에서 무대를 보면 파란 지중해가 한눈에 들어오는데 특히 해질 무렵은 환상 그 자체라고 할 수 있다.

십자군 도시 Crusader City

십자군 시대에 만들어놓은 포장 도로와 갖가지 건물들, 기둥들이 어지럽게 널려 있는 것을 볼 수 있다. 마치 몇 년 전까지만 해도 수많은 로마

가이사라의 야외 극장.

사람들과 가이사랴 사람들이 지나다니다가 단체로 다른 도시로 이사간 도시처럼 아직까지 그 당시의 숨결을 느낄 수 있는 곳이다.

이 곳엔 햄버거와 음료수를 파는 음식점도 있지만 값이 비싼 게 흠이다.

수로Aqueduct

헤롯이 지중해 해안가에 도시를 만든 것은 앞서도 말했지만 항구를 만들고 싶었기 때문에 가이사랴를 선택했지만 불행하게도 이 곳엔 물이 없었다. 적어도 수만 명이 거주하려면 그에 맞는 식수가 필요했는데, 가이사랴의 어느 곳을 파보아도 물은 나오지 않았다. 그래서 가이사랴에는 먹

가이사랴의 십자군 도시.

을 물이 없었다. 이 문제를 해결한 것이 바로 15킬로미터 멀리 떨어진 갈멜 산에서 물을 끌어오는 것이었다. 그러려면 수로가 필요했는데, 이 엄청난 대 역사의 유적이 아직도 약 900m 정도 남아 있어서 보는 이를 감동스럽게 한다.

수로는 두 가지로 만들어져 있다. 해변에 있는 것은 높은 수로이고 해변가에서 조금 멀리 떨어져 있는 것은 낮은 수로이다. 그런데 현재는 이 높은 수로의 아치에 천막을 치고 수영하는 사람들을 위해서 탈의실로 사용되고 있는 현실을 목격하면 어이가 없어진다.

2부

갈등과 분쟁의 땅

손님을 반기지 않는 나라

이스라엘의 관문인 텔아비브 공항은 세계에서 알아줄 정도로 검문 검색이 엄격하다. 텔아비브 공항이 검문 검색이 유별나다는 이야기는 익히 들어 알고 있었지만 검문 검색은 텔아비브 공항에서부터 시작되는 것만은 아니다. 10년 전 처음으로 이스라엘을 찾아가기 위해, 텔아비브로 가는 비행기를 타려고 중국 상하이 공항에 도착해 준비를 하고 있을 때였다. 중국의 공항이었는데도 느닷없이 이스라엘 여자 보안 요원인 듯한 젊은 여자가 내게 다가와 여권을 보여날라며 꼬치꼬치 캐묻기 시작했다.

"이스라엘엔 왜 가려고 하는 거냐?"

"이스라엘에 아는 사람이 있느냐?"

"이스라엘 여행은 언제부터 준비를 했느냐?"

"이스라엘에 도착해선 어디 어디를 다닐 것이며 어디서 잠을 잘 것이냐?"

이스라엘의 공항으로 향하는 비행기가 있는 전세계의 모든 공항엔 아마도 이렇게 이스라엘의 보안 요원이 나와서 이스라엘 방문자들에게 이런 식의 질문을 하는가보다. 도대체 이스라엘에 도착하기도 전에 왜 중국의 상하이 공항에서 내가 이런 질문을 받아야 하는 것일까? 의문이 들었지만 그것은 시작에 불과했다.

상하이에서 출발한 10시간의 비행 끝에 비행기가 텔아비브 공항 활주로에 도착하자 왠일인지 비행기는 곧바로 공항 청사에 접근하지 않고 활주로 한쪽에 서더니 승객을 모두 내리라고 한다. 아마도 이 곳에서 공항 내에서만 운행하는 버스를 타고 청사까지 가라는 얘긴가본데 그래서 버스를 타기 위해 비행기의 트랩을 내리자마자 또다시 안전 요원인 여자가 옆구리에 권총을 차고 기다리고 있다가 비행기에서 내리는 사람을 한 사람 한 사람 유심히 보더니 곧바로 내게 다가온다.

아마도 혼자 내리는 남자 승객들만 대상으로 물어보는 것 같기는 하다. 질문 내용도 상하이 공항에서 내게 물었던 내용과 별반 다르지 않다.

"이스라엘엔 왜 왔냐?"

"비행기 표는 어디서 샀느냐?"

"어디를 갈거냐? 아는 사람이 있느냐?"

"언제부터 이스라엘에 오려고 준비를 했느냐?"

"가방 속엔 뭐가 들었느냐?"

이미 버스에 올라타서 출발하기만을 기다리는 다른 승객들이 차창 밖으로 검문을 받고 서 있는 나를 쳐다보고 있다는 것을 알았을 땐 짜증이 났지만, 나는 안전 요원의 질문에 똑같은 대답을 하지 않을 수 없었다. 그 여자 안전 요원의 질문에 대답하는 동안 다른 안전 요원이 조금은 떨어진 곳에서 우리 둘을 유심히 바라보고 있다. 만약의 경우를 위해서 경계를 하는 것이 분명해보였다.

왜 나한테만 그런 것일까? 아마도 그 사람들 눈에는 남자 혼자 그것도 사업상 찾아오는 비지니스맨이나 학생 같아 보이지도 않는 낯선 동양 남자의 등장이 반갑기보다는, 이 남자는 왜 이스라엘에 오는 것일까, 특별한

용건이 있는 것 같아 보이지 않는데 왜 오는 것일까, 의심과 경계의 눈초리로 보는 것 같다.

버스를 타고 공항 청사 안으로 들어가자 이번엔 입국 심사대에서 입국 도장을 찍어주는 남자가 내 눈을 뚫어져라 쳐다보며 묻는다. 아마도 내 눈동자의 작은 움직임을 찾아내려는 것처럼 말이다. 왜 똑같은 질문을 자꾸만 반복하는 것일까? 이스라엘이라는 나라에 입국하기 위해선 이런 식의 검문 검색을 감내하지 않으면 안 된다.

그렇다면 이스라엘에서 출국할 때는 또 어떨까? 결론적으로 말하면 더 심하면 심했지 덜하지는 않다. 누군가로부터 출국할 때는 출발 시간 세 시간 전에 공항에 도착하는 게 좋을 거라는 말을 들었을 때만 해도 그 말 뜻을 이해하지 못했다. 입국을 할 때야 그렇다 치지만 출국할 때야 뭐 그리 대단한 검문 검색을 할까? 적어도 나는 그 일을 경험하기 전에는 그렇게 생각했다. 하지만 그런 나의 생각은 착각이었다. 출국장에서의 검문 검색은 정말 끔찍하기 이를 데 없다.

일단 출국하기 위해 공항에 도착하면, 작은 테이블이 열 개 정도 나란히 놓여 있고 그 테이블엔 한 사람씩 안전 요원이 기다리고 있는 장소를 만나게 된다. 그럼 출국하려는 사람은 누구나 일렬로 서서 기다리다가 자기 순서가 되면 한 사람씩 그 테이블 위에 짐을 올려놓고 서야 한다. 그러면 그 안전 요원은 입국할 때처럼 반복적인 질문을 하게 된다.

먼저 내게 영어를 할 줄 아는지 물어본다. 영어를 잘 못한다고 대답을 하면 한국말로 된 질문지를 보여주면서 안전 요원은 질문을 손가락으로 짚어가며 예스냐 노우냐만 대답하라고 하는데, 여기서 만약에 그런 질문을 귀찮게 생각하고 영어를 못한다고 대답을 하면 얘기는 또 달라지게 된다. 영어도 못하면서 어떻게 이스라엘을 여행했었는지가 성립이 안 되기 때문이다. 그래서 어느 정도 영어를 한다고 하면 그때부터 안전 요원은 정말 사무적인 표정으로 질문을 하기 시작한다.

"이스라엘에선 무얼 했었느냐?"

"이스라엘엔 아는 사람이 있었느냐?"

"물건은 무얼 샀느냐?"

"사진은 무얼 찍었느냐?"

정말 귀찮고 사소한 질문만 속사포처럼 쏟아놓는다.

그런데 문제는 이런 질문에 명쾌하고 속시원하게 대답을 못하고 횡설수설하고 말을 얼버무리거나, 앞의 질문의 대답과 뒤에 한 질문의 대답이 서로 다를 때이다. 영어가 짧아서 대충 대답했다가 나중에 앞에 말과 서로 상충되는 대답을 하면 안전 요원은 금방 얼굴 색깔이 바뀌면서 "왜 말이 앞뒤가 맞지 않느냐?"며 취재하듯 꼬치꼬치 캐묻는다.

한번은 이런 적이 있었다. 역시 출국장에서 "이스라엘에 있는 동안 팔레스타인 사람을 만난 적이 있었냐?"고 묻기에 나는 그런 일이 없다고 대답을 했었다. 그 말에 안전 요원은 알았다고 대답을 하더니 내 가방 속을 열어보겠다고 했다. 나 역시 좋다고 대답을 했는데 가방을 열어보는 수준이 단지 가방 속에 뭐가 들었는지만 보는 것이 아니라 내가 이것 저것 메모한 수첩을 꺼내 페이지를 한 장 한 장 넘기며 확인을 하는 것이었다. 정말 시간이 지체되는 것도 신경쓰지 않는 것 같았고 뒷 사람이 얼마나 기다리고 있는지도 별로 관심이 없는 것처럼 보였다.

그런데 문제가 발생했다. 내 수첩에서 팔레스타인 사람의 휴대폰 전화 번호가 적힌 것을 발견해낸 것이다. 도대체 내 수첩에서 왜 팔레스타인 사람의 전화 번호가 적혀 있는 것이었을까? 그 전화 번호는 내가 베들레헴에서 우연히 만난 팔레스타인 청년이 적어준 것이었다. 베들레헴의 포장도 안 된 흙먼지 길을 혼자서 걷고 있는데 덜덜거리는 고물차가 내 옆에 서더니 차 안에서 팔레스타인 청년 두 사람이 나보고 어느 쪽으로 가냐고 물었다. 나는 아무 경계도 하지 않고 목적지를 말했더니 그 청년들은 자기 차로 태워주겠다며 나보고 타라고 한 것이다. 그 청년들은 어디까지나 자기네 마을을 찾아온 외국의 관광객에게 호의를 베풀기 위해서 한 행동이었고 나 역시 그들의 그런 친절을 고마워하며 그 차에 올라타고는 목적지까지 편하게 잘 도착했다. 인사를 하고 내리려는 나에게 그 청년들은 내게 자기의 휴대폰 번호를 적어줄 테니 다음에 또 베들레헴에 올 일이 있으면 전화를 해달라는 것이었다. 또 태워다 주겠다는 팔레스타인 젊은이의 그런 친절을 거절할 수 없어서 수첩을 내밀었고 그들은 내 수첩에 자신의 휴대폰 번호를 적어주었던 것이다.

바로 그 전화 번호였다. 안전 요원은 그때부터 나를 뚫어져라 쳐다봤다. 왜 아무도 만난 사람이 없다면서 이 수첩에 적힌 전화 번호는 뭐냐는 것이다. 더구나 이 전화 번호는 분명 팔레스타인 사람의 전화 번호라는 것도 그 안전 요원은 금방 알아챘던 것이다. 도대체 전화 번호만으로 어떻게 팔레스타인 사람의 것인 줄 알았을까? 나는 할 말을 잃었다. 나도 모르게 당황해서 말을 더듬거리자 그 안전 요원은 가방을 들고 따라오라고 한다.

안전 요원은 근처에 있던 또 다른 남자 안전 요원에게 지금까지의 상황을 설명하면서 나를 그 남자에게 인계하였는데, 그 남자는 나를 공항의 한쪽 구석으로 데리고 갔다.

그 곳은 마치 투표장의 기표소처럼 커텐이 쳐 있는 작은 공간이었는데 그 안으로 데리고 들어갔다. 이제부터 그 말로만 듣던 본격적인 수색과 검문 검색이 이루어지려는 순간이었다. 남자 안전 요원은 내게 옷을 벗으라고 했다. 속옷만 빼고….

옷을 벗어야 하나? 잠시 망설이다가 말했다.

"나는 외국인이다. 나는 한국의 방송국에서 일하는 작가이며 프로그램을 제작하는 사람이다. 그런데 나한테 이럴 수가 있는가?"

그러자 그 남자 안전 요원은 내 말엔 관심도 없는 듯 그냥 무표정하게 말한다.

"그건 내게 중요한 게 아니다."

단 한 마디뿐이다.

분이 안 풀려서 한마디 더 했다.

"이런 식이라면 다시는 이스라엘에 오지 않겠다."

그래도 그 안전 요원은 또 단문으로 기계음처럼 대답을 한다.

"그건 당신이 선택할 문제다."

"대체 왜 내게 옷을 벗으라는 건가?"

"지금은 내가 당신을 검문하는 시간이지 당신이 질문할 시간이 아니다. 질문은 하지 마라."

정말 바늘로 찔러도 피 한 방울 나지 않을 인간처럼 보였다. 어쩔 수가 없었다. 권총을 옆구리에 차고 있는 남자가 벗으라는데 무슨 반항이 필요할까? 하는 수 없이 속옷만 남긴 채 옷을 모두 벗었다.

그 남자는 내 옷을 받아 어디론가 갔고 나는 한참이나 기다리고 있어야 했다. 잠시 후 남자 안전 요원이 옷을 갖고 돌아왔다. 다시 입으라는 손짓을 했다. 그날은 그렇게 어렵게 비행기를 탈 수밖에 없었다.

또 한 번은 이런 적이 있었다. 그때도 역시 내가 이스라엘 여행을 마치고 출국하기 위해 공항에서 마지막 검문 검색을 받던 중이었다. 언제나 그랬듯이 공항의 여자 안전 요원은 내게 이스라엘 지도를 보여주며 '그동안 어디 어디 갔었는지'를 꼬치꼬치 캐묻는다.

이스라엘에서 출국할 때는 으레 그런 검문 검색을 하는 것에 대해서 어느 정도 익숙해져 있는 나는 순순히 답변을 해주었다. 그러자 이번엔 내 가방을 열어보겠다며 가방 속을 이리저리 뒤지더니 전자 사전을 하나 발견했다. 전자 사전은 작은 수첩만한 크기였는데 영어 단어의 알파벳을 입력하면 뜻과 발음이 자동으로 나오는 것이었다. 여자 안전 요원은 처음 보는 물건인지 신기한 듯 들여다보면서 "이게 무엇이냐?"고 묻는다.

"전자 사전이라는 거다."라고 대답을 하자 내게 작동을 해보라고 한다. 그런데 이게 또 왠일인가? 이스라엘 여행 내내 잘 작동하던 전자 수첩이 하필이면 그 여자 보안 요원 앞에서 겁을 먹었는지 전혀 작동이 되질 않는 것이었다. 전자 수첩을 붙들고 당황해서 만지작거리고 있자 그 여자 보안 요원은 나보고 가방을 들고 따라오라고 한다. 또 끌려간 것이다.

그 여자 안전 요원에게 끌려간 곳은 이상한 방이었다. 방안으로 들어서자 그 곳은 마치 전자 제품 수리하는 곳인 듯 보였는데, 여러 명의 남자들이 벽을 보고 앉아 의심이 가는 전자 제품을 분해 · 조립하고 있는 중이었다.

그 남자들은 내 가방에서 비디오 카메라와 전자 수첩, 노트북을 꺼내들며 이것들을 모두 분해해서 들여다볼 것이며 아무 문제가 없으면 다시 완벽하게 조립해줄 테니 물건에 대해선 아무런 걱정할 필요가 없다는 친절한 안내의 말까지 해준다.

그렇게 몇 십 분을 앉아 있었나? 한참이 지난 후 그들은 내게서 가져간 전자 제품을 모두 갖다주면서 이상이 없으니 이제 가보라고 한다. 물론 그 전자 제품엔 '안전 체크 통과' 라는 주황색 스티키를 붙여주었다. 그러면서 하는 말이 한 달 전에 이 공항에서 폭탄이 터진 적이 있었는데, 비디오 테잎 속에 폭탄이 숨겨져 있었다는 것이다.

폭탄에 대한 두려움, 폭탄에 대한 공포심이 아마도 그들을 이렇게 의심이 많은 사람들로 만들었다고 생각하니 불쌍하기도 하고 안됐다는 생각이 든다.

그렇다면 공항에서만 검문 검색이 지독한 것일까? 그렇지 않다.

끝없는 검문 검색

이스라엘에서의 검문 검색은 장소와 시간을 가리지 않는다. 사람이 많이 모이는 곳이다 싶으면 어김없이 문짝같이 생긴 금속 탐지기와 무표정한 얼굴로 서 있는 군인이 자리잡고 있는 검문 검색대가 있는데, 여자의 경우라도 핸드백을 포함한 모든 소지품들을 일일이 다 꺼내서 보여주어야 한다. 예전에 우리 나라에서도 검문 검색을 심하게 한 적이 있었는데

카페 입구에 앉아있는 보안 요원. 모든 카페에 보안 요원이 있는 것은 아니다. 하지만 손님은 보안 요원이 있는 카페에 더 많이 있으며 나중에 음식값을 계산할 때 안전비도 추가로 받는다.

그때도 여자들의 핸드백까지는 열어보지 않고 손으로 만져보는 것으로 통과를 시키든가 핸드백을 연다 하더라도 그냥 눈으로 한 번 훑어보는 정도이지 않았나 싶다. 그런데 이 곳은 그렇게 대충 넘어가는 일이 절대 없다. 예루살렘의 벤야후다 광장에서 만난 젊은 여성은 껌을 씹다가 종이에 싸서 핸드백 속에 넣어뒀었는데 검색 요원이 딱딱하게 달라붙은 그 종이까지 억지로 열어보는 통에 민망한 적도 있었다고 할 정도이다.

내가 예루살렘의 올드시티 안에 있는 통곡의 벽 광장에 가기 위해 검문 검색대에서 깐깐한 검문을 받고 무사히 통과했다가 1분도 안 되서 다시 밖으로 나와 카메라의 배터리를 가게에서 구입한 후 다시 또 그 검색대를 통과하려고 했을 때도 그 군인은 내 가방을 다시 열어보았다. 분명히 1분 전에 그 군인에게 까다로운 검문을 받았다는 것을 그 군인도 기억하지 못할 리가 없는데, 그 군인은 그것과는 상관없이 맨 처음과 똑같은 까다로운 검문을 다시 반복하였다.

버스 터미널 입구에는 당연히 검문 검색이 이루어지고 모든 건물과 하다못해 재래식 시장 입구에도 승용차의 트렁크를 열어 보여주는 검문 검색이 이루어진다. 아마도 우리 같았으면 짜증이 날 정도로 꼼꼼하게 진행되는 검문 검색에도 이스라엘 사람들은 전혀 불만이 없는 것 같다. 한낮의 뜨거운 열기가 어느 정도 식어지면서 저녁 나절에 길거리의 노상 카페에 가서 커피라도 한 잔 할라치면 또 어김없이 카페의 입구에 검문 검색 요원이 앉아 카페로 들어가는 모든 손님들의 몸과 소지품들을 일일이 검문한다. 그리고는 커피 요금 청구서에 당당히 검문 검색비를 따로 적어 커피 값과 함께 청구한다. 당신의 안전을 우리 카페에서 지켜주었으니 안전비를 내라는 얘기다. 그래도 이스라엘 사람들은 검문 검색 요원이 없는 카페보다 검문 검색 요원이 있는 카페를 더 선호한다. 일단 안전하니까…. 이외에도 모든 공공 기관은 당연히 검문 검색대가 있고 호텔이나 관광 안내소 같은 곳에도 반드시 길고 긴 검문 검색의 행렬이 이어진다.

아마도 전세계에서 이스라엘만큼이나 검문 검색 문화와 검문 검색 장

백화점 입구에서 검문하고 있는 안전 요원, 그러나 손님들은 당연하다는 듯이 검문에 응하고 있으며 협조를 잘한다(왼쪽). 거리에서 팔레스타인 사람들을 대상으로 검문하고 있는 이스라엘 군인, 이들은 비가 내리는 날에도 팔레스타인 사람들이 타고 가던 승합차를 불러 세우고 가방을 모두 열어보게 한다(오른쪽).

비가 발달한 나라는 없을 거라는 생각이 든다. 한마디로 검문 검색엔 이골이 난 사람들 같다. 아니 오히려 검문 검색을 즐기는 것은 아닐까? 그렇다면 이스라엘은 왜 이렇게 외국인이든 내국인이든 가리지 않고 검문 검색을 심하게 하는 것일까? 그것은 바로 유대인들을 향한 팔레스타인의 끊임없는 폭탄 테러 때문이다.

이스라엘은 전국민 모두가 테러 과민에 걸려 있다. 언제 어디서 폭탄이 터질지 모르며 눈에 보이지 않는 그 무엇이 폭탄으로 변해 순식간에 피가 낭자한 테러의 현장으로 변할지 모르기 때문이다.

주인 없는 가방은 모두 폭탄

이스라엘 사람들이 얼마나 폭탄에 민감한지를 확인할 수 있는 것이 바로 공공 건물에 있는 쓰레기통이다. 물론 우리 나라나 외국의 어느 나라에서나 볼 수 있는 길거리의 쓰레기통이 없다. 하지만 공공 건물에 있는 쓰레기통은 우리 나라처럼 스테인레스 금속으로 된 세련된 디자인의 쓰레기통 대신 그 속을 밖에서도 볼 수 있도록 그물 같은 모양의 철망으로 만들어져 있고, 그 안에 투명한 비닐 봉지를 끼워놓는 형식이다. 그래서 사복을 입은 안전 요원이 수시로 왔다갔다하면서 쓰레기통 안을 들여다본다.

그러다가 만약에 폭탄으로 의심되는 물건이라도 보일라치면 그때는 그야말로 난리가 난다. 시외 버스를 타고 장거리라도 가게 되면 버스가 달리다가 일정하지 않은 곳에 멈춰서게 되고 안전 요원이 올라타서는 버스 안의 맨 앞자리서부터 맨 뒷자리까지 의자 밑과 머리 위에 있는 짐간까지 샅샅이 뒤지다가 내린다. 물론 버스 안에 조금이라도 의심이 가는 사람이 있으면 검문 검색은 기본이다.

만약에 버스 터미널이나 길거리에서 가방을 잠시라도 놔두고 화장실을 간다거나 공중 전화 부스에 가서 전화를 걸고 오게 되면 아무리 잠깐 동안 가방에서 떨어져 있다 하더라도 어느새 그 가방은 주인 없는 가방으로 취급되면서 언제 터질지 모르는 폭탄으로 의심을 받게 된다. 도대체 언제 그런 안전 요원이 그 자리에 있었는지도 모르지만 아주 순식간에 그 가방 주변엔 접근 금지라고 적힌 노란 테잎 줄이 쳐지면서 주변에 있던 사람들을 모두 대피시키고, 폭탄 제거반이 도착해 가방 속에 폭탄이 있는지 없는지를 확인해야만 비로소 자기의 가방을 찾아갈 수 있게 되는 것이다.

이스라엘에선 주인 없는 가방이나 짐, 특히 얼굴도 모르는 남이 가방을 대신 지켜달라고 부탁을 하거나 대신 운반해달라고 하는 것들은 일단 폭탄으로 간주되고 있는 것이다. 물론 그런 부탁을 하는 사람도 그런 부탁을 받는 사람도 없지만 말이다.

팔레스타인의 폭탄 테러

이토록 이스라엘 안에서의 검문 검색이 살벌할 정도로 이루어지고 있음에도 불구하고 이스라엘에선 폭탄 테러가 끊이질 않고 있다.

2002년을 예로 들어보자.

1월 9일 팔레스타인 2명 가자 지구 인근 이스라엘 기지로 침입. 이스라엘 병사 4명 살해.

1월 18일 팔레스타인 저격수 이스라엘 6명 사살.

1월 28일 팔레스타인 여성의 자폭 테러로 수백 명 부상.

2월 17일 팔레스타인 테러리스트 공격으로 이스라엘인 3명 사망, 30명 부상.

2월 21일 한 주 간의 충돌로 이스라엘인 281명과 팔레스타인 986명 사망.

3월 9일 팔레스타인 테러리스트 2명의 공격으로 이스라엘 민간인 13명 사망, 150명 부상.

3월 27일 이스라엘의 명절인 유월절 기간에 팔레스타인 자살 폭탄 테러를 호텔에서 감행하여 20명의 이스라엘인 사망.

3월 29일 팔레스타인 여성 테러리스트의 이스라엘 슈퍼마켓 자살 폭탄 테러로 8명 사망.

3월 31일 지난 한 주 간 지속된 팔레스타인 자살 폭탄 테러로 35명의 이스라엘인 사망.

4월 10일 팔레스타인 여성 테러리스트의 자폭 테러로 이스라엘인 8명 사망.

4월 12일 팔레스타인 여성 테러리스트의 자폭 테러로 이스라엘인 6명 사망.

5월 7일 텔아비브 인근에서 자살 폭탄 테러로 16명 사망, 55명 부상

5월 22일 팔레스타인의 자살 테러로 2명 사망, 27명 부상.

6월 5일 팔레스타인의 자살 테러로 17명 사망.

6월 18일 팔레스타인의 버스 폭탄 테러로 이스라엘인 19명 사망.

7월 16일 팔레스타인 테러리스트의 공격으로 버스 안에 있던 이스라엘인 8명 사망, 14명 부상.

7월 17일 10대 팔레스타인 2명이 텔아비브 외국인 노동자 숙소 인근에서 자폭 테러로 이스라엘인 1명, 외국인 2명 사망.

7월 21일 팔레스타인 테러리스트의 통근 열차에 폭탄 테러로 수명 부상.

7월 30일 예루살렘에서 폭탄 테러로 1명 사망.

7월 31일 예루살렘 히브리 대학에서의 폭탄 테러로 6명 사망, 한국인 2명 부상.

8월 12일 팔레스타인 폭탄 테러로 이스라엘 군인 1명 부상.

9월 18일 팔레스타인 테러리스트 테러로 이스라엘 경찰 1명 사망.

9월 19일 팔레스타인 테러리스트 텔아비브에서 자폭 테러 6명 사망, 수십 명 부상.

10월 12일 팔레스타인 테러리스트 자폭 테러로 이스라엘인 1명 사망.

10월 21일 팔레스타인 테러리스트 자폭 테러로 이스라엘인 14명 사망, 50여 명 부상.

10월 27일 팔레스타인 폭탄 테러로 이스라엘 군인 3명 사망.

10월 15일 가자 지구 내 폭탄 테러로 미국 보안 요원 3명 사망.

12월 22일 팔레스타인 테러리스트 이스라엘을 방문중인 이집트 외무장관 공격.

가자 지구에서의 폭탄 테러 현장.

이같이 신문 기사에 나온 사건만으로도 이스라엘 안에서의 폭탄 테러는 매달 끊이지 않는 것을 볼 수 있으니, 신문에 나지 않은 작은 사건 사고까지 계산한다면 이스라엘에선 매주 폭탄 테러가 일어난다고 볼 수 있는 것이다.

가장 끔찍한 비극, 자살 폭탄 테러

위의 통계를 자세히 살펴보면 이스라엘을 향한 팔레스타인의 자살 폭탄 테러는 잘 훈련된 테러리스트에 의해서만 감행되는 것이 아니라 여성이나 십대 청소년까지도 자살 폭탄 테러에 나서는 것을 볼 수 있다. 그렇다면 누가 이들을 폭탄 테러로 내모는 것일까?

이스라엘을 겨냥한 테러리스트들은 크게 두 가지 집단으로 나뉜다. 1987년에 아마드 야신과 압델 아지즈 란티시 등이 팔레스타인 지역 내에서 조직한 하마스hamas라는 단체와 1983년에 레바논 동부 지방 비카를 본부로 조직된 헤즈볼라Hizbollah가 있다.

하마스는 이스라엘 정부와 야세르 아라파트가 수장으로 되어 있는 팔레스타인 자치 정부와의 평화 협정 노력에 불만을 품고 이슬람의 원리 주의자인 수니파들이 모여 무력으로 이스라엘 안에서의 팔레스타인 해방을 위해 결성된 조직이라고 볼 수 있다. 이들은 이스라엘이 점령하고 있는 팔레스타인 땅에서 주권을 회복하기 위해서라면 자폭 테러, 요인 암살 등 세계가 비난하는 일이라도 서슴지 않고 있으며, 이스라엘이 비교적 집중 감시 대상에서 제외되는 여성과 십대 청소년이라 할지라도 자살 폭탄 테러에 나서는 것을 말리지 않는다. 주로 해외로 망명하고 있는 팔레스타인 지도자들에 의해 자금을 지원받고 있지만, 지난 2004년 3월 22일 이스라엘 군의 헬기 공격으로 아흐마드 야신이 숨지고, 같은 해 4월 17일 란티시가 가자 지구에서 역시 이스라엘 군 헬기의 미사일 공습으로 사망해 하마스의 폭탄 테러는 더욱 거세지고 있는 실정이다.

이란 정보 기관의 배후 조종을 받고 있는 헤즈볼라는 약 3,000명이 활동하고 있는 것으로 알려져 있는데, 레바논의 남동부를 중심으로 주로 미국인과 미국 재산을 향해 테러를 감행하고 있다.

6배의 보복

예루살렘의 다마스커스 게이트는 구시가지를 둘러싸고 있는 6km의 예루살렘 성에 있는 문 중에서 사람의 통행량이 가장 많고 아름다운 문이다. 이 문을 통해 구시가지 안으로 들어가면 곧바로 아랍 지역이라 좁은 골목 안에 수많은 사람들이 오고 가느라 복잡하기 이를 데 없고 이들을 향

예루살렘 구시장을 둘러싸고 있는 성문 중에서 가장 아름다운 다마스커스 게이트. 이 문을 통해 안으로 들어가면 복잡한 아랍 시장 골목으로 이어진다. 그래서인지 이 문의 성벽 위에선 항상 이스라엘 군인늘이 총을 들고 감시를 하고 있다.

해 장사를 하는 장사꾼들의 소란스러운 소리 때문에 자칫 정신을 잃으면 길을 잃을 정도이다.

워낙 많은 팔레스타인 사람들이 협소한 지역 안에 몰려 있다보니 이스라엘 군인의 감시와 경계 또한 만만치 않다. 이 구역 안의 곳곳엔 감시 카메라가 설치되어 있고 완전 무장한 군인들이 오고가는 아랍 사람들 틈바구니에서 두 눈을 부릅뜨고 지켜보고 있다. 그래서 만에 하나 젊은 아랍 청년 서너 명이 모여서 뭔가 이야기를 주고받고 있으면 어김없이 이스라엘 군인이 다가가 검문을 한다.

다마스커스 게이트의 안쪽 아랍 시장의 모습. 이 곳은 늘 아랍 상인과 장을 보러 온 아랍 사람, 관광객, 성지 순례객, 군인 등이 뒤엉켜 복잡하기 이를 데 없는 곳이다.

나는 예루살렘에 찾아갈 때마다 다마스커스 게이트 안쪽에 있는 아랍 구역의 여관에서 머물기 때문에 어쩔 수 없이 나 역시 그 수많은 사람들의 인파에 휩쓸려 다녀야 할 때가 종종 있다. 아마도 이스라엘 군인은 그런 나의 모습도 예의 주시하고 있었을지도 모른다. 그런데 문제는 이 곳에서 팔레스타인 사람들과 이스라엘 군인들 간의 충돌이 자주 일어난다는 것이다.

내가 그 곳의 좁고 복잡한 아랍 시장에서 과일을 사기 위해 흥정을 하고 있을 때였다. 어디선가 소란스런 소리가 들려 그 곳으로 눈을 돌렸을 땐 이미 상황이 벌어져 있는 상태였다. 그때도 역시 아랍 청년 몇 명이 모여 이야기를 주고받고 있었고 그것을 발견한 이스라엘 군인 두 사람이 다가가 신분증을 요구했나보다. 그러자 팔레스타인 청년들은 자신들이 무슨 의심받을 행동을 한 것도 아닌데 왜 검문을 하냐고 강하게 투덜거렸고 그것을 못마땅하게 여긴 이스라엘 군인이 들고 있던 총의 개머리판으로 어깨를 밀쳤나보다. 중심을 잃은 팔레스타인 청년이 우당탕 소리를 내며 뒤로 넘어졌고 이 장면을 목격한 또 다른 팔레스타인 사람들이 그 주변으로 우르르 몰려들었다. 워낙 많은 사람들이 한꺼번에 달려들자 순간 위협을 느낀 이스라엘 군인이 하늘을 향해 공포탄을 쏘았고 그 소리에 놀란 팔레스타인 사람들이 우르르 흩어졌다. 한 발자국도 움직일 수 없이 복잡했던 좁은 골목이 삽시간에 텅 비었다. 바로 그때였다. 우르르 흩어져 골목골목으로 사라졌던 팔레스타인 사람들이 몇 배의 숫자로 늘어나 그 곳으로 다시 몰려나왔다.

사실 이런 광경은 이 곳에서 자주 볼 수 있는 작은 소요에 불과했다. 아마도 예루살렘의 구시가지 안에 일주일 정도 있으면 이런 장면은 두세 번 정도 목격할 수 있는 일이었다. 근데 문제는 그 다음이었다. 조금 전보다 훨씬 많은 팔레스타인 사람들이 몰려들자 이스라엘 군인은 어디론가 무전을 쳤는데 그 와중에 이스라엘 군인이 무전기를 손에서 떨어뜨리고 말았다. 물론 그 무전기는 허리와 줄로 연결되어 있었기 때문에 땅으로 떨어지지는 않았지만 누군가 허리에 대롱대롱 매달려 있는 무전기를 발로 걷어찼는데 공교롭게도 이스라엘 군인의 허벅지를 걷어찬 것이다. 상황은 아주 급박해졌다. 고통스러워 인상을 쓰고 있는 군인 바로 옆에 있던 다른 군인이 드디어 총을 고쳐 잡아 기총 자세로 들어갔다. 금방이라도 유혈 충돌이 일어날 상황이었다. 너무나 놀란 나는 그 자리에 계속 있다가는 나에게도 무슨 일이 생기게 될지 몰라 골목으로 몸을 피해 근처에 있던 여관으로 돌아왔다.

어떻게 여관으로 돌아왔는지도 모르게 가쁘게 숨을 몰아쉬고 있는 나에게 여관 주인은 무슨 일이 있었느냐고 물었다. 조금 전 상황을 대략 설명을 해주자 그 여관 주인은 담배를 꺼내 물었다. 그러면서 깊은 한숨을 내쉬며 이런 얘기를 했다.

"오늘밤엔 또 한 차례 예루살렘 구시가지 안에 있는 아랍 지역에 태풍이 몰아칠 것이며 누군지는 모르지만 반드시 6명의 팔레스타인이 끌려갈 것이다. 그들은 항상 6배의 보복 원칙을 갖고 있으니까…."

그렇다. 여관 주인의 말에 의하면 이스라엘은 항상 6배의 보복 원칙을 앞세워 팔레스타인을 향한 복수의 잔치가 벌어진다고 한다. 팔레스타인의 폭탄 테러에 의해서 이스라엘 사람 10명이 죽으면 이스라엘은 반드시 전투기와 탱크를 앞세워 60명의 팔레스타인 사람을 죽이는 형국, 그 60명의 사람이 테러의 당사자이든 당사자가 아니든 그건 따지지 않는다. 상대가 테러와는 전혀 무관한 어린아이든 아기 엄마든 일단 숫자만 채우면 된다. 이렇게 6배로 보복을 하는데도 폭탄 테러를 감행할 것이냐는 경고성이다. 눈물과 통곡의 보복 현장에서 살아남은 자들은 또 다른 테러를 계획하고, 그러면 또다시 6배의 보복이 감행되고….이것이 바로 현재 이스라엘의 상황이다.

6배의 보복…. 세상에 이 보다 더 무서운 말이 또 있을까?

잘못 알고 있는 갈등의 씨앗

그렇다면 왜 팔레스타인 사람들은 세계의 비난을 들어가면서까지 끊임없이 이스라엘을 향해 폭탄 테러를 감행하는 것이고, 이스라엘은 6배의 보복 원칙이라는 끔찍한 원칙을 세워가며 보복을 하고 있는 것일까? 세계가 긴장하고 주의깊게 보는 이 분쟁의 원인을 알기 위해선 이스라엘과 팔레스타인과의 오래 된 역사를 살펴보아야 한다.

그런데 여기서 한 가지 잘못 알고 있는 사실을 짚고 넘어가야 한다. 이스라엘과 팔레스타인의 갈등의 씨앗이 유대인의 시조인 아브라함 때문으로 알고 있다는 점이다.

아브람아브라함의 본명은 지금으로부터 3,700년 전 현재 이라크의 땅인 우르에서 태어났지만 하나님의 명령을 받고 아내 사래와 조카인 룻을 데리고 고향을 떠나 하란이라는 곳을 거쳐, 현재의 이스라엘 남쪽 땅인 네게브 근처에 자리를 잡았다. 그런데 이 곳에 심한 기근이 들자 이집트로 거처를 옮기게 되는데, 이 과정에서 이집트의 국경 수비대에 의해서 검문을 받게 된다. 국경 수비대는 유난히 아름다운 외모를 가진 아브람의 아내 사래에 관심을 갖자 겁을 먹은 아브람은 사래가 아내임에도 불구하고 여동생이라며 거짓말을 하게 되고 국경 수비대는 사래를 이집트의 후궁으로 안내를 하게 된다.

아브람은 자신의 아내를 여동생이라는 엄청난 거짓말을 함으로써 자신의 목숨을 지킬 수 있었지만 아내를 빼앗기게 된 사실에 괴로워하다가 결국 사래가 자신의 아내였다는 사실을 말하게 되고, 이 같은 사실을 알게 된 이집트의 왕은 사래를 아브람에게 돌려보낸다. 이때 이집트의 왕은 사래를 돌려 보내면서 이집트 여인인 몸종을 한 명 붙여서 보내는데 그가 바로 하갈이라는 여인이었다.

그러나 이스라엘로 돌아온 아브람과 사래에게는 나이가 들어도 자식이 없었다. 결국 이들은 나이가 들었음에도 불구하고 후손이 없는 자신의 처지를 한탄했지만, 하나님께서는 이들에게 후손을 줄 테니 걱정하지 말라고 하며 아브람의 이름을 아브라함으로 아내 사래의 이름을 사라로 고쳐주었다. 하지만 아브라함의 아내 사라의 생각은 달랐다. 이미 나이도 먹을 만큼 먹었는데 이제 와서 자신에게 무슨 아기가 생길 수 있을까 생각한 사라는 결국 이집트에서 함께 나온 젊은 몸종 하갈을 통해서 아브라함의 후손을 이을 생각을 하게 되고 아브라함과 하갈을 동침하게 한다.

그 계획은 이루어졌다. 드디어 하갈에게서 이스마엘이라는 아브라함의 아들이 태어난 것이다. 그런데 놀라운 일이 생겼다. 도저히 아기를 낳을 수 없을 거라고 생각했던 늙은 여인 사라에게서 아브라함의 아기가 생겼고 그 아이의 이름이 바로 이삭이다.

이제 아브라함에게는 한꺼번에 두 아들이 생겼다. 하나는 몸종 하갈에게서 나온 이스마엘, 그리고 본부인에게서 태어난 아들 이삭…. 그런데 이 두 아들 사이가 별로 좋지가 않았다. 먼저 태어난 이스마엘이 이삭을 괴롭히는 것을 목격한 아브라함은 이스마엘과 하갈을 이스라엘의 남부 사막으로 내쫓아버린 것이다. 졸지에 사막으로 내쫓긴 하갈과 그의 아들

이스마엘, 그들은 눈물로 지새우며 이삭과 사라를 원망하기 시작했는데, 그의 후손이 바로 아랍 사람이 되었고 이삭의 후손이 바로 유대인이 되었다는 것이다. 그래서 지금까지도 아랍인들과 유대인들 사이가 안 좋다고 해석한다. 그때의 악연이 지금까지 이어져내려와 결국은 영토 분쟁이 일어나게 된 것이고, 6배의 보복이라는 끔찍한 단어까지 나오게 된 것이라고 생각한다. 하지만 오늘날의 팔레스타인 민족이 아브라함의 서자庶子 이스마엘의 후손이라는 사실은 잘못 알려진 것이다.

아브라함과 그의 식구들이 이집트에서 돌아온 뒤 후손들이 많이 생겼지만 이스라엘 땅은 또다시 기근이 심하게 들어 수많은 이스라엘 백성들이 이집트 땅에 다시 들어가서 살게 되었다. 그러나 450년 동안 이어지는 이집트인들의 심한 노동 착취로 결국 하나님으로부터 이스라엘 민족의 지도자로 선택받은 모세는 이스라엘 백성을 이끌고 오랜 세월에 걸쳐 또다시 이집트를 탈출해 이스라엘 땅으로 돌아온다. 그러나 이미 오랫동안 주인이 없었던 이스라엘 땅엔 해양 민족인 블레셋이 들어와서 살고 있었는데 이때부터 이스라엘 백성과 블레셋과는 서로 땅을 차지하기 위한 크고 작은 전쟁에 들어갔던 것이다.

현재 사용하고 있는 '팔레스타인'이라는 단어도 사실 블레셋에서 그 어원을 찾을 수 있는 것이다. 그러나 블레셋 민족은 이미 오래 전에 사라졌기 때문에 현재 이스라엘 땅에서 살고 있는 팔레스타인 사람들은 오래 전 블레셋 민족과는 아무런 혈통적 관련이 없는 다른 민족이다.

현재의 팔레스타인 사람들은 이스라엘 인근의 요르단, 시리아, 이집트 등과 마찬가지로 양떼를 키우고 농사를 짓는 유목민과 농사꾼의 아랍인들이었다. 단지 과거 로마가 이스라엘 땅을 팔레스타인 땅이라고 개명을 하고 유대인들을 내쫓은 다음 유목민들이 들어가서 살게 된 사람들이 팔레스타인 사람이 된 것뿐이다.

그렇다면 왜 지금 이스라엘과 팔레스타인은 한 나라에서 같이 살게 되었고 두 민족은 서로 앙숙이 되어 오랫동안 분쟁과 투쟁으로 얼룩진 사이가 되어버린 것일까? 그 원인의 뿌리를 캐보자면 아주 오래 전 4,000년 전으로 다시 돌아가야 한다. 어제 오늘에 생긴 일이 아니기 때문이다.

최초의 토지 거래

이집트에서 함께 돌아온 하갈과 그의 아들 이스마엘을 내쫓은 뒤 아브라함과 그의 가족들은 가나안이스라엘 땅의 옛이름 땅의 헤브론이라는 곳에 잠시 자리를 잡고 살게 되지만, 그들 역시 원칙적으로 따지자면 현재의 이라크 땅에서 이주해온 사람들이라 가나안에서 뚜렷하게 자기들의 땅이라고 내세울 만한 곳은 없었다.

그런데 아브라함의 아내 사라가 127세가 되어 마침내 헤브론에서 죽게 된다. 그 당시 헤브론이라는 곳은 헷 족속이라는 히타이트 민족들의 일부분이 이미 오래 전부터 자리를 잡고 살고 있었는데 아브라함은 그 헷 족속을 찾아가 아내를 묻을 수 있는 땅을 달라고 부탁을 하게 된다. 그러자 헷 족속들은 아브라함에게 헤브론에 있는 굴을 하나 주며 그 곳에 아브라함의 아내를 묻을 수 있게 허락을 하게 되고, 아브라함은 그들에게 은 400세켈이라는 돈을 지불하게 된다. 세켈이라는 화폐 단위는 현재 이스라엘에서도 사용되고 있는 화폐 단위로 현재 1세켈은 우리 돈으로 약 250원 정도 하지만 그 당시의 은 400세켈이라면 어느 정도의 화폐 가치를 갖고 있는지는 알 수가 없다.

어쨌든 이스라엘의 시조인 아브라함은 이스라엘 땅의 한 부분인 헤브론의 작은 굴을 대가를 지불하고 정식으로 구입함으로써 최초의 토지 거래가 이루어진 셈이다. 이 거래는 현재도 이스라엘이 팔레스타인 땅을 자신들의 조상이 정식으로 돈을 주고 확보한 땅이라고 주장하는 계기가 되는 중요한 역사적 사실이 된다.

이스라엘 땅에서의 최초의 토지 거래, 그것은 지금으로부터 3,800년 전의 일이며 구약 성경 창세기에도 기록되어 있다.

기구한 이스라엘의 역사

4,000년 역사의 도시 예루살렘에 가면 아름다운 스카이 라인을 장식하는 황금 사원이 어느 위치에서나 한눈에 들어오는 랜드 마크이다. 이 황금 사원은 비잔틴 양식의 건물로 외형은 밑부분이 대리석으로 된 팔각형으로 되어 있지만, 5.4미터 위로는 화려한 페르시아 풍의 타일로 장식되어 있고 지붕은 500킬로그램의 금을 입힌 돔 형식으로 되어 있어서, 새벽녘과 오후 나절엔 태양빛을 받아 밝게 빛난다.

AD 691년에 모슬렘인 압둘 말릭에 의해 세워져 지금까지도 수많은 모슬렘의 중요한 성지로 되어 있는 이 곳은 과연 이스라엘 역사에 어떤 의미를 갖고 있는 것일까?

가나안 땅에서 아내 사라로부터 귀한 아들 이삭을 얻은 아브라함은 하나님으로부터 도저히 이해할 수 없는 명령을 받게 된다. 늙은 나이에 겨우 생긴 아들 이삭을 제물로 바치라는 명령이다. 하나님을 공경했던 아브라함은 그 이해할 수 없는 명령을 수행하기 위해 아들 이삭을 데리고 예루살렘의 모리아 산으로 데려가 하나님께 제물로 바치려 했고, 이삭은 아버지의 그런 믿음에 순종하며 스스로 제물이 되기를 기다렸다. 하지만 아브라함의 믿음을 알게 된 하나님은 아브라함에게 이삭을 죽이지 말라는 급한 명령을 하게 되는데, 바로 그 모리아 산이 현재 예루살렘에 있는 황금 사원이 있는 자리다. 따라서 현재 모슬렘의 중요한 성지이기도 한 황금 사원은 그 이전에 이스라엘 백성들에게도 아주 중요한 성지이기도 한 곳이다. 그래서 나중에 이스라엘의 세 번째 왕으로 등극한 솔로몬은 그 곳에 하나님께 제사를 드리는 성전을 지었을 정도니까 말이다.

아브라함이 가나안 땅에 정착한 이후로 약 700년의 세월이 흐르는 동안 아브라함의 후손이랄 수 있는 이스라엘 백성들의 숫자는 기하 급수적으로 늘어났지만 어떠한 형태의 국가를 만들지는 못했었다. 하지만 마침내 기원전 1040년경 왕이 없이 부족 집단만으로 살던 이스라엘 백성들은 블레셋과의 끊임없는 전쟁을 겪으며 왕의 필요성을 느끼고 드디어 사울을 이스라엘의 첫 번째 왕으로 내세우고 그 뒤를 이어 다윗, 솔로몬으로 이스라엘의 왕조는 이어진다. 그러나 불행하게도 이스라엘은 솔로몬이 죽은 뒤 남 유대와 북 이스라엘로 나뉘어졌다가, 기원전 586년경 정복자 바빌론에 의해 멸망당하면서 솔로몬 왕이 세운 성전이 모두 허물어지고 백성들이 바빌론의 포로로 끌려가게 되는 비운을 겪게 된다.

이로써 이스라엘은 국가를 세운 뒤 첫 번째 디아스포라diaspora, 이산를 겪게 되는 것이다.

By the rivers of Babylon

'Daddy cool', 'Sunny' 라는 노래로 70년대 인기를 끌었던 독일의 혼성 그룹 'Bonny M' 의 노래 중에 'Rivers of Babylon' 이라는 노래를 보면 이런 가사가 나온다.

"바빌론의 강가에 앉아 시온을 그리워하네…."

이 노래는 예루살렘에서 바빌론으로 끌려간 이스라엘 백성들이 고향을 그리워하는 심정을 노래한 것이다.

대체 독일의 흑인 혼성 그룹인 Bonny M이 왜 이런 노래를 불렀는지는 알 수 없지만, 어쨌든 '바빌론 유수'로 표현되는 이 역사적 사건으로 이스라엘 백성들은 처음으로 외세에 의해 민족 전체가 끌려가 노예 생활을 하게 되는데, 그 생활은 그리 길지 않았다. 바빌론으로 끌려간 지 50년 만에 바빌론을 정복한 페르시아의 고레스 왕에 의해 이스라엘 백성들은 고국에 돌아가도 좋다는 허락을 받게 된다. 바빌론에서 고향땅으로 돌아온 이스라엘 백성들은 허물어진 솔로몬의 성전을 보고 탄식을 하며 힘을 모아 성전을 재건하게 되지만, 또다시 그리스의 알렉산더와 이집트의 톨레미 왕조, 시리아 등에 점령당하는 등 수모를 겪게 되다가, 마침내 로마의 폼페이가 쳐들어와 이스라엘은 로마의 지배를 받게 된다.

그러나 로마는 기원전 37년부터 평소 로마 제국으로부터 인정을 받고 있던 에돔현재 요르단의 남쪽 지방 민족의 사람인 헤롯을 이스라엘의 분봉왕으로 세웠는데, 헤롯은 이에 반대하는 이스라엘 종교 지도자들을 잔인하게 박해하기 시작했다.

그러는 한편 헤롯은 이스라엘 백성들로부터 환심을 사기 위해 많은 노력을 하게 된다. 그 노력은 바로 이스라엘 땅 곳곳에 건축물을 많이 세우는 것이었다. 일단 지난 수백 년 동안 이민족의 지배를 받으며 또다시 허물어지고 초라해진 솔로몬 성전을 다시 증축해주면서 예루살렘은 화려한 도시가 되었고, 텔아비브 북부 쪽에 있는 해안 지방에 로마식 도시를 세우고 그 이름을 로마의 황제 가이사Caesar에게 받친다는 의미로 가이사랴라고 지었다. 뿐만 아니라 이스라엘 백성들의 반란이 심해지면 피신할 곳으로 사해 바로 옆에 있는 450미터 높이의 마사다라는 산꼭대기에 언제든지 도망가서 살 수 있는 궁전을 짓기도 했다.

그러나 헤롯이 기원후 40여 년 간의 통치 끝에 숨을 거두자 로마 제국은 다른 분봉왕을 세우는 대신 로마의 장교를 총독 자격으로 파견하게 된다. 팔레스타인 땅으로 파견나온 로마의 총독은 이스라엘 백성에게서 세금을 거둬들이기 위해 인구 조사를 실시하게 되는데, 나사렛에서 살고 있던 요셉과 마리아가 예루살렘으로 호적 정리를 하기 위해 가던 길에 베들레헴에서 예수를 낳게 되는 것이다.

이 같은 인구 조사는 곧바로 돈과 직결되는 문제이기 때문에 이스라엘 백성은 심한 반감을 갖게 되고 전국 각지에서 반란이 일어나지만 로마의 무자비한 진압 작전으로 반란도 실패하고 만다. 그러다 AD 66년 새로 부임해온 총독은 겨우 잠잠해진 이스라엘 백성들의 반감을 부추기는 일을 저지르고 만다. 이스라엘 민족의 종교적 지도자인 대제사장의 제복을 압수하고는 성전에 보관되어 있는 많은 돈을 내야만 돌려주겠다고 하는 사건이 벌어진다. 거기에다 설상가상으로 총독은 예루살렘의 성전 마당에 로마 황제의 동상을 세우게 되고 이를 못마땅하게 여긴 이스라엘 백성들이 동상을 부수는 등 대규모 반란이 또다시 일어나면서 반란은 삽시간에 전국으로 퍼지게 된다. 다급해진 로마는 마침내 본국에서 대규모의 군대를 파견하여 지방의 반란군을 진압하지만, 워낙 반란의 강도가 심하여 견고한 성으로 둘러싸인 예루살렘만 남게 된다.

로마의 철통 같은 포위 작전 속에서 일단의 무리들이 이 예루살렘 성을 탈출하는 사건이 일어나는데 이것이 앞서 설명했던 이스라엘 최후의 항전지 마사다 사건이다.

최후의 항전지 마사다

마사다에서 3년 동안 버텨왔던 969명마저도 결국 모두 죽고 말았다는 소식을 들은 예루살렘의 유대인들은 절망에 빠졌고, 그들은 이제 로마의 노예로 끌려가는 신세가 되었다. 로마 군인들은 예루살렘의 성전도 모두 허물어버렸다. 서쪽의 벽 일부만 남겨놓은 채.

자신들의 유일신인 하나님께 제사를 드리던 성전이 파괴되었다는 것은 이스라엘 민족을 정신적 공황 상태로 만들어놓기에 충분했다. 이제 성전이 없어졌으니 하나님께 제사를 드릴 공간이 없어진 것이다. 그 크고 웅장했던 성전, 민족의 긍지였던 성전이 사라진 예루살렘은 그야말로 황폐함 그 자체였다. 로마 제국은 예루살렘과 전국 각지에 있던 이스라엘 백성들을 팔레스타인 땅에서 쫓아냈다. 특히 예루살렘은 더 이상 이스라엘 민족이 들어오지 못하도록 출입 금지 명령을 내렸으며, 일년에 단 하루만 예루살렘의 출입을 허용했다. 비록 일년 중에 단 하루이긴 하지만 허물어져버린 서쪽 벽의 일부만이라도 남아 있는 성전에 가서 기도를 할 수 있다는 것만으로도 이스라엘 백성들은 다행으로 여겼다. 일년에 하루 허물어진 성전의 벽 앞에 서서 통한의 눈물을 흘린 곳이 지금 예루살렘의 통곡의 벽이 되었다.

예루살렘에서 쫓겨나 사방으로 흩어지기도 하고 일부는 로마로 끌려감으로서 이때부터 이스라엘 백성들은 나라 없는 2,000년의 세월을 보내게 되는 두 번째 디아스포라가 시작된다.

2,000년 유랑의 시작

수백 년 동안 여러 민족의 침입과 박해에도 굴하지 않고 꿋꿋히 신앙을 지키며 이스라엘 백성들이 살 수 있었던 것은 예루살렘의 중앙에 있던 성전 때문이었다고 해도 과언이 아니었다. 그런데 이제 그 성전이 불에 타고 허물어졌으니 이스라엘 백성의 정신적 상징물이 사라져버린 것이다. 예루살렘에서 쫓겨난 이스라엘 백성들 중에 일부는 로마로 일부는 아라비아 반도로 또 일부는 북 아프리카로 이주하여 자신들의 커뮤니티를 형성하고 공동체를 이루며 살아갔다. 훗날 북아프리카로 이주해간 이스라엘 백성들 중에는 지중해를 거쳐 스페인으로 건너가 프랑스, 영국으로까지 흩어져 살게 되는데 이 사람들을 '세파르딤'이라고 불렀으며, 로마로 끌려간 사람들 중에 독일과 헝가리 쪽으로 이주해간 이스라엘 백성들을 '아쉬케나짐' 이라고 부르게 된다.

로마 제국은 이스라엘 백성들을 모두 예루살렘에서 내쫓고 거주하지 못하게 법적으로 금지했으며 그때부터 한동안 예루살렘은 주인 없는 땅이 되어 인근 지방에서 살던 블레셋 사람들과 유목민들이 들어와 살게 되었다. 이때부터 이스라엘은 역사 속으로 사라지고 로마 제국은 그 땅을 이스라엘 사람들이 가장 싫어했던 민족 블레셋의 이름을 따서 팔레스타인 땅이라고 불렀다.

나라 없는 민족의 설움은 한마디로 피눈물 나는 생활과 다름없었다. 우선 로마로 끌려간 이스라엘 백성들 중에 일부분은 콜로세움에서 맹수의 먹이가 되기도 하고, 인간으로서는 견뎌내기 힘든 노예의 생활을 하게 된 것이다. 더군다나 164년 로마에서 대형 화재가 발생하게 되는데 이 화재는 사실 네로 황제가 저지른 방화라는 것이 나중에 밝혀졌음에도 불구하고, 로마는 이 화재의 범인이 이스라엘인이라는 누명을 씌워 수많은 유대인들을 잡아다 고문과 처형을 일삼는 어처구니없는 사건까지 발생하게 된다. 국가 없는 민족의 설움, 아마도 이스라엘 백성들이 겪어야 했을 고통은 육체적인 것보다 정신적으로 더 심했을지도 모른다.

그러나 그런 와중에서도 예수를 따르던 무리들이 로마로 끌려가서도 카타콤베와 같은 지하 동굴에 숨어서 신앙 생활을 하게 되는데 날이 갈수록 그 숫자가 놀라울 정도로 늘어난다. 결국엔 그 숫자가 너무 많아져 지하 속에서 예배를 드리기는 하지만 완벽하게 숨을 수가 없게 되고, 이제는 기독교인들도 또 하나의 세력으로 등장한다.

이스라엘 백성들이 로마로 끌려온 지 250년 후인 313년, 마침내 로마 황제 콘스탄티누스는 내부 권력 투쟁 속에서 기독교인들의 지지를 얻기 위해 기독교를 정식으로 국가적 종교로 인정하게 되는 사건이 일어난다. 이제 로마의 국가 종교는 그 동안 그렇게도 핍박해오던 기독교가 된 것이다.

그리고 독실한 기독교인이었던 콘스탄티누스 대제의 모친 헬레나가 이스라엘을 방문하여 예수의 흔적을 더듬어 찾게 된다. 예수가 제자들과 최후의 만찬을 했던 장소, 빌라도에게 재판을 받던 곳, 그리고 예수가 십자가를 지고 골고다 언덕을 향하던 길, 예수가 십자가에 매달려 운명했던 장소까지…. 그러나 그 곳은 이미 300년의 세월이 흐르면서 허물어지고 방치되어 있었다. 도무지 성지의 흔적을 찾기 어려울 정도였다. 그래서 헬레나는 그때부터 예수의 흔적들을 찾아내 교회를 세우게 되는데, 그것이 바로 현재까지도 보존되어 있는 성 분묘 교회와 베들레헴에 있는 예수 탄생 기념 교회 등이다.

이때부터 예루살렘은 기독교 성지가 되었다. 그러나 이상하게도 헬레나는 로마에 의해 허물어진 예루살렘 성전만큼은 손을 대지 않았다.

교황의 등장

불과 얼마 전까지만 해도 기독교인들을 원형 경기장에서 맹수의 먹이로 내몰았다가 콘스탄티누스 대제에 의해 기독교 천국이 되어버린 로마 제국, 물론 예수의 수제자였던 베드로 사도와 함께 이후 여러 후계자들이 순교를 당했지만 어쨌든 로마는 기독교를 공인한 이후부터 베드로의 직계 후계자들에게 그리스도교의 최고 지위인 교황이라는 칭호를 부여하게 된다.

일대 변혁을 겪게 되는 로마 제국, 그러나 콘스탄티누스 대제는 이것으로 끝나는 것이 아니라 오랜 세월 동안 번성해오던 로마 제국의 수도를 성지였던 팔레스타인 땅에 좀더 가까운 비잔틴이라는 곳으로 옮기기를 원했다. 콘스탄티누스는 수도 이전이라는 대공사를 마침내 이룩하고, 그 곳을 콘스탄티누스의 도시라 하여 콘스탄티노플이라고 명명하게 된다. 그 곳이 바로 현재 터키의 이스탄불인데 나중에 콘스탄티노플은 이슬람 제국이 점령하여 이슬람의 땅이라는 뜻의 이스탄불로 지명을 바꾸어버리게 된다.

유럽과 아시아를 연결하는 지역, 수많은 유럽의 기독교인들이 성지 팔레스타인 땅을 가기 위해 반드시 거쳐야만 하는 길목, 그 곳에 콘스탄티누스는 새로운 동로마 제국을 건설한 것인다.

이때부터 콘스탄티노플은 로마의 새로운 정치적 중심지로 떠오르게 되고, 로마 황제가 없는 구로마는 베드로가 순교당한 원형 경기장 바티카노스의 땅에 바티칸을 세우고 이 곳에서 교황을 중심으로 한 종교적 중심지로 탈바꿈하게 되는 것이다.

이슬람의 등장

그로부터 250년 뒤 이스라엘과 인접한 아라비아 반도에선 이스라엘 역사를 새로운 국면으로 들어가게 하는 사건이 일어난다. 569년 아라비아 반도의 메카라는 곳에서 태어난 마호메트는 어린 나이에 부모를 모두 잃고 숙부로부터 양육을 받으며 성장하게 된다. 그러다가 예루살렘의 멸망 이후 아라비아 반도로 유입된 이스라엘 백성들이 그들의 신인 하나님을 믿는 것을 보고 유대교에 깊이 심취하게 된다.

그 당시 아랍인들은 나무, 바위, 별 같은 자연을 신으로 섬기는 토테미즘 신앙을 갖고 있었는데 이것으로 자신의 인생과 사후 세계를 맡기기엔 한계가 있다고 생각하던 차에, 유일신을 섬기고 그 종교 안에 현세와 사후 세계까지 명쾌하게 정리되어 있던 유대교는 마호메트로 하여금 매력을 느끼기에 충분했던 것이다.

마호메트는 드디어 메카 근처의 굴 속에서 명상을 하다가 가브리엘 천사로부터 자신이 모세보다 위대한 새로운 예언자라는 명령을 듣게 된다. 이것이 바로 이슬람의 탄생을 알리는 것이었다.

그러나 마호메트는 자신의 신앙적 모태가 되는 유대인들로부터 유대인이었던 예수도 예언자로 인정을 안 하는데 어떻게 아랍인이 하나님의 예언자가 될 수 있냐며 무시를 당하는 수모를 겪게 된다. 게다가 여러 신을 숭배하던 메카의 지도자들에게 반감을 산 마호메트와 그의 추종자들은 극심한 박해를 받게 된다. 그러나 마호메트는 그 와중에서도 점점 늘어나는 추종자들과 함께 군대를 결성하여 전투를 벌임으로써 메카를 점령하고 도시 곳곳에 세워져 있던 동상들을 부수고 사람과 동물이 그려진 각종 그림들을 떼어내 불태웠다. 뿐만 아니라 아라비아의 각 지역을 피와 비명이 난무하는 가운데 이슬람으로 개종을 시키고 교단을 형성하게 된다. 마호메드를 중심으로 한 이슬람 교인들은 멀리 예루살렘까지 그 종교를 전파하게 되는데, 622년 마침내 예루살렘의 성전이 있던 그 자리에서 마호메트는 가브리엘 천사와 함께 하늘로 승천했다가 또다시 아라비아 반도에 나타났고, 632년에 숨을 거두고 만다.

아브라함이 아들 이삭을 하나님께 제물로 바치려고 했던 장소, 그리고 훗날 솔로몬 왕이 하나님께 제사를 드리는 성전을 지었던 장소, 그러다가 결국 로마에 의해 성전이 무너지고 한동안 로마의 신인 주피터의 신전이 세워졌던 자리, 바로 그 자리에서 마호메트가 하늘로 승천을 했으니 이 곳은 이스라엘 백성들의 중요한 성지임과 동시에 이슬람 교도들에게도 메카 다음으로 중요한 성지가 되고 마는 얄궂은 운명을 맞이한 것이다.

마호메트가 죽은 이후로 그의 두번째 후계자 칼리프 오마르칼리프는 마호메트의 후계자를 일컫는 말는 마호메트가 승천했다는 바로 그 예루살렘의 성전 자리를 찾아와 사원을 짓게 되고, 그후 691년에 칼리프 압둘 말릭에 의해 세워진 사원이 바로 지금의 황금 사원이 된 것이다.

이때부터 예루살렘을 비롯한 이스라엘 전역은 이슬람의 땅으로 돌변하게 되었다. 설상가상으로 예루살렘에서 이슬람의 뿌리를 내리고 있던 칼리프 하킴이 예수 부활 기념 교회를 파괴하는 등 반 기독교적인 행동을 하고 되고, 이런 장면을 유럽의 성지 순례자들이 보고 돌아가서 전하게 된다.

십자군 전쟁

콘스탄티노플로 수도를 옮긴 로마 제국은 의외로 번성하지 못했다. 찬란했던 로마 제국은 서서히 기울어져갔고, 마침내 1092년경 콘스탄티노풀은 셀주크 투르크라는 이슬람 교도들에게 위협을 받게 된다. 이에 콘스탄티노플의 비잔틴 제국 알렉시우스 1세는 로마의 교황에게 지원을 부탁하게 되는데, 이것이 바로 십자군 원정대의 결정적 계기가 된다.

그 당시 중세 유럽에선 그리스도 교인이 개인 또는 집단으로 성지 순례를 떠나는 경우가 많았다. 콘스탄티노플의 황제가 지원을 요청한 명분은 앞서도 설명한 것처럼 콘스탄티노플은 유럽의 기독교인들이 성지인 팔레스타인 땅을 방문하기 위해서 반드시 거쳐야 하는 곳인데, 바로 이 곳에 이슬람 이교도들이 장악을 하고 있으니 여간 불편했던 것이 아니다. 그러나 이런 이유말고도 십자군 원정에 불을 붙일 만한 사회적 원인은 따로 있었다.

그 당시 유럽의 기독교는 사람이 지은 죄를 40일에서 7년 간의 고행으로 규정지었다. 이런 규정에 따르면 살인 같은 중죄를 저지르지 않은 평범한 사람일지라도 평균 300년의 고행을 각오해야 했다. 그러니 누구나 평생을 고행으로 보내야 했는데, 이것을 돈으로 속죄하는 방식을 택하기도 했고 또 어떤 사람은 매를 맞는 것으로 속죄를 대신했다. 그러나 돈이 없고 매를 맞을 자신이 없는 사람이라면 이교도들과 싸우는 길뿐이었다. 그런데 때마침 콘스탄티노플에서 들려오는 이교도들의 침략 소식과 성지 팔레스타인 땅을 이교도들이 장악하고 있으며 심지어는 성지를 훼손시키고 있다는 소식까지 들려오니 당연히 기독교인들로서는 이교도를 물리치러 갈 수밖에…. 더군다나 그 당시 중세 유럽은 장남 이외에는 부모의 유산을 물려받을 수 없는 사회적 풍습 때문에 장남이 아닌 남자들은 뭔가 새로운 세계에 대한 욕구가 남달랐다. 성지로 찾아가 이교도들을 내몰고 그 곳에 새로운 삶의 터전을 가꾸는 것, 이것이 바로 중세 유럽 기독교인들의 간절한 소망이었던 것이다. 거기다가 그 당시 교황이었던 우르반 2세는 가슴과 어깨에 진홍빛 십자가를 새긴 십자군을 형성해 이교도들에게 점령당한 성지 탈환 작전의 명령을 내린 것이다.

1099년 마침내 주로 힘 없고 돈 없는 그래서 군사 훈련조차 제대로 받아 보지 못한 농민들로 구성된 제1차 십자군 원정대가 성지로 출발하게 된다. 여러 가지 사연을 나름대로 가슴에 안고 먼 길을 걸어서 예루살렘에 온 십자군들은 그 곳에 자리를 잡고 살고 있는 수많은 모슬렘들을 살육하기 시작했다. 그리고 예수를 못박아 죽게 했던 유대인들도 보이는 대로 잡아 죽이기 시작했다. 멀리서 갑자기 찾아온 십자군이 팔레스타인 땅에서 하나님의 이름을 빌려 벌였던 피의 잔치, 대 참사극이었다.

그렇게 해서 처음엔 십자군의 성지 탈환은 순조롭게 되는 듯했다. 하지만 그 소식을 들은 이슬람 국가의 연합 작전과 계속되는 반격으로 인해 십자군의 세력은 꺾이고 만다. 더군다나 여덟 차례에 걸쳐 찾아오는 십자군 간의 세력 다툼, 충분하지 못한 전투력, 유럽에서 팔레스타인 땅까지 찾아오는 동안 겪게 되는 더위와 전염병, 그러나 더욱 중요한 것은 소수의 십자군이 다수의 현지인들을 지배한다는 것은 늘 기초가 흔들릴 수밖에 없는 상황이었다.

결국 1187년 팔레스타인 땅은 시리아의 정복자 살라딘이 찾아와 정복하고 만다. 살라딘의 십자군 격퇴 이후로 팔레스타인 땅은 또다시 1917년 영국이 그 곳을 지배하고 있던 오스만 투르크 제국을 몰아내고 위임 통치를 하기 전까지 이슬람의 땅으로 바뀌었다.

유럽에서의 유대인

그렇다면 그 동안 유대인들은 전세계로 뿔뿔이 흩어져서 어떻게 되었을까? 일단의 기독교 국교화 이후에 기독교인들이 마음놓고 신앙 생활을 하게 된 것에 비해 가장 피해를 본 사람들이 바로 유대인들이다. 기독교인들이 신의 아들로 높이 받드는 선지자 예수를 십자가에 못박은 민족으로 스스로가 선민의 자격을 내던진 민족이 되었기 때문에 자연히 기독교인들의 입장에서 봤을 때 유대인들이야말로 용서받을 수 없는 자들이었다. 결국 유럽 각국으로 흩어져서 살던 유대인들은 각국에서 벌어진 추방운동으로 또다시 내쫓겨야 하는 신세가 되었으며, 결국 동부 유럽 쪽으로 지역을 옮겨 살아갔지만 여기서도 역시 여러 가지 제약 속에서 살아가게 되었다.

이 곳 저 곳 남의 나라에 얹혀 살던 유대인들은 토지를 소유할 수가 없어서 농사도 짓지 못하였는데 이로써 유대인들은 자연히 상업에 눈을 돌리게 된다. 이때는 이교도들과는 절대로 어울릴 수 없다는 정서가 팽배해져 기독교 국가와 이슬람 국가들은 서로 왕래를 하지 않았는데 다행스럽게도 유대인들은 기독교 국가와 이슬람 국가를 비교적 자유스럽게 왕래를 할 수 있었기 때문에 장사하기엔 그만이었던 것이다. 유대인들은 이런 상황을 자신들의 생존 방법에 이용하게 되었는데 그것이 바로 무역업이었다. 특히 베네치아 지역의 유대인들은 멀리 무역을 떠나는 상인들을 대상으로 고리 대금업을 하게 되었다.

그 당시 중세의 기독교인들은 이자를 받고 다른 사람에게 돈을 빌려주는 것을 종교적으로 용납하지 않았기 때문에 고리 대금업을 죄악시했지만, 유대인들은 형제들에게는 이자를 받고 돈을 빌려주는 것은 금지했어도 이교도들에겐 이자를 받고 돈을 빌려주는 것이 허락되었다. 더군다나 그 당시엔 사회 구석구석에서 많은 돈이 필요했다. 기독교인들은 교회와 수도원을 짓는 데도 돈이 필요했으며, 일반인들은 무역을 하는 데도 돈이 필요했고, 영주들은 크고 작은 영토 싸움에도 돈이 필요했기 때문에 유대인의 고리 대금업은 성황을 이룰 수밖에 없었다. 그런데다가 돈을 회수하지 못하는 경우도 많기 때문에 이자는 높을 수밖에 없었고 각 나라의 왕들은 유대인들에게 높은 세금을 받아낼 수가 있었다. 유대인들은 나라의 통치자들에겐 없어선 안 될 존재가 되었다. 이것이 어쩌면 오늘날의 돈과 경제에 눈이 밝은 유대인을 만드는 원인이 되었을지도 모른다. 오직 신과 돈만이 자기들의 생명과 안전을 지켜줄 거라는 신념이 쌓여갔을 것이다.

그러나 19세기 후반에 이르러서는 동부 유럽에서도 유대인들은 또다시 살 수가 없게 된다. 1882년 러시아가 유대인 추방 운동을 벌인 것이다. 그리고 유대 민족의 대 전환점이 될 수 있는 사건이 프랑스에서 1894년에 발생하게 된다.

드레퓌스 사건

알프레드 드레퓌스Alfled Dreyfus는 유대인의 신분으로는 보기 드물게 젊은 나이에 프랑스의 참모 본부에서 대위라는 높은 지위까지 올라간 인물이

알프레드 드레퓌스.

었다. 그런데 1894년 드레퓌스는 느닷없이 프랑스 주재 독일 군무관에게 해군의 군사 기밀을 제공했다는 혐의로 체포된다. 물론 드레퓌스의 스파이 혐의는 전혀 근거가 없는 것이었으며, 그 당시 프랑스에 있는 유대인에 대한 은근한 멸시와 차별 대우에서 나온 억지였다. 더군다나 유대인으로서 프랑스 군대의 요직에까지 진출했다는 것에 불만을 품은 군 내부의 모함이었던 것이다.

당연히 드레퓌스는 자신의 결백을 주장하였지만 그의 소리는 힘을 얻지 못하고 오히려 때를 기다렸다는 듯이 프랑스 언론들은 "프랑스의 안보를 위협하고 프랑스의 영토를 차지하려는 유대인" 이라는 기사로 연일 대서 특필했다. 이제 프랑스 전체는 불에 기름을 부은 듯 유대인을 향한 성

토의 목소리가 넘쳐나 그 누구도 드레퓌스의 무죄 주장엔 귀를 기울이지 않았다. 다행히 드레퓌스의 편이 되어 드레퓌스가 스파이를 했다는 증거를 대라고 주장하는 사람들도 있었지만, 참모 본부는 군사 기밀이라며 증거를 내놓지 않았다. 결국 드레퓌스는 비밀리에 진행된 군사 재판에서 억울하다는 호소에도 불구하고 종신형을 언도받은 뒤 아프리카의 외딴 섬으로 끌려가게 된다.

이렇게 드레퓌스는 역사의 뒤안길로 사라지는 듯했다. 그러나 그 일이 있은 후 3년 뒤, 프랑스의 참모 본부에선 죠르쥬 삐까르 중령이라는 장교가 또 다른 스파이 건을 조사하는 과정에서 뒤레퓌스의 사건이 처음부터 모든 것이 날조되었으며, 진범은 에스떼라지라는 프랑스 장교였다는 것을 발견하게 된다. 삐까르는 드레퓌스와 군사 학교의 동기생이었다.

그러나 참모 본부는 빠까르 중령의 이 같은 이야기를 묵살했다. 몇 년 전에 사건이 모두 마무리되었고 프랑스 국민들도 잊고 있는 마당에 이제 와서 옛 사건을 다시 끄집어내어 또 다른 혼란을 일으키고 싶지 않았던 것이다. 뿐만 아니라 오히려 참모 본부는 삐까르를 군사 기밀 누설죄로 다시 체포했다. 이로써 또다시 진실은 유대인을 싫어하는 프랑스 지식인층에 의해 빛도 보지 못하고 묻히는 듯했다.

그러나 정말 다행스럽게도 이 소식을 전해들은 전세계의 언론이 그냥 넘어가지 않았다. 과연 프랑스는 진실을 숨기고 있는 것인가? 왜 피고인에게 단 한 번의 변론의 기회도 주지 않고 비밀 재판을 했으며, 진범을 밝혀냈다는 일부의 주장을 묵살하는가? 프랑스 언론은 왜 가만히 있는가? 프랑스 언론은 죽었단 말인가? 전세계의 언론은 이 같은 기사를 연일 다루었으며 이젠 프랑스 내부에서도 '재심을 해야 한다'와 '재심을 하는 것은 프랑스 재판을 우롱하는 것이다'는 식으로 국민들의 의견이 둘로 갈라져 연일 데모와 소요가 이어지는 사태까지 벌어진 것이다.

이때, 1887년 에밀 졸라가 「로로르」라는 잡지에 '나는 고발한다'라는 제목으로 "드레퓌스는 무죄이며 진범은 따로 있다. 이 같은 사실을 프랑스 참모 본부는 모두 알고 있으면서 감추고 있다"는 내용의 원고를 기고하였다. 이 기사를 읽은 프랑스 국민은 폭동을 일으키고 에밀 졸라의 집으로 찾아가 돌을 던지는 등 사태는 심각해졌으며, 에밀 졸라를 재판에 세워 1년이라는 형기를 주고 투옥시킨다.

이로써 프랑스는 또다시 잠잠해지는 듯했다. 그러나 정작 스파이 행동을 했던 에스떼라지는 영국으로 도망을 갔고 그의 범행을 덮어주었던 측근이 자살을 하는 일이 벌어진 것이다. 영국으로 도망간 에스떼라지는 그곳에서 자신은 프랑스와 독일의 이중 첩자였으며 드레퓌스 사건이야말로 참모 본부의 장군들에 의해서 날조된 사건이라는 내용을 고백으로 책을 출판하고 만 것이다.

드디어 전세계는 분노하기 시작했다. 외국의 프랑스 대사관 앞에는 성난 군중들이 몰려들었고 프랑스의 국기를 불태우며 프랑스의 정부와 군의 부도덕을 궐기하는 사태까지 벌어졌다. 프랑스는 이제 진퇴양난에 빠졌다.

결국 프랑스는 아프리카 외딴 섬의 차가운 방안에서 좌절과 절망에 빠져 있던 드레퓌스를 다시 불러내 1906년 7월 12일 재판을 하게 되고, 그 자리에서 무죄 선고와 함께 소령으로서의 군 복귀 명령을 내리게 된다.

1940년대 이스라엘 건국을 앞두고 텔아비브의 항구로 들어오고 있는 귀국선, 이 배를 통해 전세계에 흩어져 있던 유대인들이 하루에도 수만명씩 이스라엘로 들어왔다.

다시는 프랑스 땅을 밟지 못할 것만 같았던 드레퓌스는 8년 간이라는 긴 세월을 참고 견디어냈던 것이다. 유대인이라는 이유 하나만으로 받는 차별 대우, 남의 나라에 얹혀 사는 민족의 설움이 드레퓌스라는 인물을 통해 나타났던 대표적인 사건이었다.

이 드레퓌스의 사건을 프랑스에서 처음부터 끝까지 취재한 사람이 있었다. 오스트리아 출신 헤르츨이라는 기자인데 그는 이 사건을 취재하면서 더 이상 유대인들이 나라 없이 남의 나라를 전전하면서 살기보다는 이제는 고향 땅으로 돌아가 2,000년 전에 사라진 조국을 다시 세우면 좋겠다는 생각을 강하게 갖게 된다. 그의 그런 생각은 마침내 『유대 국가』라는 책으로 출간되었으며, 그는 이 책에서 드디어 모든 유대인을 흥분시키는 시오니즘을 부르짖게 된다. 시온이란 예루살렘에 있는 산을 말하는 것이지만 결국 시온 산이 있는 예루살렘을 의미하는 것이며 전세계에 흩어져 있는 유대인들이 이민족의 박해로부터 벗어날 수 있는 길은 예루살렘으로 돌아가 유대 국가를 건설하는 것뿐이라고 주장했다.

이 책은 전세계에 있는 유대인들에게 강한 자극을 주었으며 이때부터 유대인들의 활발한 팔레스타인 복귀 운동이 펼쳐진 것이다. 텔아비브는 졸지에 귀국선에서 내리는 유대인들로 북적거리기 시작했다.

제1차 세계대전

바로 그 즈음 1914년 지구촌은 영국, 프랑스, 러시아의 연합군과 독일, 오스트리아가 맞붙는 제1차 세계대전이 일어났다. 영국은 서아시아의 패권을 노리고 있던 세 나라에 각각 다른 약속을 했다.

먼저 아랍에게는 그 당시 팔레스타인 지역을 지배하고 있던 오스만 터키를 몰아내면 그 땅에 새로운 아랍 국가의 건설을 약속했고, 프랑스와 러시아에게는 전쟁 후 서로 나누어서 통치할 수 있는 분할 통치를 약속했다. 그러면서 유대인들에게는 이스라엘 국가 건설을 약속했던 것이다. 한마디로 절대 이루어질 수 없는 삼중 계약이었다.

드디어 5년 간에 걸친 제1차 세계대전은 끝이 났다. 그러나 영국은 이전의 모든 약속은 잊어버리고 결국 팔레스타인 땅을 자신들이 통치하기로 했다. 그러자 세계 각처에서 본격적으로 유대인들이 팔레스타인으로 몰려들기 시작했다.

이것은 유럽의 여러 나라에서 골치 아픈 존재였던 유대인을 쫓아내고 팔레스타인이 그들의 새로운 터전이 될 수 있기를 바라는 마음과 서로 일치되었다. 유대인들도 역시 유럽의 남의 나라에서 박해를 받으며 사느니

이스라엘 건국을 선포하는 모습, 이로써 2천년 동안의 디아스포라는 종식되었지만 다음날부터 시작되는 중동전쟁과 팔레스타인과의 분쟁은 아직도 그 끝이 보이지 않고 있다.

차라리 팔레스타인에 가서 사는 것이 훨씬 낫겠다고 생각했다. 그런데다가 제2차 세계대전이 발생하면서 나치 독일이 유대인을 학살하는 대 참사극이 벌어지면서 유대인의 팔레스타인으로의 귀환을 더욱 부채질하게 된다.

그러나 유대인들의 귀환은 그 동안 팔레스타인 땅에서 2,000년 간 살아온 팔레스타인 아랍 사람들에겐 청천벽력과도 같은 소식이었다. 팔레스타인은 이제 복잡해졌다. 좁은 땅 덩어리에 팔레스타인 사람들과 전세계에서 물밀듯이 밀려드는 유대인과 함께 살아야 하는 상황이 벌어진 것이다. 더군다나 오랜 세월 동안 서구 유럽의 여러 나라에서 살아온 이스라엘 사람들은 서양의 세계관과 물질관을 그대로 갖고 와서 아랍인과 부딪칠 수밖에 없었다. 뿐만 아니라 이스라엘 사람들은 토착 팔레스타인 사람들을 존재하지 않는 민족으로 인식하고 대화도 협상도 하지 않았으며 그들보고 팔레스타인 땅에서 나가달라고 협박을 했다. 2,000년 전 이 땅은 우리 조상들의 땅이었으니 다시 되찾겠다는 얘기다. 유대인은 서양에서 가져온 총과 무기로 순신하게 농사만 짓던 팔레스타인 사람들을 향해 위협을 했고, 결국은 총소리에 놀라 아무런 짐도 챙기지 못한 채 팔레스타인 사람들은 2,000년 동안 대대로 살아오던 마을과 집을 떠나야 했다. 이에 주변 아랍 국가들이 반발하기 시작했고 팔레스타인은 점점 세계 분쟁의 핵심이 되어갔다.

1947년, 마침내 유엔이 이 문제에 개입하면서 그 해결책으로 팔레스타인을 유대와 아랍으로 분할하기로 결정한 것이다. 그러나 그 해결책은 불공평한 것이었다. 그 당시 팔레스타인 땅에 아랍인이 144만 명 유대인은 76만 명으로 전체의 30%밖에 되지 않았지만 그런 유대인에게 영토의 57%나 떼어주는 어처구니 없는 일이 벌어진 것이다. 이에 요르단, 이집트, 시리아, 레바논 등은 강하게 반발하며 팔레스타인에 단일 국가를 건설해줄 것을 요구했지만 이루어지지 않았다.

그러나 1948년 5월 14일, 유대인들은 텔아비브에서 이스라엘 독립 선언을 했다.

갈등의 시작

주변 아랍 국가들의 요구 사항이 묵살된 일방적인 이스라엘의 독립 선언은 아랍 국가들에게 큰 반발을 사기에 충분했다. 결국 이스라엘의 독립 선언 바로 다음날인 5월 15일 드디어 이집트는 이스라엘을 공격하는 제1

이스라엘로부터 해방하기 위해 일평생을 바쳤던 전 PLO 의장 야세르 아라파트.

차 중동 전쟁이 발발하게 된다. 1년 동안 벌어진 이 전쟁을 통해 이스라엘은 결국 유엔이 그어준 땅보다 더 많은 땅을 얻게 되었으며, 현재의 가자지구는 이집트, 동예루살렘과 웨스트뱅크는 요르단, 그 외는 모두 이스라엘 땅이 되었다. 1년 간의 전쟁을 통해 수많은 팔레스타인 난민이 발생하게 되었고, 그 난민들은 계속해서 이웃 아랍 국가로 유입되면서 이들의 생활은 비참하기 이를 데 없어졌다.

결국 이스라엘에 대항하여 폭동을 일으키는 팔레스타인 무장 단체가 우후죽순처럼 생기면서 산발적인 항전이 일어나기 시작했다. 하지만 이들의 항전은 이미 1차 중동 전쟁을 치루면서 무기가 확보되고 전투 경험이 늘어난 이스라엘 군인과 상대하기에는 골리앗 앞에 선 다윗과 마찬가지였다.

그러자 64년 1월 이집트의 대통령 나세르가 카이로에서 소집한 아랍 정상 회담에서 7개의 무장 단체를 규합한 새로운 단체 팔레스타인 난민 기구 즉 PLO를 만들었고 야세르 아라파트가 의장으로 추대되어 이때부터 아라파트와 이스라엘과의 끊임없는 대결과 화해의 역사를 만들어가게 되는 것이다.

3부

유대인 이야기

안식일엔 나오지 마라

이스라엘을 방문하기 위해서 미리 파악해야 할 일이 꼭 있다. 그것은 바로 토요일에 항공편으로 이스라엘에 도착하는 일은 절대 있을 수 없다는 것이다. 토요일엔 텔아비브 공항을 열지 않기 때문이다. 하루가 다르게 변하는 세상, 아무리 분초를 다투는 세계 경제의 흐름이라 할지라도 토요일엔 이스라엘의 국영 항공사인 엘알ELAL과 텔아비브 공항은 올 스톱이 된다. 그 이유는 토요일은 유대인의 율법이 정한 샤밧sabbath, 즉 휴일이기 때문이다. 이들은 그 어떤 일이 있어도 율법이 정한 안식일엔 노동으로 간주되는 어떠한 일도 하는 법이 없다. 절대 쉬운 일이 아니다. 그렇다면 왜 이들은 이러는 것일까? 그것은 바로 그들이 그렇게도 받들고 있는 토라 즉 구약 성경의 출애굽기에서 이유를 찾는다.

볼지어다. 여호와가 너희에게 안식일을 줌으로 제 육일에는 이틀 양식을 너희에게 주는 것이니 너희는 각기 처소에 있고 제 칠일에는 아무도 그 처소에서 나오지 말지니라. 출애굽기 16장 29절

제칠일은 너의 하나님 여호와의 안식일인즉 너나 네 아들이나 네 딸이나 네 남종이나 네 여종이나 네 육축이나 네 문 안에 유하는 객이라도 아무 일도 하지 마라. 출애굽기 20장 10절

텅빈 안식일의 예루살렘 시가지. 안식일에 간혹가다 걸어다니는 사람들은 만나게 되지만 자동차는 만날 수가 없다. 어떤 지역은 아예 자동차가 다니지 못하도록 바리케이드를 쳐놓기도 하고 지나가는 자동차를 향해 돌을 던지기도 한다.

그렇다면 과연 유대인들이 생각하는 노동의 기준이란 무엇일까? 내가 어떤 행동을 해서 현재의 상황이 바뀌어진다면 그것이 바로 노동이라는 얘기다. 그래서 안식일에는 차를 운전하거나 빵을 굽거나 사도 안 되는 것은 물론이고 요리를 해서도 안 된다. 왜냐하면 요리를 하기 위해선 가스렌지와 오븐렌지의 불을 켜야 하고 칼질을 해야 하며 갖가지 노동을 해야 하기 때문이다.

가방을 들고 거리를 걸어서도 안 되고 심지어는 휠체어를 밀거나 아기를 안고 다닐 수도 없다. 버스와 택시가 운행을 하지도 않으며 본인도 운전을 할 수 없으니 당연히 여행은 상상할 수도 없다. 전화를 걸어도 안 되고 받아서도 안 된다. 이것은 외국인이 많이 사용하는 호텔도 예외가 될 수 없다. 만약에 호텔에 있는 공중 전화에서 전화를 걸기 위해 수화기를 든다면 유대인 호텔 직원이 와서 전화를 못하게 한다. 물건을 사고 파는 일도 사람을 장례하는 일도 하지 못하며 담배도 피우지 못한다. 담배를 피우기 위해선 불을 켜야 하기 때문이다.

안식일에 책을 보는 것은 허락되어도 펜으로 뭔가를 쓸 수가 없다. 그래서 학교에 다니는 학생들은 금요일 오후만 되면 바쁘다. 안식일날 숙제를 할 수 없으니 그 전날 모두 해놓아야 하기 때문이다. 안식일에 청소를 할 수는 있지만 빗자루가 부러지면 수리할 수는 없다. 식사 중에 식탁보에 물이나 우유 같은 것을 흘리면 행주로 닦아낼 수는 있지만 행주를 빨거나 세탁을 할 수는 없다.

안식일엔 전기로 사용하는 벨을 누를 수도 없다. 엘리베이터 에스컬레이터도 사용하면 안 된다. 그래서 안식일이 되면 모든 엘리베이터는 타고 내리는 사람이 없어도 각층마다 무조건 서서 문이 열렸다가 닫히도록 해 놓는다. 안식일에 높은 빌딩에 올라가려는 사람은 정말 인내를 준비하지 않으면 안 된다.

위험한 동물이나 벌레들을 죽일 수 있고 발바닥에 박힌 유리 조각이나 못 등은 빼낼 수 있다. 하지만 나무와 같은 식물에게 물을 줄 수는 없다. 꽃 냄새를 맡는 것은 가능하지만 과일 냄새는 맡을 수 없다. 과일 냄새를 맡게 되면 먹고 싶은 충동이 일어나기 때문이다.

은행 청구서나 세금 통지서같이 집안으로 배달된 편지나 소포를 뜯어서도 안 되고, 입으로 휘파람을 부는 것은 가능하지만 악기를 사용할 수도 없다. 가게의 진열장에 있는 물건들을 들여다보는 것은 가능하지만 가격을 물어볼 수는 없다. 자, 이정도면 정말 피곤하지 않을 수 없다.

그러니까 한마디로 안식일엔 아무것도 하지 말고 그냥 가만히 집에 있으란 얘기다. 집에서 모든 일을 쉬면서 오로지 하나님의 말씀을 깊이 깨닫고 기억하고 묵상하면서 있으라는 얘기다. 이 같은 율법을 유대인들은 수천 년 동안 정말 지독할 정도로 잘 지키고 있다. 세상이 아무리 변하고 과학과 문명이 발달했다고 할지라도. 아무리 그래도 그렇지 요즘 같은 국제화 시대에 단지 자신들만의 종교적 이유만으로 공항까지 문을 닫는다는 것은 좀 이해하기 힘든 부분이다.

그러니 이들의 일상 생활에서 겪게 되는 안식일은 오죽할까? 한 번은 예루살렘의 뉴시티를 걷고 있었다. 걸을 수밖에 없는 것이 버스는 물론 택시도 운행을 하지 않으니까 걸을 수밖에 없었는데 머리에 키파를 쓴 유대인이 거리에 나와서 누군가를 기다리다가 내게 다가와서 말을 건넨다. 그의 말인즉슨, 자기를 따라와서 도와달라는 것이다. 자신의 주방에 있는 냉장고의 전기 플러그를 실수로 빠지게 했는데 그것을 나보고 대신 콘센트에 꽂아달라는 얘기다. 자신은 안식일이라 일을 할 수는 없지만 이방인은 율법 따위를 애당초 따르지 않으니 일을 시켜도 상관이 없다는 생각이었나보다.

안식일에 일어난 전쟁

1973년 10월 6일, 이날도 역시 안식일이었다. 더구나 이날은 안식일일 뿐만 아니라 유대인의 최대 종교적 명절인 욤 키푸르Yom Kippur 데이였다. 욤 키푸르란 자기 죄를 씻고 하나님과 화해하기 위한 날로 안식일 중의 안식일과도 같은 날이다. 이날엔 평소에 안식일을 잘 안 지키던 유대인들까지도 참여하여 노동이나 일을 하지 않는 것은 물론이고 웃거나 크게 움직이지도 않으며, 그 어떤 음식, 그 어떤 음료수도 마시지 않고, 아침부터 저녁까지 모세오경인 토라를 낭독하면서 참회의 기도와 명상만을 할 뿐이다. 그리고 평소 안식일에는 하지 않던 일을 하는데 그것은 욤 키푸르 바로 전날 친구들을 만나 혹시 있었을지 모르는 지난 일년 동안의 잘못에 대해 용서를 구하고 또 용서를 해준다. 왜냐하면 친구들의 잘못을 용서해줘야 하나님으로부터 죄를 용서받는다고 생각하기 때문이다.

유대인들이 이날을 얼마나 중요시 여기는지는 미국 프로 야구팀인 LA 다저스에 숀 그린이라는 타자의 이야기를 들어보면 알 수 있다. 2004년 9월 24일은 LA 다저스에게 무척이나 중요한 경기가 예정되어 있었다. 그리고 숀 그린은 그 경기에 출전해야 했다. 미국의 언론은 과연 숀 그린이 유대인의 중요 명절인 욤 키푸르를 지키기 위해 경기에 출전하지 않을 것이냐, 아니면 욤 키푸르보다 경기를 더욱 중요하게 생각하고 경기에 출전할 것이냐를 놓고 말들이 많았다. 하지만 숀 그린은 아무리 중요한 경기라 할지라도 유대인으로서 욤 키푸르를 무시하고 경기에 출전하지는 않을 것이라고 밝혔다. 덕분에 우리 나라의 최희섭 선수가 숀 그린 대신에 엔트리 멤버에 들어갈 수 있었다.

그 정도로 중요하게 생각하는 욤 키푸르, 1973년의 10월 6일 오후 2시, 이날 역시도 이스라엘에 있는 모든 유대인들은 경건한 자세로 집안에서 토라를 낭독하며 참회의 기도를 하고 있었다. "전투에 패배한 병사는 용서할 수 있어도 그 어떤 경우라도 경계 근무에 실패한 병사는 용서할 수 없다"고들 하지만 욤 키푸르를 지키고 있는 군인들에겐 예외일 수밖에 없

욤 키푸르 전쟁 당시, 폭격을 맞은 이스라엘 군용 차량. 전쟁에서 초기 손실은 다시 회복하는데 많은 시간이 걸리게 마련이다. 하지만 이스라엘은 곧바로 반격을 했고 그 반격은 성공했다(왼쪽). 욤 키푸르 당시 이집트 군인(오른쪽).

었다. 이미 6일 전쟁을 통해 이집트의 영토였던 이스라엘의 남쪽 시나이 반도와 시리아의 영토였던 이스라엘 북쪽의 골란 고원을 점령하고 경계 근무를 서고 있던 이스라엘 군인도 예외는 아니었다. 평소에는 예외 없이 초소에서 전방을 주시하며 경계 근무를 서던 이스라엘 병사들도 그날엔 초소 안에서 손에 토라를 놓지 않고 고개를 앞뒤로 흔들며 열심히 낭독을 하고 있었다. 물론 그 어떤 음식도 급식되지 않았다.

바로 그때, 이집트의 비행기들이 요란한 엔진 소리를 내며 시나이 반도의 하늘을 뒤덮었고 곧이어 탱크와 장갑차들이 흙먼지를 날리며 밀고 들어오는 것이 아닌가? 예고도 없이 이집트의 공격이 시작된 것이다. 그것만이 아니었다. 이스라엘의 북쪽에 있던 시리아의 군대도 밀고 내려오는 것이다. 이집트와 시리아는 서로 협력하여 이스라엘 군인들이 가장 경계를 늦추게 되는 욤 키푸르 때 양쪽에서 공격을 감행했던 것이다.

그 동안 어떤 작은 위협이라도 감지되면 무조건 선제 공격을 해왔던 이스라엘 군대가 최초로 공격을 당하게 된 순간이었다. 이렇게 적들의 공격이 시작되었지만 이스라엘 군사들은 평소 훈련처럼 곧바로 대응 사격을 하지 못했다. 쉴새없이 날아오는 총알과 초소 안으로 떨어지는 포탄의 세례 속에서도 그들은 총을 쏘지 않았다. 총알이 날라오면 날라오는 대로 피하는 수밖에 없었고, 포탄이 떨어지면 떨어지는 대로 그냥 그렇게 맞이할 수밖에 없었다. 여기 저기서 이스라엘 병사들은 피를 흘리며 비명과 함께 쓰러졌지만 그러면 그럴수록 이스라엘 군인들은 더욱 거세게 고개를 앞뒤로 흔들며 토라를 큰 소리로 낭독할 뿐이었다. 이렇게 하는 것이 진정한 욤 키푸르를 보내는 것이라고 생각했던 것이다.

결국 이날 하루 만에 수만 명의 이스라엘 군인들이 죽어갔다. 예상대로 이집트의 군대와 시리아의 군대는 하루 만에 많은 지역을 점령해갔고 이스라엘 군대는 퇴각을 거듭했다. 이집트와 시리아는 이날 전투에서 확실하게 기선을 제압해나갔다. 이렇게만 계속된다면 그 동안 이스라엘에게 당했던 수많은 설움도 한 번에 씻겨나갈 것만 같았다.

하지만 이들의 승승장구는 오래 가지 못했다. 욤 키푸르가 끝난 오후 일몰 시간 이후, 그 동안 계속해서 일방적으로 속수무책으로 당하기만 하던 이스라엘의 반격이 드디어 시작되었다. 결국 이 전쟁은 이스라엘의 승리로 돌아갔다. 이것이 욤 키푸르였고 이스라엘의 안식일 중의 안식일인 것이다. 이 전쟁을 제4차 중동 전쟁이라고 한다.

세계에서 제일 발달된 타이머

욤 키푸르는 일년 중에 단 하루, 안식일 중의 안식일이기 때문에 국가 존립과 개인의 생사가 걸린 문제인 전쟁까지도 잠시 미룰 수 있다 치자. 우리로서는 도저히 이해가 되지 않는 일이지만…. 그러나 매주 돌아오는 안식일을 그들이 얘기하는 율법대로 지킬 수 있을까? 아무리 안식일이라고 해도 요즘 같은 세상에 어떻게 움직이지 않고 가만히 있을 수 있던 말인가? 안식일이라고 해서 형광등도 못 켜고 가스렌지의 불도 못 켜고…. 그렇게 살 수가 있을까? 어쩌다 한 번도 아니고 매주 돌아오는 안식일을?

그래서 이스라엘에서 제일 잘 되는 사업 아이템 중에 하나가 바로 타이머Timmer다. 생각해보면 과학 기술이 발달하지 않았던 예전에는 유대인들이 안식일을 지킨다는 것은 정말 피곤하고 어려운 일이었을 것이다. 안식일에는 불을 켜지 못하니 차갑게 식은 스프와 딱딱하게 굳어버린 빵을 먹어야 하고 안식일 전날에 밝혀놓은 촛불이 꺼지기라도 하면 하루 종일 어둠속에서 지내야 했었을 테니 말이다. 하지만 과학 기술의 발달은 타이머를 만들었고 유대인들은 이 타이머를 아주 적절하게 활용할 수 있게 되었다. 모든 가전 제품에 타이머를 장착하는 율법과 기술의 접목을 통해 안식일에 특별히 일을 하지 않아도 따뜻한 스프와 부드러운 빵을 먹을 수 있게 된 것이다.

타이머란 시간을 미리 지정해놓으면 정해진 시간에 자동적으로 불이 켜지고 시간이 되면 자동적으로 전원이 꺼지는 장치인데 이 타이머가 집마다 가전 제품에 반드시 연결되어 있다. 그래서 미리 타이머의 시간만 맞춰놓으면 안식일에도 필요한 시간에 거실과 안방의 불이 켜지고 오븐렌지에 전원이 들어와 자동적으로 빵이 만들어져 안식일이 끝나는 시간에 맞춰 그 빵을 먹을 수 있게 되는 것이다. 가스렌지의 경우도 자동적으로 켜지면서 음식이 만들어진다. 물론 이런 작업은 안식일 전에 미리 다 해놓아야 한다. 만에 하나 깜빡 잊고 타이머의 예약을 해놓지 않는다면 그 집은 아무리 과학 기술이 발달한 지금이라도 여전히 옛날처럼 식어버린 스프와 딱딱해진 빵을 먹는 수밖에 없을 것이다.

아마도 세계에서 가장 정확하게 작동되는 타이머를 사고 싶다면 이스라엘 제품을 구입하거나 좀더 기능이 뛰어난 타이머를 개발했다면 이스라엘 시장을 공략해보는 것은 어떨까 싶을 정도이다.

안식일의 해방 구역 이루브

세상에 원칙이 있는가 하면 또 반드시 그런 것만은 아니다. 아무리 철두철미하게 지키는 안식일에도 예외 조항이 있게 마련이다. 요즘 같이 바쁘고 복잡한 현대 생활에 이런 안식일 지키기는 역시 문제가 있다. 이스라엘에서 생활하고 있는 유대인들이야 그 어떤 경우가 있어도 안식일에 일하는 법이 없지만, 특히 미국의 뉴욕 같은 곳에서 생활하는 사람의 경우에 토요일에 아무것도 하지 않고 생활하기란 좀처럼 쉬운 일이 아니기 때문이다. 예를 들어 가족 중에 휠체어를 탄 장애인이 있는 경우, 율법을 따르자니 예배당에 가야만 하고 예배당에 가기 위해 휠체어를 밀고 나서면

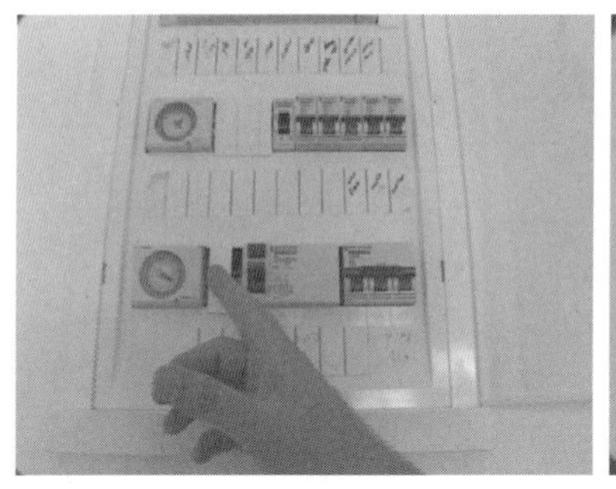

유대인의 거실 한쪽 벽면엔 이렇게 여러개의 타이머가 설치되어 있는 판넬이 따로 설치되어 있다. 그래서 안식일이 되기 전에 미리 여러개의 타이머를 조작해 놓아야 안식일에 따로 노동을 하지 않아도 넘길 수가 있기 때문이다(왼쪽). 에어컨의 전기 코드에 별도로 설치되어 있는 타이머. 한낮의 더위가 무서운 숭통시빙에서 자칫 타이머를 맞춰 놓지 않으면 찜통 속에서 안식일을 보내야 한다(오른쪽).

계율을 어기는 셈이 되기 때문이다. 그래서 뉴욕의 유대인들 중에 특별히 장애인들은 토요일에만 휠체어를 밀어줄 사람을 임시로 고용해야 한다. 하지만 인건비 비싼 뉴욕에서 매번 토요일마다 사람을 고용하는 일이란 많은 돈을 필요로 한다. 그래서 생각해놓은 것이 바로 이루브Iruv이다.

이루브는 안식일에 꼭 필요한 노동을 해도 되는 일종의 특별 구역인 셈인데 그 구역을 표시하는 줄을 친 다음 그 줄에 리본을 매단다. 이 곳은 '이루브 구역' 이라는 뜻이다. 이루브의 탄생을 제일 반기는 사람은 역시 아기 엄마들이었다. 보통의 유태인 가정은 대여섯 명의 자녀를 키우는데 안식일엔 아기를 안거나 유모차를 밀 수가 없으니 토요일 해가 질 때까지 밖을 나가지 못했었기 때문이다.

그러나 아무 곳에나 이루브를 만들 수는 없다. 한 지역 안에 유대인이 60만 명 이상이 모여 있는 곳이면 이루브를 만들 수가 있다. 이 숫자는 탈무드에 근거한 얘기인데 60만이란 모세가 이끌던 성인 남자의 숫자와 똑같다.

탈무드의 유명한 격언 중에는 "아무리 좋은 쇠사슬이라도 고리 하나가 끊어지면 못 쓴다"는 말이 있다. 사소한 계율이라도 잘 지켜야 온전한 유태인으로서 살아갈 수 있다는 뜻이다.

하지만 이웃에 살고 있는 노모에게 음식 한 접시도 갖다주지 못하는 안식일이 더 이상 안식일일 수가 있을까? 유태인으로 죽는 것은 쉬워도 유태인으로 사는 것은 정말 어려운 일이 아닐 수 없다.

기독교의 안식일

그렇다면 가톨릭이나 기독교인들은 왜 이런 유대인의 율법을 지키지 않는 것일까? 똑같은 모세오경을 경전으로 여기고 있는 가톨릭이나 기독교인들은 이 같은 율법주의를 바로 예수가 깼기 때문이라고 생각한다.

우선 예수는 안식일날 베데스다 연못에서 38년 된 병자를 고쳐주는 일을 했다. 물론 그 당시 율법에도 안식일날 위급한 상황에 처해 있는 환자나 병자들을 고쳐줄 수는 있다고 되어 있었다. 그럼에도 당시의 유대교 율법 학자나 랍비들은 예수의 그런 행동에 강한 불만을 품고 문제를 삼았다. 38년씩이나 똑같은 병으로 고생을 했다면 그 증세가 갑작스럽게 오늘 내일 생명의 위협을 느낄 만한 증상이 아니라 일종의 만성병이라는 얘기다. 그렇다면 반드시 안식일날 고쳐주지 않고 그 다음날 고쳐도 큰 문제가 없을 텐데 왜 굳이 하루를 참지 못하고 꼭 안식일날 병자를 고쳐주었느냐는 얘기다. 그리고 결정적으로 예수는 그 병자를 고친 다음 "그 자리에서 일어나 가라"고 명령까지 했다. 어떤 행동을 해서 상황이 바뀌면 그것이 노동이라고 보는 이들의 입장에선 아무것도 하지 말라는 율법을 정면으로 반박하는 것으로밖에 이해할 수 없었기 때문이다.

하지만 예수의 대답은 이랬다.

"양이 구덩이에 빠졌으면 안식일이라도 그 양을 꺼내주어야 하지 않겠는가? 하물며 안식일에 아픈 사람을 고쳐주는 것이 무슨 문제가 되는가? 안식일은 사람을 위하여 있는 것이지 사람이 안식일을 위하여 있는 것이 아니다."

예수를 믿는 기독교와 가톨릭은 그래서 유대인들만큼 안식일에 해선 안 될 규정을 강하게 지키지 않는 것이다. 그래서 유대인들은 2,000년 전에 그 같은 일을 했던 예수를 더욱더 못마땅하게 생각하고 있는지도 모르겠다.

유대인의 유별난 식단

언젠가 우리 나라에 있는 이스라엘 문화원 인터넷 사이트에 안타까운 사연이 하나 올라왔다. 얘기인즉슨 우리 나라 기업에 이스라엘의 유대인이 출장을 왔는데, 우리 나라의 음식은 고사하고 유럽식 레스토랑에 가도 거의 음식에 손을 대지 않고 아무것도 먹지 않더라는 것이다. 기껏해야 본인이 가져온 과자 부스러기와 물만 마셔대니 손님을 초대한 우리 나라 기업 입장에선 여간 난처한 게 아니라는 것이다. 대체 이 이스라엘 유대인이 먹을 수 있는 유대인 음식점이 우리 나라에 없겠냐고 문의를 해온 것이다.

대체 이 이스라엘 유대인은 왜 우리 나라의 맛있는 불고기나 김치찌개 같은 것을 맛도 보지 못하는 것일까? 그것은 정통 유대인들이 엄격하게 지키는 율법 때문이다. 구약 성경 레위기 11장에는 현대인에겐 도저히 지키기 힘들 것만 같은 식생활의 규칙을 기록해놓았다. 일단 짐승 중에서도 굽이 갈라져 쪽발이 되고 되새김질을 하는 것은 먹을 수 있지만 그렇지 않은 것은 먹을 수 없다고 했다.

그래서 돼지와 토끼와 낙타는 굽이 갈라져 있지만 되새김질을 하지 못하기 때문에 먹지 못하고, 말은 되새김질은 하지만 굽이 갈라지지 않아서 먹을 수 없다는 얘기인데, 이 짐승들은 부정한 것이니 먹지 못하는 것은 당연하고 그 시체도 만지지 못하도록 했다. 그리고 물에서 나오는 생선 중에 지느러미와 비늘이 없는 것은 먹을 수 없다. 그래서 상어, 고래, 미꾸

과자 겉봉지에 적혀 있는 코쉐르 표시. 유대인은 슈퍼마켓이나 작은 가게에 가서도 입에 들어가게 되는 모든 음식과 과자에서 코쉐르 표시를 찾아야 한다. 심지어는 와인에도 코쉐르 표시가 되어 있으며 대중음식점에도 코쉐르를 따르는 음식점이라는 표시가 적혀 있다.

라지 등은 지느러미는 있지만 비늘이 없어서, 그리고 새우나 게, 굴, 낙지, 오징어, 꼴뚜기, 조개 등은 지느러미와 비늘이 모두 없어서 먹을 수 없다. 심지어 유난을 떠는 사람들 중에는 삼치, 고등어, 꽁치, 정어리, 가자미, 도다리, 넙치, 참치, 갈치 등을 먹지 않는다. 뿐만 아니라 레위기에는 하늘을 나는 생물 중에서도 독수리와, 솔개, 매, 까마귀, 타조, 갈매기, 올빼미, 부엉이, 따오기, 학, 황새, 박쥐는 먹을 수 없지만 메뚜기와 베짱이, 귀뚜라미는 먹을 수 있다고 기록했으며, 족제비와 쥐, 도마뱀, 악어처럼 땅에 기는 것 중에 배로 미는 것도 먹을 수 없다고 했다.

이런 것들은 모두 부정한 것이라는 얘기다. 도대체 하나님은 왜 이런 규례를 시시콜콜 정해놓은 것일까? 이것은 택함받은 자가 세상 사람들과 구별되어야 하기 때문이라는 믿음 때문이다. 이런 규례는 하나님께서 이스라엘을 선택하셨다는 상징이었다.

먹을 것에 대한 이런 규례는 구약 성경 신명기 14장 21절에 또 있다.

"너는 염소 새끼를 그 어미의 젖에 삶지 말지니라."

아무리 짐승이라 하지만 어떻게 그 어미에게서 나온 젖에 그 새끼의 고기를 삶을 수 있겠냐는 것이다. 이 내용은 유대인들의 식생활에 코쉐르kosher라는 것으로 아주 까다롭게 적용이 된다. 식생활에서 고기와 우유 제품이 섞이지 않게 하는 것인데 어느 정도인가 하면 이스라엘의 어느 가정에서나 주방의 싱크대와 그릇들을 두 가지로 따로 준비한다. 절대로 고기를 담은 그릇이나 우유를 담은 그릇이 서로 섞이지 않게 하려고 하기 때문에 반드시 가족의 숫자만큼으로 두벌의 포크와 나이프를 사용한다. 한 벌은 우유 제품만을 위해 다른 한벌은 고기 제품만을 위해 분리해 사용하기 위해서다. 식기를 보관하는 찬장도 두 벌로 준비하고 있으며, 식기를 닦는데 사용하는 행주까지도 따로 사용하는 등 아주 엄격한 제약을 갖는다.

물론 고기와 우유를 동시에 먹거나 마실 수도 없다. 그래서 이스라엘의 햄버거 가게에는 치즈 버거를 찾아볼 수 없으며, 스테이크를 먹은 후 밀크커피를 마실 수도 없다. 고기를 먹은 후 곧바로 아이스크림과 같은 어떤 형식의 유제품을 먹는 것도 있을 수 없는 일이다. 하지만 예외는 있다. 고기를 먹은 후 여섯 시간이 지났다면 우유나 아이스크림을 먹을 수 있다. 어느 정도 소화가 되었기 때문에 뱃속에서 섞일 염려가 없다는 것이다.

이런 까다로운 음식 요리 방식 때문에 이스라엘의 음식점엔 반드시 코쉐르 라는 표지가 붙어 있고, 유대인들은 이런 음식점만 찾아가는 것이다. 음식점뿐만 아니라 슈퍼마켓에서 파는 통조림이나 스낵류에도 반드시 코쉐르 표시가 있으며, 이런 표시가 없으면 팔지도 사지도 않는다.

그렇다면 이스라엘이 아닌 외국에 살고 있는 유대인의 경우는 어떨까?

물론 외국에 거주하거나 출장 또는 여행으로 나가 있는 유대인도 코쉐르를 엄격하게 지킨다. 그래서 미국이나 영국처럼 유대인들이 많이 모여 살고 있는 곳에선 새로운 스낵류가 개발되어 시판되기 시작하면 제일 먼저 유대인들이 구입을 해서 성분 분석을 하고 제조 방법을 분석한다. 만약에 스낵을 돼지 기름에 튀겨낸 것이라면 자기들끼리 홍보를 해서 구입하지 않도록 하는 유별나고 까다로운 식생활을 지키고 있는 것이다.

그렇다면 똑같은 성경을 믿고 있는 가톨릭이나 개신교의 경우엔 왜 이런 성경 말씀을 유대인처럼 지키지 않는 것일까? 신약 성경 사도행전 10장에 보면 베드로에게 하나님이 나타나셔서 구약 성경에 기록했던 부정한 음식이라 할지라도 하나님께서 깨끗하게 하신 것이라면 먹어도 좋다고 말씀하셨기 때문이다. 세상 사람과 구별되게 사는 것은 어떤 음식을 먹고 먹지 않고에 있는 것이 아니라 과연 사람이 얼마나 깨끗한 삶을 사느냐에 달려 있다고 믿기 때문이다.

그렇다면 과연 이스라엘 문화원에선 이스라엘 유대인을 초청했던 기업인의 문의에 대해선 뭐라고 했을까? 이스라엘 문화원에서도 국제 심포지엄 때문에 강사로 유대인 랍비가 초대되어 오는 경우가 있지만, 그들 역시 이스라엘에서 가져온 음식만을 먹기 때문에 안타깝다고 한다. 비록 신약 성경은 믿지를 않고 구약 성경의 레위기와 신명기만을 믿는 유대인들이라 하지만 철저하게 지키는 그들의 율법주의와 신앙심엔 세계의 모든 나라 사람들이 혀를 내두를 정도다. 한편으론 산해진미를 모르는 그들이 안타깝고 불쌍하기도 하다.

이스라엘의 검은 유대인

이스라엘에 가면 특이한 현상을 볼 수 있다. 예루살렘을 포함해 이스라엘 곳곳에서 아프리카의 흑인들이 유대인으로서 군복을 입고 돌아다니는 모습을 많이 볼 수 있으며, 유대인들만이 출입하는 거리나 상가에서도 흑인들을 많이 볼 수 있다. 유대인과 팔레스타인 사람들 간에 눈에 보이지 않는 거리감이나 서로의 구역에 출입하는 것을 꺼려하는 이스라엘의 분위기로 봐서는 이 같은 현상을 좀체로 이해하기 힘든 일이다. 중동 지역의 팔레스타인 땅에 그리고 유럽과 러시아 등에서 이민온 유대인들 중에 흑인이 있을 리 만무한데 도대체 이 흑인들은 어디서 온 것이며 어떻게 유대인으로 인정받고 백인 유대인과 마찬가지로 함께 어울리며 군생활까지 같이 하는 것일까? 그 이유를 알려면 지금으로부터 3,700년 전으로 거슬러 올라가 이스라엘의 역사적인 사건을 이해해야 하고, 유대인들이 얼마나 자기 민족을 보호하고 싶어하며 본국으로 데려오고 싶어하는지를 이해해야 한다.

기원전 1700년경 이스라엘은 사울, 다윗에 이어 솔로몬이 다스리고 있었다. 솔로몬 왕은 모두가 알다시피 지혜가 뛰어난 왕이자, 그 뛰어난 지혜를 이용해 주변 국가와 활발한 무역을 하는 경제 감각도 뛰어난 왕으로 기록되어 있다. 이때 시바의 여왕이 솔로몬 왕의 지혜를 확인하고 싶고, 또 어느 정도의 경제적 부를 형성하고 있는지를 확인하기 위해 많은 선물을 들고 찾아온다. 이 이야기는 구약 성경 열왕기 상에 기록되어 있기도 하다. 하지만 그 이후의 이야기는 성경엔 나오지 않지만 여러 가지 전설로 전해오는데, 그 뒤의 이야기가 더 재밌다.

시바의 여왕은 워낙 뛰어난 미인이었고 솔로몬 역시 후궁을 천여 명이나 둘 정도로 여자를 무척이나 밝혔던 호색한이었는데 그런 솔로몬이 시바의 여왕을 그냥 보기만 하지 않았다는 얘기다. 호시탐탐 시바의 여왕과 잠자리를 하고 싶었던 솔로몬 왕이 기회를 잡지 못하고 있는데 느닷없이 시바의 여왕이 자기 나라로 돌아가겠다는 이야기를 한다. 다급해진 솔로몬 왕은 시바의 여왕에게 만찬을 베풀고 마지막 날 밤을 한방에서 잘 것을 요구하자, 시바의 여왕은 서로의 몸에 손을 대지 않을 것을 약속하면 같은 방에서 잠을 자겠다고 대답을 한다.

그러자 지혜의 왕 솔로몬의 지혜는 이때 실력을 발휘한다. 솔로몬은 절대 상대방의 몸에 손을 대지 않겠지만, 시바의 여왕도 내 물건에 손을 대지 말 것을 요구한다. 만약에 시바의 여왕이 솔로몬의 물건에 손을 대면 약속을 어기게 되는 것이고 약속을 어긴 자는 벌로 상대방이 하자는 대로 해야 한다는 조건을 건다. 이에 시바의 여왕은 솔로몬 왕의 제안을 받아들이고 같은 방에서 잠을 자는데, 그날 밤 잠들기 전에 먹었던 만찬의 요리들이 너무나 짜서 시바의 여왕은 결국 잠결에 머리맡에 있던 솔로몬 왕의 물컵에 손을 대고 마시고 말았다. 이것을 안 솔로몬 왕은 시바의 여왕이 약속을 지키지 못했다며 결국 동침을 하게 된다. 솔로몬 왕의 지혜가 확인되는 순간이었다.

그날 밤 임신을 한 시바의 여왕은 자기 나라로 돌아가 솔로몬 왕과의

이스라엘 곳곳에서 만날 수 있는 팔라샤들, 이들은 민족애를 발휘한 이스라엘에 의해 이디오피아에서 왔지만 그동안 한번도 문명사회를 경험하지 못한 이들이 서구 스타일의 생활에 적응하는데 많은 어려움을 겪고 있다. 젊은이들은 나름대로 잘 생활하고 있지만 그래도 아직 실업 상태에서 국가에서 주는 보조금으로 살아가는 팔라샤들도 많다.

사이에서 생긴 아들을 낳게 되는데, 그 아들의 이름이 메네릭이다. 아버지 없이 엄마 밑에서 자란 메네릭은 청년이 된 후 아버지를 만나기 위해 예루살렘으로 찾아간다. 나이가 들어 이미 노인이 된 솔로몬은 예상치도 못했던 아들 메네릭을 보고 반가워하지만, 솔로몬의 주변에 있던 사람들은 메네릭을 반겨하지 않는다. 결국 질시와 견제 속에서 여러 날을 보내던 메네릭은 예루살렘은 더 이상 이스라엘의 중심이 될 수 없다고 판단하고 이스라엘 청년 몇 명과 함께 한밤중에 몰래 예루살렘 성전에 있던 모세의 십계명 돌판이 들어 있는 법궤를 훔쳐 어머니의 나라로 돌아간다.

어머니의 나라에 제2의 예루살렘을 건설하겠다는 생각이었다. 그렇게 어머니의 나라로 돌아가 유대인의 혈통을 지키며 부족을 이루고 살아갔는데 그들을 팔라샤falasha라고 한다. 그리고 그 시바 국가는 바로 현재의 이디오피아라고 주장하고 있으며, 이디오피아의 악숨Axum이라고 하는 곳에 그 법궤가 보관되어 있다고 한다.

솔로몬 작전

현재 전세계에 있는 유대인의 숫자는 약 1,300만 명이지만, 이스라엘에 있는 유대인의 숫자는 510만 명이고 미국엔 580만 명의 유대인이 살고 있다. 그중에서도 뉴욕에만 약 175만 명의 유대인이 살고 있다. 프랑스에 살고 있는 유대인은 60만 명, 러시아는 55만 명, 우크라이나엔 40만 명, 캐나다에 36만 명, 영국에 30만 명의 유대인들이 살고 있다. 아마도 전 세계를 통틀어 자신의 민족이 자기 나라보다 외국에 더 많이 나가서 살고 있는 민족은 유내인밖에 없을 것 같다. 그러다 보니 외국에 있는 유대인을 보호하는 것에도 이렇듯 유별난 나라도 없다. 그중에 대표적인 사건이 바로 솔로몬 작전이었다.

1991년 5월 24일 오전 10시. 이디오피아의 수도 아디스 아바바 공항에 여러 대의 여객기들이 한꺼번에 착륙을 시도하고 있었다. 최근 들어 아디스 아바바 공항엔 내전으로 인해 뜨고 내리는 비행기가 많이 줄어들었기 때문에 한꺼번에 이렇게 여러 대의 비행기가 공항의 하늘에서 몰려오는 것을 보고 관제사들이 놀라지 않을 수 없었다. 이윽고 첫 번째 비행기가 활주로에 내리자 문이 열리고 그 비행기 안에선 중무장을 한 병사들 200명이 뛰어내렸다. 이들은 이스라엘의 특수 부대 요원인 골라니들이었다. 골라니는 크고 작은 군사 작전들을 백 퍼센트 성공시켰던 유명한 특수 부대였다.

공항을 장악하고 안전을 확보한 골라니들이 무전을 치자 두 번째 여객기가 아디스 아바바 공항에 내렸고 계단이 내려졌다. 그러자 각자의 이마에 동그란 번호표를 붙인 수많은 이디오피아 사람들이 비행기로 몰려들었고 순서에 의해서 비행기에 올라탔다. 비행기 안에는 당연히 보여야 할 의자도 없었고 기내용 물품도 보이질 않았다. 그냥 수송기처럼 비행기 안에는 아무것도 없었고 맨바닥뿐이었다. 비행기에 올라탄 사람들은 군인들의 지시에 따라 비행기 맨 앞쪽에서부터 순서대로 앉았고, 이들은 한 사람이라도 더 태우기 위해서 최대한 몸과 몸 사이를 붙였다. 이들은 난생 처음 구경을 하고 난생 처음 올라타는 비행기라서 어리둥절할 만도 했지만 그들은 아무런 말도 하지 않았고 숨을 죽인 채 이스라엘 군인들이 시키는 대로 몸을 움직였다. 그럼에도 불구하고 그들의 표정은 두려움, 설레임, 초조함 등이 얼룩져 있는 것만은 분명했다.

드디어 비행기 안에 500여 명의 이디오피아 사람들이 탔고, 더 이상 태울 공간이 없다고 생각되었을 때 문은 닫혔으며, 비행기는 조금 전 내려왔던 그 하늘을 향해 굉음을 내고 올라갔다. 비행기가 어느 정도 고도에 이르자 비행기 안에선 안내 방송이 흘러나왔다.

"유대인 여러분, 여러분은 이제 3,700년의 긴 여행을 마치고 고향인 예루살렘으로 돌아가는 비행기에 올라탔습니다. 이제 네 시간 후면 이 비행기는 여러분을 예루살렘에 도착하게 할 것입니다. 이스라엘에 있는 우리 모든 유대인들은 여러분의 귀향을 진심으로 환영할 것입니다."

그러자 그제서야 비행기 안에서 쪼그려 앉아 있던 500여 명의 이디오피아인들은 환호를 질러대며 박수를 쳤다. 솔로몬 작전은 이렇게 시작되었다.

이스라엘은 왜 이런 작전을 이스라엘 땅이 아닌 머나먼 아프리카 땅에서 벌였던 것일까? 솔로몬 작전이 시작되게 된 배경은 이렇다. 1860년대에 영국인 선교사들이 에디오피아의 전국을 돌아다니며 선교를 하다가 곤다르gondar라고 하는 시골 마을에 갔다가 놀라운 광경을 목격하게 된다. 그 마을의 중앙엔 회당으로 보이는 초가 건물이 있었는데 그 천정엔 놀랍게도 두 개의 삼각형을 겹쳐놓은 다윗의 별이 그려져 있었던 것이다. 그것만이 아니라 그들은 유대교의 정통 법규를 지키며 신앙 생활을 하고 있었다.

너무나 놀란 영국인 선교사들은 어째서 이 곳에 다윗의 별이 그려져 있냐고 묻자 그들은 "우리가 유대인이다"라고 말했다. 놀란 영국인 선교사들은 "우리도 유대인이다"라고 말하자, 그 마을 주민들은 놀랍다는 듯이 어떻게 백인 유대인이 있을 수 있냐고 되묻는 것이 아닌가. 이디오피아의 오지 마을에서 살던 흑인 유대인들은 이렇게 해서 세상에 알려지게 된다. 그 곳의 사람들은 그렇게 지난 몇 천 년 간을 유대인으로 살아오면서, 자기의 생활 터전에서 몇 킬로미터 밖을 나가지 않고 그렇게 살아왔던 것이다.

이들은 3,700년 전 솔로몬과 동침을 했던 시바의 여왕에게서 태어난 메네릭의 후손으로 유대인의 혈통을 간직한 채 현재까지 살아온 팔라샤falasha들이었던 것이다.

이 같은 소식은 유럽에서 살고 있던 유대인들에겐 반가움을 넘어 놀라움 그 자체였다. 그리고 팔레스타인 땅에 이스라엘이 건국된 이후부터 줄곧 송환에 대한 생각을 갖게 했다.

결국 건국을 이룩한 이스라엘의 비밀 첩보 기관인 모사드는 1984년과

두 개의 삼각형을 겹쳐놓은 다윗의 별.

1985년에 걸쳐 미국 CIA의 도움을 받아 이디오피아에 있는 혈육 팔라샤들을 이스라엘로 데리고 오는 송환 작전을 이디오피아 정부 몰래 펼치게 된다. 이디오피아의 오지 마을에 살고 있는 팔라샤들을 이끌고 아무런 교통 수단이 없이 단지 걸어서 640km 떨어져 있는 수단까지 이동하게 한 다음 수단의 앞바다에 몰래 정박중인 배에 옮겨태워 이스라엘까지 데리고 오는 머나먼 여정이었다.

그러나 그 탈출은 말처럼 쉬운 일이 아니었다. 1만 4,000명의 팔라샤들이 3,700년 간 살던 마을을 떠나 수단까지 걸어서 이동하는 동안 그들은 습한 늪지대와 하이에나와 갖가지 악어, 독충들이 우글거리는 밀림을 헤쳐나오는 것은 그 옛날 모세가 이스라엘 백성 60만 명을 이끌고 시나이

이마에 번호포를 붙이고 비행기에 올라탄 이디오피아의 팔라샤들, 이들을 최대한 많이 태우기 위해 비행기의 의자와 기타 시설들을 모두 제거한 상태이다. 3천여년간 조상들이 말로만 얘기하던 꿈의 땅, 예루살렘으로 간다는 사실에 호기심과 두려움이 가득하다.

반도를 헤쳐나온 것보다 더한 고난의 길이었다. 오죽하면 출발할 당시 1만 4,000명의 팔라샤들 중에 이스라엘 땅을 밟은 사람은 8,000명에 지나지 않았을까? 나머지 6,000명은 중간에 발각되어 이디오피아의 군인들에게 끌려가거나 전염병, 굶주림, 실족, 익사 등으로 숨지고 말았으니 말이다. 그들은 왜 수천 년 간의 삶의 터전을 등뒤로 하고 한 번도 간 적도 없고 갔다온 사람도 없었던 이스라엘의 예루살렘을 향해 그 죽음의 길을 선택했던 것일까?

나중에 이 작전이 전세계에 알려지면서 이디오피아는 이스라엘과 단절을 하게 된다. 하지만 90년대에 들어서면서 멩기스투는 이스라엘에 화해의 손짓을 내밀지 않으면 안 되었다. 그 당시 이디오피아는 1974년에 쿠데타로 정권을 잡은 이후 장기 집권하고 있으면서 그에 대항하는 반군과 대치하고 있었다. 그때까지 소련의 원조를 받아 독재 공산 정권을 유지하던 멩기스투 정권은 80년대 말 소련의 붕괴 이후로 원조가 끊기면서 경제적 어려움이 극에 달했고, 독재 공산 정권에 반대하는 반군들의 공격이 시시각각으로 죄어와 그들의 압박과 공격에 대항하기 위해선 무기가 절대적으로 필요했다. 그 새로운 원조의 대상으로 멩기스투 정권은 이스라엘을 선택했다. 이스라엘은 85년 이후에 중단된 팔라샤들의 이스라엘 송환을 계속 요구해왔고 그 당시 헤어진 팔라샤 가족들의 만남을 요구해왔기 때문에 그것을 빌미로 돈을 요구하기로 한 것이다.

그렇게 반군들의 압박이 점점 거세지던 1991년, 드디어 이디오피아의 반군들은 이디오피아의 주요 도시를 장악하게 되고 마침내 이디오피아의 수도 아디스 아바바까지 진격해 들어오게 되자 멩기스투는 더욱 초조해졌다. 이스라엘 역시 반군과의 전투로 인해 계속해서 사망자가 늘어나고 있는 이디오피아 땅에서 자신들의 동족이라고 생각하는 팔라샤들을 하루 빨리 구출해내지 않으면 안 된다는 여론에 시달리고 있었다. 이스라엘도 초조해졌다.

그러나 멩기스투 정권은 이때부터 이스라엘과 협상에 들어간다. "팔라샤들을 데려가고 싶다면 8,000만 불을 달라." 한마디로 그 동안 이디오피아 정부에서 이들을 지켜주고 복지를 책임져주었으니 한 사람당 인두세를 내놓으라는 억지였다. 그러나 이스라엘이 지불할 수 있다고 제시한 돈은 3,000만 불. 그렇게 인두세를 놓고 협상하는 동안 이디오피아에 있는 이스라엘 내사관은 전국의 팔라사 1만 6,000명을 아디스 아바바로 불러 모았고 여차하면 공항으로 집결할 수 있는 비밀 연락망을 만들어놓았다. 이런 비밀 연락망은 과거 동유럽과 러시아에 있는 유대인들을 이스라엘 건국 당시 불러 모을 때 사용했던 전력이 있었기 때문에 그다지 어려운 문제는 아니었다.

그렇게 협상이 오가는 사이, 이디오피아의 반군들이 드디어 아디스 아바바를 점령하게 되고 그 곳에 모여 있던 팔라샤들의 안전의 위험이 극에 달하는 풍전등화의 순간이었다. 그 와중에 멩기스투는 17년 간 장기 집권하던 자기의 나라를 버리고 한밤중에 짐바브웨로 도망을 가게 되는 등 이디오피아는 혼란이 극에 치닫게 된다. 결국 멩기스투가 없는 이디오피아 정부는 3,500만 불에 아디스 아바바에 있는 모든 팔라샤들의 이스라엘 송환을 허락하게 된다. 이 돈은 미국의 뉴욕에 있는 몇몇 유대인들로부터 순식간에 모금이 되었다. 이것 또한 유대인들의 놀라운 결집력이자 또 하나의 기적이나 다름없었다.

1991년 5월 24일 오전 10시에 시작된 솔로몬 작전은 그 다음날 아침 25일 11시에 끝났다. 작전의 소요 시간은 정확히 25시간이었으며 그 동안 1만 4,200명의 이민자들이 아디스아바바에서 벤구리온 공항으로 수송되었다. 솔로몬 작전은 자기의 민족이 세계 어디에 있든지 반드시 시온의 땅 예루살렘으로 데려오겠다는 그들의 의지를 적나라하게 보여주는 위대한 사건으로 기록되었고, 전투에서 숨진 이스라엘 군인들의 시신을 되돌려 받기 위해 팔레스타인 포로 수십 명과 맞바꿀 정도로 자기 민족을 끔찍이나 챙기는 그들의 뜨거운 민족애를 확인할 수 있는 사건이었다.

유대인의 이단자 메시아닉 쥬Messianic Jew

나는 이스라엘의 하이파Haifa에 있는 동안 한 비밀 모임에 참여한 적이 있었다. 그 모임은 어느 이스라엘 사람의 가정집에서 이루어졌는데 내가 도착했을 땐 벌써 10여 명의 사람들이 모여 있었고 낯선 이방인의 등장에 잔뜩 긴장하는 모습이 보였다. 방문도 걸어잠갔고 안에서 나누는 대화 소리가 새어나갈까봐 창문도 꼭꼭 닫았다. 그들은 나의 등장에 하던 행동들을 멈췄고 나의 행동, 눈동자의 움직임까지도 감시하는 듯했다. 잠시후 나에 대해서 소개할 시간이 주어졌고 그들에게 나의 신분을 이야기하자, 그제서야 겨우 긴장의 끈을 늦추는 것을 느낄 수 있었다.

카메라로 촬영할 수도 없고 밖에 나가서 이 곳의 존재에 대해서 이야기하지 않겠다는 다짐을 하고 나서야 그들은 조용히 노래를 하기 시작했다. 그 노래는 기독교에서 예배 시간에 부르는 찬송가였다. "내 주를 가까이 하려 함은…." 그들의 찬송 소리는 아주 작았지만 그들의 목소리엔 작은 떨림을 감지할 수 있었다. 그랬다. 그들은 이스라엘 안에 있는 소수의 사람들인 메시아닉 쥬Messianic Jew라고 번역되는 예후딤 메시히임이었다.

메시아닉 쥬란 이스라엘 안에 있는 크리스천들을 말하는 것인데 예수 그리스도를 그들의 메시아 즉 구원자로 믿는 유대인들을 말한다. 메시아닉 쥬는 현재 이스라엘에 약 5,000명 가량 있다고 하는데 이 숫자도 정확히 통계를 낼 수 없는 추정치일 뿐이라고 한다. 그도 그럴 수밖에 없는 것이 이들은 이스라엘 안에서 떳떳하고 당당하게 자신이 크리스천이라고 얘기할 수 없는 입장이다. 한마디로 숨어서 신앙 생활을 하고 있으며, 그것이 이스라엘 사회에 알려질까봐 전전긍긍하고 있는 것이다.

도대체 이들은 왜 숨어서 예배를 드려야 하고 그것이 밖으로 알려질까봐 긴장을 하고 있는 것일까? 만약에 이들이 크리스천이라는 게 알려지는 날에는 이스라엘 안에서 여러 가지 불이익을 당할 수밖에 없게 된다. 이스라엘은 민족적인 국가이면서 종교적인 국가이다. 이스라엘의 종교는 당연히 유대교이다. 유대 종교로 그들의 민족은 수많은 세월 동안 엄청난 박해를 이겨내며 오늘날 잃어버린 국가를 다시 재건했고, 또 지금도 유대교의 종교적 신념을 바탕으로 국가 안보를 유지해오고 있는 것이다. 그런데 유대인으로서 유대교가 아닌 기독교를 신앙으로 믿는다는 것은 절대로 용납될 수도 없고 인정될 수도 없는 일이다. 이러한 정서는 곧바로 법률로도 제정되었다.

96년 말 이스라엘을 발칵 뒤집어놓는 사건이 발생했다. '샬롬' 이라는 기독교 선교용 우편물이 약 100만 부 가량 유대인 사회에 배포된 것이다. 이에 발끈한 유대인의 종교 지도자들은 이스라엘 내에서의 선교 활동을 강력히 금지하게 되었다. 이를 빌미로 개종을 유도하거나 개종시키기 위해 돈이나 이에 상응하는 물건을 제공하는 자는 누구든지 5년 이하의 징역에 처하고, 개종을 약속하는 자는 3년의 징역형에 처한다는 법률을 제정하게 된다.

그래서 이들은 몰래 예배를 드릴 수밖에 없게 된 것이다. 그렇다면 이들은 왜 이렇게 기독교에 몸서리를 치는 것일까? 예수는 유대인이었다.

그리고 예수를 따르는 제자도 유대인이고 수많은 초대 교인들도 유대인들이었다. 뿐만 아니라 예수가 부활 승천한 사건 이후로 외국으로 도망가서 숨어 지낸 사람들도 유대인들이었다.

그렇다면 유대인과 기독교는 떼려야 뗄 수 없는 관계인데 왜 이렇게 된 것일까? 그것은 지난 수천 년 동안 유대인들이 국가를 잃어버리고 디아스포라를 경험하면서 인류의 구원자 메시아를 십자가에 사형시킨 장본인들이라는 사실 때문에 서방 기독교인들에게 박해를 받아왔던 것이다. 뿐만 아니라 유대인들이 나치로부터 엄청난 핍박을 받을 때도 서방의 기독교는 이들에게 아무런 도움의 손길도 보내주지 않았을 뿐만 아니라 침묵과 방관으로 일관해왔다. 어찌 보면 유대인들에게 예수는 자신들을 구원해주지도 않았으니 당연히 메시아도 아니고 단지 혐오스러운 인물일 뿐이다. 따라서 유대인들에게 예수를 믿는 크리스천 역시 반가운 존재는 아니다.

현재 이스라엘의 메시아닉 쥬는 숨어서 예수를 믿어야 하는 2,000년 전의 카타콤베를 다시 재연하고 있다. 그들의 찬송 소리는 아직도 크게 불려지지 못하고 있다.

유래를 찾아볼 수 없는 집단 농장

이스라엘의 남부 지역을 향해 도로를 달리면 정말 황막하기 이를 데 없는, 풀 한 포기 없고 뜨거운 태양만이 작렬하는 허허벌판이 몇 시간 동안 끊이지 않고 펼쳐진다. 그 곳이 바로 네게브 사막이다. 너무나 더워 갈릴리 호수에서 내려온 강물이 모두 증발해버린다는 사해가 있는 곳이 바로 네게브 사막이니, 그 곳이 사람 살기에 얼마나 척박한 조건인지는 대충 감잡을 수 있지 않을까? 그런데 그 황량한 들판 중간중간에 바둑판처럼 정확히 줄을 맞춰 대추야자나무가 심어져 있는 것을 볼 수가 있다. 주변엔 풀 한 포기 날 것 같지 않은 사막 한가운데에다 어떻게 대추야자나무를 저렇게도 질서 정연하게 그리고 빽빽하게 심어놓을 수 있을까? 도대체 사막 한가운데다가 물을 어떻게 끌어들였으며 대추야자나무를 저토록 푸르게 키워놓을 수 있었을까?

사막 한가운데 있는 그 대추야자나무의 군락들을 보면서 분명 누군가가 땀과 열정으로 일궈놓았을 그 억척스러움에 감탄하지 않을 수 없다. 그런데 역사의 그 주인공이 바로 키부츠다. 세계에서 유래를 찾아볼 수 없는 독특한 집단 키부츠. 키부츠는 19세기부터 20세기에 걸쳐 세계 각 지역에 흩어져 있던 유대인들이 이스라엘에 몰려들면서 열악하기 이를 데 없는 팔레스타인 땅을 개간하고 정착하기 위해 만든 집단 생활의 모습이다. 전혀 개발되지 않은 땅에 정착해서 사막을 푸른 녹지로 바꿔놓는다는 것은 혼자의 힘으로 도저히 불가능하고, 여럿이 힘을 모아 일을 하면 훨씬 더 수월하기 때문에 유대인들은 키부츠라는 독특한 집단 생활 체제를 만들어놓은 것이다.

1910년 갈릴리 근처에 키부츠 드가니아가 세워진 이후로 현재는 약 270여 개의 키부츠가 이스라엘 전역에 있는 것으로 알려졌다. 맨 처음 키부츠는 주로 사막에 대추야자와 같은 농장을 일구며 과수와 야채, 낙농, 양계 등의 단일 업종으로 시작되었지만, 지금은 관광객을 대상으로 하는 호텔과 리조트를 운영하는 경우도 있고, 심지어는 공장을 운영하는 경우도 있다. 인원은 적게는 몇 십 명이 모여서 운영하는 곳도 있고, 많게는 600명이 함께 모여서 사는 경우도 있다.

키부츠에서 함께 사는 사람들 사이엔 빈부의 차이가 없고 철저히 민주적으로 운영되는 평등한 사회다. 사유 재산을 인정하지 않고 공동으로 생산하고 판매하며 그 수입을 똑같이 나누는 방식이다. 그 대신 의식주와 자료 교육, 의료 혜택, 생필품 등은 마치 군대 내의 내무반 생활처럼 배급받아 생활한다. 키부츠 안에는 식당이 있고 병원과 이발소, 상점, 유치원, 수영장, 스포츠 센터, 우체국, 도서관, 심지어 동물원, 식물원까지도 갖춰놓은 곳이 있다. 한마디로 키부츠 안에는 사람이 살아가는 데 불편하지 않도록 편의 시설을 모두 갖춰놓아 그 안에서 몇 날 며칠을 살아도 별어려움이 없다. 그 안에서의 주요 사안은 주민 총회에서 결정되며 하루 여덟 시간의 노동을 하고 유대인의 안식일인 금요일 오후부터 토요일 오후까지는 모두들 집에서 가족과 함께 보낸다. 그 안에서는 남자든 여자든 각자에게 배정받은 구역에서 일을 하고 식사는 공동 식당에서 함께 하기 때문에 여자도 가사의 부담에서 해방된다. 아이들은 키부츠 안에서 운영되는 유치원과 탁아소에 보내기 때문에 육아의 부담도 덜어진다. 빨래도 공동으로 운영되는 세탁소에서 대신 해주고 주택도 보장받기 때문에 집세에 대한 부담도 없다.

누구는 편한 일을 하고 누구는 힘든 일만 계속하는 것도 아니다. 일정 기간이 되면 서로의 역할을 바꿔가며 골고루 힘든 일을 하고 골고루 쉬운 일도 하는 식이다. 한 달 동안 집단으로 노동해서 벌어들인 수익금을 공평하게 나누니 누가 더 잘살고 누가 더 못사는 경우가 없다. 다 똑같은 형편에서 똑같은 불편과 똑같은 혜택을 받으며 살아간다. 이게 이스라엘의 키부츠이다.

키부츠를 형성하겠다면 이스라엘 정부에선 필요한 땅을 무상으로 제공해주고 일정 금액의 지원금도 준다. 그렇게 여럿이 함께 힘을 합치면 사막을 푸른 농장으로 바꾸기도 하고, 거대한 공장도 세워서 힘차게 기계를 돌릴 수가 있는 것이다. 혼자 하면 하기 힘든 일, 아니 도저히 불가능한 일들을 이스라엘 사람들은 키부츠라는 독특한 집단 체제를 형성하며 가능하게 이뤄가고 있는 것이다. 정말로 억척스러운 사람들이 아닐 수 없다.

붕괴되는 키부츠

이스라엘 건국 당시 키부츠가 황폐해진 땅을 옥토로 바꾸는 데 커다란 역할을 한 것은 사실이다. 하지만 키부츠에도 불안한 부분이 상존해 있었다. 아무리 똑같은 입장에서 노동을 하고 똑같은 보수를 나눠 갖는다고 해도 그것에 만족하지 않는 사람이 분명히 있기 때문이다. 예를 들어 키부츠 안에서 아이들이 탁아소를 거쳐 유치원을 다니고 그리고 초등 교육을 받은 다음 그 아이들은 이제 대학을 가서 보다 더 전문적인 지식을 배워야 한다. 그럼 그 학생은 키부츠를 나와야 했고 대학을 졸업한 뒤에는 전문적인 기능을 키부츠 안에서만 활용하기엔 한계가 있다. 따라서 키부츠 밖에 있는 직장을 다니게 되는데, 그렇게 번 수입은 또다시 키부츠에 귀속되어야만 했다. 이것은 불공평한 일이다.

그리고 아무리 키부츠 안에서 서로 역할을 바꿔가며 똑같이 힘들고 똑같이 편안한 일을 한다고 해도 분명 누군가 좀더 전문적인 지식을 갖고 일을 해야 할 부분이 있게 마련이다. 작업에 따라 오랜 시간 동안 계속해서 반복하며 노하우가 쌓인 숙련공이 필요한 부분도 있는 게 아닌가. 그러다 보면 누군가는 오랫동안 한 부분에서 일을 할 수밖에 없는 상황이 생기게 된다. 그리고 좀더 높은 수준의 기술이 필요한 부분에선 외부의 전문가를 영입하기도 하는데, 그 사람에겐 키부츠 멤버와 똑같은 보수를 줄 수는 없는 노릇이다. 그리고 키부츠 안에서 일을 하는데 누구는 외부에서 왔다고 해서 보수를 많이 받고 초창기 시절부터 갖은 고생을 하며 겨우 이룩해놓은 키부츠의 원년 멤버들은 그보다 못한 보수를 받게 되는 불평 불만이 생기지 않을 수 없게 되었다. 심지어는 키부츠 밖에 나가면 충분히 높은 보수를 받을 수 있다고 생각하는 전문직의 키부츠 멤버들은 키부츠를 등지고 나가버리는 경우도 빈발하게 되었다.

그런 문제가 생기다 보니 그 동안 사회주의 방식의 운영 체제였던 키부츠에도 최근 들어서 일부 자본주의 형식이 도입되기 시작하면서 문제는 더욱 크게 불거져버렸다. 특정 분야의 전문적인 일을 하는 사람과 다른 사람과는 차별된 보수를 주게 되었고 전문적인 기술이 없는 사람은 주로 단순 노동 분야에서만 몇 년씩 일을 해야 하는 상황이 벌어졌다. 그리고 결정적으로 키부츠 멤버들의 월급 차이가 최고 일곱 배까지 벌어지는 현상이 일어났다.

최근 조사에 의하면 이렇게 자본주의 형식으로 전환한 키부츠가 약 40여 군데로 알려졌는데, 통계에 의하면 부자 키부츠의 경우 각 분야의 책임자의 월평균 수입은 2만 9,900세켈약 700만 원의 고임금을 받지만 경제 담당 책임자나 재정 담당자의 경우 1만 6,000세켈약 350만 원, 유치원 담당자나 세탁소 담당자의 경우는 4,000세켈약 80만 원 정도밖에 받지 않는 것으로 나타났다. 남녀의 차이도 컸다.

얼마 전 이스라엘의 신문인 하아레츠의 기사에 의하면 여성 키부츠 책임자는 월평균 1만 6,333세켈360만 원을 받는 반면 남성 책임자는 1만 3,489세켈300만 원을 받는 것으로 보도했다. 이러니 상대적으로 보수를 덜 받는 멤버들의 불평이 많아지고 특히 남자들은 하루 빨리 키부츠를 떠나고 싶어하는 경향이 두드러지게 된 것이다.

그런 것을 보면 이 세상 어디에도 모든 사람들을 완벽하게 만족시키는 장치와 제도는 존재하지 않는가보다. 공평한 노동, 공평한 분배의 키부츠 정신은 건국 초기 워낙 급박하고 다같이 먹고 살기 힘든 그 시기에는 통했을지 몰라도 이제는 그렇지가 않은가보다. 공평한 노동, 공평한 분배는 말처럼 쉬운 일이 아니다.

키부츠에서 만난 한국 청년

IMF의 여파가 우리 나라를 휘청거리게 하던 당시 예루살렘에 갔다가 너무나도 놀란 적이 있다. 전에는 예루살렘뿐만 아니라 이스라엘의 어느 지역에 가더라도 한국에서 온 젊은 여행자들을 찾아보기가 쉽지 않았었는데, 왠일인지 내가 예루살렘에 가면 꼭 들러서 잠을 자던 유스호스텔에 한국인 청년들이 너무나도 많았기 때문이다. 대개의 유스호스텔이란 5평 남짓한 방안에 여러 개의 2층 침대가 있게 마련인데 그 작은 방안에 열 명이 넘는 젊은이들이 그것도 한국인 젊은이들이 한꺼번에 투숙해서 지내고 있었던 것이다.

그들의 모습은 도저히 여행자라고 할 수 없을 정도였다. 끼니 때가 되면 여럿이 한꺼번에 밥을 하고 반찬을 만들어 식사를 하고 있었으며 주머니 사정도 그다지 여유로워 보이지 않았다. 그렇다고 해서 특별히 예루살렘에 무슨 볼일이 있어서 그렇게 집단으로 투숙하고 있는 것 같지도 않았다. 그저 아침이면 눈을 뜨고 특별히 가볼 만한 곳이 있으면 두세 사람씩 짝을 지어 여행을 하는 정도였고, 나머지 사람들은 하루 종일 숙소 안에서 시간만 보내는 것이었다.

이런 상황은 예루살렘뿐만 아니라 텔아비브에 있는 또 다른 유스호스텔에서도 다르지 않았다. 그 곳 역시 작은 방안에 여러 명의 한국인 젊은이들이 집단으로 투숙하고 있었고, 아마도 장기 투숙자도 꽤 많이 있는 것으로 보였다. 텔아비브의 숙소는 예루살렘과는 분위기가 조금 달랐다. 예루살렘의 숙소에서 만난 한국인 젊은이들이 조금은 여유롭고 자유로웠던 것에 비하면 텔아비브의 숙소에서 만난 한국인 젊은이들은 말 그대로 노동자 숙소와 같은 분위기라고나 할까?.

일단 텔아비브의 그 유스호스텔을 찾아가서 잠을 자겠다고 여권을 내밀면 안내 데스크에선 당연하다는 듯이 한국인 젊은이들이 모여서 지내고 있는 숙소에 배정을 해준다. 그리고 그 방안에 들어가보면 전혀 정리되지 않은 상태의 광경을 만나게 되는데, 그 곳엔 여행을 위해 단순히 들렀다 가는 곳이 아닌 듯 여러 가지 주방 도구들이 어지럽게 널려 있고 태극기와 한국에서 가져온 듯한 잡지, 그리고 찢어진 여행 서적들이 어지럽게 널려 있었다.

그들은 아침 일찍 눈을 뜨고 세수를 한 다음 7시만 되면 숙소의 안내데스크에서 '설겆이 두 명', '청소 한 명' 이런 식으로 안내 방송을 하면 귀를 기울였다가 쏜살같이 달려나가 신청을 하였다. 그들은 그렇게 하루 일당을 위해 일터로 나가는 것이다. 물론 여행자에게 전혀 허락되지 않은 이른바 '블랙잡black job'을 하러 나가는 것이다.

일거리를 잡아 일을 하러 나가면 다행이지만 그렇지 못하면 그냥 하루 종일 숙소 밖으로 나가지도 못하고 방안에만 있으면서 일하러 나간 사람들이 돌아오기만을 기다리고 있었다. 그래서 일을 하러 나갔다가 일당을 받아 온 사람들이 일하러 나가지 못한 사람들의 숙소 비용을 대신 내주기도 하고 식당으로 일하러 간 사람들이 밤에 식당에서 남은 음식들을 싸갖고 오면 달려들어서 그걸로 저녁 끼니를 해결하고 있는 것이다.

그 곳에서도 이런 식으로 그들 나름대로의 룰과 법칙이 지켜지고 있는 것이다. 그들의 그런 삶은 조금은 비참해 보였다. 블랙잡을 하고 있으니 당연히 아무에게도 큰소리를 내지 못한다. 만약에 일하러 나가서 다치기라도 해서 일을 하지 못하거나 식당에서 일을 하다가 접시라도 깨뜨리면 일당을 달라는 소리를 못한다. 심지어는 이런 경우를 직접 목격하지는 못했지만 여자들은 술집에 나가서 일을 하는 경우도 있다고 한다. 그렇다면 그들은 왜 이렇게 머나먼 남의 나라에서 이런 생활을 하고 있는 것일까? 그것은 바로 IMF 환란이 나은 또 하나의 슬픈 현상이었던 것이었다. 그 당시 우리 나라엔 대학교를 졸업하고도 취업을 하지 못하는 젊은이들이 참 많았다. 바로 그때 방송사들은 그 대안의 하나로 이스라엘 키부츠를 소개했던 것이다.

키부츠에서는 모자라는 일손을 보충하기 위해 자원 봉사자를 받아들이기도 한다. 주로 외국에서 찾아온 여행자들을 불러 숙식을 제공하는 대신 다른 키부츠 멤버와 똑같은 시간 동안 노동을 하게 하는 것이다. 물론 노동의 대가로 얼마 가량의 보수를 받기는 하지만 명분이 자원 봉사자이기 때문에 키부츠 멤버와 똑같은 액수는 아니다. 그저 한달에 100달러 정도의 용돈 수준에 불과하다. 이런 제도는 외국에서 이스라엘을 찾아온 여행자들에게 매력 있는 일이기도 했다. 세계 각국에서 찾아온 젊은 여행자들이 한자리에 모여서 대화하고 일하고 또 쉬는 날이면 함께 여행도 하고…. 세계인과 친구도 되고 이스라엘 문화 체험도 하고 키부츠 생활도 하고 많지는 않지만 얼마의 용돈도 받고…. 물론 이들에겐 농장에서 허락되는 일이란 과수원, 정원 청소, 목화밭, 세탁소, 식당 등 단순한 일이지만 말이다.

이런 키부츠의 매력을 여러 가지 예를 들어 소개하면서 특히 키부츠의 깨끗한 침실, 다양한 식단, 첨단화된 시설 등을 내세우며 키부츠를 알리자 문제는 너무 많은 젊은이들이 한꺼번에 이스라엘로 쏟아져 들어가게 된 것이다. 그 당시 하루에 800여 명씩 이스라엘의 텔아비브 공항에 내렸다니 이스라엘 공항에서도 놀라지 않을 수 없었을 것이다. 그러나 이스라엘의 키부츠는 텔레비전에서 소개한 것처럼 모든 곳이 다 그렇게 깨끗하고 정돈된 시설이 갖춰져 있지 않다는 게 문제다. 그럼 우리 나라 방송에서 소개했던 이스라엘의 키부츠는 어떤 모습이었을까? 먼저 키부츠에 가면 외국에서 온 자원 봉사자들을 위해서 영어를 가르쳐준다고 했다. 그리고 일을 하면서 돈을 벌 수도 있다고 했다. 숙박 시설이나 편의 시설은 걱정하지 말라고 했다. 노동도 그다지 힘들지 않으며 원하면 다른 자리로 옮겨갈 수도 있다고 설명을 했다. 그러나 그런 방송 내용과 현지 상황은 너무도 다르다는 것이다.

먼저 영어 연수라는 말에 대해서 생각해보자. 일단 영어를 배울 수 있다는 것은 사실과 거리가 멀다. 기본적으로 이스라엘 사람들은 영어를 쓰는 민족이 아니다. 물론 영어를 쓰기는 하지만 히브리어라는 자기들의 말이 있기 때문에 정통 영어권 국가가 아니라는 얘기다. 더군다나 키부츠에서도 영어를 쓸 일이 별로 없다. 앞서도 설명했 듯이 자원 봉사자들의 90%를 한국인이 차지하고 있다보니 영어보다도 한국말을 더 많이 쓴다는 것이다. 물론 그 안에서 영어 연수 프로그램을 준비하기도 한다. 하지만 그 영어 연수 프로그램의 강사는 영어 교사 자격증을 갖춘 사람이 아닌 영어권에서 온 자원 봉사자들에 의해 영어 연수 강의를 하고 있으니 그 수준이야 뻔한 것이다.

일을 하면서 돈을 벌 수 있다는 것도 자원 봉사자들에게 지급되는 보수라고 해봐야 대개 80달러에서 100달러의 수고비를 준다. 더욱더 문제되는 것은 키부츠에서 우리 나라 젊은이들이 어떤 일을 하느냐가 문제다. 영어권에서 온 자원 봉사자가 아니기 때문에 이들에게 배당되는 일이란 한마디로 말이 필요없는 단순 노동뿐이다. 예를 들면 사막 한가운데에 있는 대추야자 농장에 가서 하루 종일 대추야자를 따야 하는 일 따위다. 만에 하나라도 일을 하다가 다치거나 몸이 아파서 노동력을 상실한다면, 그곳에 있을 이유가 없기 때문에 그 곳 사람들로부터 나가달라는 요구를 받게 된다. 키부츠의 그런 모습을 모르고 찾아갔던 많은 우리의 젊은이들이 곧바로 키부츠를 나올 수밖에 없었고, 그리다 보니 특별히 갈 곳이 없어 예루살렘과 텔아비브의 유스호스텔로 몰려들었던 것이다.

키부츠는 이제 예전의 이상적인 모습과는 많이 변했다. 그리고 그 변화되어 있는 키부츠에 대한 정보를 제대로 알지 못하고 간 우리의 젊은이들이 이스라엘의 골목골목에서 방황하는 모습으로 남아 있다. 물론 시설 좋은 키부츠에서 좋은 사람들을 만나 아름다운 추억을 간직하고 있는 사람도 있을 것이다. 그러나 IMF 당시 내가 예루살렘과 텔아비브에서 만난 젊은이들은 그런 모습이었다.

현대사의 기적, 6일 전쟁

1967년 6월 5일 새벽, 이스라엘의 공군 기지에서 발진한 전투기들이 이스라엘의 남쪽을 향해 지중해의 해수면에 거의 닿을 듯 날아갔다. 레이더망에 걸리지 않도록 워낙 낮게 날아간 전투기들은 그 굉음 소리가 천지를 진동했지만 아무도 전투기의 발진을 눈치채지는 못했다. 이윽고 그 전투기들은 이집트의 시나이 반도에 진을 치고 있던 이집트의 전차기를 향해 폭격해나갔다. 폭격이 시작된 지 30여 분 만에 아무런 준비 태세도 갖추지 못했던 이집트의 전차들은 속수무책으로 산산조각이 나는 수밖에 없었다. 이제 시나이 반도 중에서도 이스라엘의 국경 쪽에 잔뜩 몰려 있었던 이집트의 전차 부대는 완전히 괴멸되었고, 시나이 반도의 제공권은 사실상 이스라엘로 넘어간 셈이었다.

그리고 뒤이어 이스라엘 남부군의 기갑 부대가 여기저기 검은 연기를 피워올리고 있는 시나이 반도를 위로 아래로 그리고 중앙으로 세 갈래로 나뉘어 진격해 달리기 시작했다. 전투기의 공습에서 다행히 목숨을 건진 이집트의 병사들은 캐터필러의 굉음을 내며 달려오는 장갑차들을 보고는 총 한 번 쏘아보지도 못하고 백기를 들어야 했다.

물론 시나이 반도에 진을 치고 있던 이집트 병사들의 다급한 무전이 본국을 향해 날아갔지만 놀랍게도 그들은 제2차 세계대전 당시에 사용하던 무전 채널을 그대로 사용하고 있어서 이스라엘 장갑차 안에서는 그들의 우왕좌왕하는 소리까지도 다 듣고 있었다. 더 기가 막힌 것은 이집트 군대엔 소련으로부터 지원받은 대포가 여럿 있었지만 아직까지 그 사용법을 제대로 숙지하지 못한 상태였기 때문에, 그들의 반격으로 날아간 대포알은 엉뚱한 데로 떨어지기 일쑤였다. 그렇게 이집트의 시나이 반도는 단 하루 만에 이스라엘의 수중에 들어가고 말았다.

시나이 반도의 제공권을 완전히 빼앗겼음에도 불구하고 이집트의 방송은 그 같은 사실을 감춘 채, 이스라엘이 시나이 반도를 침공했지만 곧바로 이집트의 용맹한 전차 부대들이 이스라엘 군대를 상대로 용감하게 싸워 퇴각시켰다는 거짓된 내용을 내보냈다. 이런 잘못된 방송은 시나이 반도 구석구석에 있었던 이집트의 군사들에게 판단을 잘못하게 하는 커다란 역할을 했다. 도주의 기회를 놓치고 있다가 느닷없이 밀고들어오는 이스라엘 전차를 맞이하여 일부는 죽음으로 또 일부는 포로로 끌려가버린 것이다. 어떤 벙커는 이미 이집트의 군인들이 모두 다 도망가버려 본국에서 애타게 부르는 무전기 소리만이 찍찍거리며 들려왔고, 그 무전기를 집어든 이스라엘 군인들은 히브리어로 조롱까지 해댔다. 시나이 반도가 순식간에 거대한 묘지로 바뀌어버린 셈이다.

잘못된 방송은 시리아와 요르단에게 또 다른 잘못된 판단을 하게 만들었다. 이스라엘의 이집트 시나이 반도 침공과 이스라엘의 퇴각 방송을 들은 시리아와 요르단이 같은 아랍권의 우의를 앞세워 공격을 감행한 것이다. 안 그래도 이집트와 요르단과 시리아 사이에 끼여들어 늘 맘에 들지 않았던 이스라엘을 이번 기회에 이집트와 합세하여 반드시 팔레스타인 땅에서 내쫓아버리겠다는 일념으로 제일 먼저 요르단이 공격해왔다. 그때가 이스라엘이 이집트 공격을 시작한 뒤 여섯 시간 만이었다.

단 하루 만에 그 넓은 시나이 반도를 접수해버린 이스라엘 군대는 이번에는 예루살렘의 올드시티에서 공격해오는 요르단 군대를 향해 총구를 돌렸다. 그 당시만 해도 올드시티는 요르단의 영토였지만 이스라엘로서는 그 옛날 솔로몬의 성전이 있던 자리며 통곡의 벽 등을 반드시 빼앗아야 했던 터였는데 요르단의 공격으로 인해 그 빌미를 잡아낸 것이다.

하지만 예루살렘의 올드시티는 시나이 반도와는 물리적으로 분명히 다른 상황이었다. 수백 년 전에 지어진 성벽과 미로처럼 구불구불하고 언덕으로 이뤄진 예루살렘의 올드시티를 시나이 반도에서처럼 전투기로 공격을 할 수도 없었고 골목이 너무 좁아 전차도 밀고 들어갈 수 있는 상황이 아니었다. 더군다나 이집트의 지리멸렬한 군인들과는 달리 미국제 무기와 잘 훈련된 요르단의 군인들이 골목 구석구석에서 숨어 기총 사격을 해대는 바람에 이스라엘 군인들의 예루살렘 공격은 말처럼 쉬운 일이 아니었다. 이스라엘 군인은 장갑차와 탱크에서 뛰어내려 시가전을 벌이며 조금씩조금씩 예루살렘의 올드시티 안으로 들어가 결국은 요르단의 공격 이후 30시간 만에 올드시티 역시 이스라엘의 수중에 들어가고 말았다.

결국 이스라엘의 공격이 시작된 이후 4일 만에 이집트는 UN의 중재안을 받아들이며 시나이 반도를 이스라엘로 내주는 조건으로 휴전에 합의했다. 한마디로 이집트는 순식간에 군사력 80퍼센트를 상실한 채 백기를 들고 만 셈이다. 나중에 이스라엘은 그 넓은 시나이 반도를 영토로 확보한 것은 물론이거니와 시나이 반도에서 노획한 소련제 탱크들을 끌어 모아 외국으로 수출해 돈까지 벌게 되는 일거양득의 소득을 얻게 되었다.

6일 전쟁 당시 진격하는 이스라엘 장갑차(위 왼쪽). 예루살렘 구시가지로 진격하는 이스라엘 군인들, 이곳은 좁고 미로와 같은 구조에다 계단이 많아 이스라엘이 자랑하는 장갑차와 탱크가 진입하지 못했다. 숨어서 기다리던 요르단 군인과 피나는 격전을 펼친 곳이 바로 이곳 예루살렘이다(위 오른쪽). 예루살렘을 점령하고 이스라엘 국기를 걸고 있는 이스라엘 군인들, 그들은 이 국기를 이곳에 그렇게 달고 싶어했다(아래 왼쪽). 6일 전쟁을 성공리에 이끈 이스라엘의 모세 다얀 장군, 그는 왼쪽 눈의 실명으로 검은 안대를 하고 다녔다(아래 오른쪽).

요르단과 싸우는 예루살렘의 전투는 이스라엘로서도 죽음의 전투였다. 얼마나 많은 이스라엘 병사들이 죽어갔는지 경사진 골목마다 검붉은 피가 빗물처럼 흘러내렸으며 몇 날 며칠 동안 피 비린내가 가시지 않을 정도였다고 한다. 그러나 반드시 통곡의 벽을 차지하겠다고 마음먹은 이스라엘

6일 전쟁 당시 얼마나 총격전이 심했는지는 오늘날의 예루살렘 성문에도 그대로 남아 있다. 사진은 시온 문에 남아 있는 6일 전쟁 당시의 총탄 자국들이다.

군인들이 마침내 통곡의 벽 앞에 섰을 때 그들은 철모를 벗고 통곡을 했다.

"하나님, 이제야 우리가 성전 벽 앞에 섰습니다."

예루살렘을 점령한 이스라엘 군대는 이번에는 방향을 바꿔 역시 요르단의 영토였던 나불루스와 베들레헴, 그리고 헤브론까지 진격해 들어갔다. 물론 이 곳에서의 전투는 예루살렘만큼 치열하지는 않았고 개전 50시간 만에 이스라엘 군대가 점령할 수 있었다.

이스라엘의 북쪽에 있던 시리아도 가만 있지 않았다. 시리아의 공격이 시작되자 이스라엘 군대 역시 시리아를 향해 진격해 나갔다. 하지만 시리아를 향한 공격 역시 예루살렘의 올드시티를 공격하는 것과는 또 다른 차원의 장애물이 기다리고 있었다.

북쪽의 시리아는 골란 고원을 차지하고 있었는데, 그 곳은 해발 1000m의 고지대라 시리아의 군대는 늘 아래쪽에 있는 이스라엘을 손바닥 보듯 보고 있는 형국이었다. 이제 이스라엘은 그 고지대를 향해 진격해야 하는 어려움이 있었다. 골란 고원은 깎아지른 듯한 절벽 위에 위치해 있었기 때문에 그 곳을 향해 진격해 나가는 것은 맨몸으로 등산하는 것보다 훨씬 더 힘든 일이었다. 그러나 이스라엘 탱크는 그 절벽을 향해 돌진해나갔다. 이스라엘의 전투기들이 먼저 시리아의 벙커를 공격하면 시리아 군의 반격이 잠시 뜸해진 틈을 이용해 이스라엘의 탱크가 절벽을 향해 포탄을 쏟아 붓고 그렇게 해서 작은 경사로가 생기면 이스라엘 군인들이 탱크의 캐터필러 밑에 자갈을 깔고 조금씩조금씩 탱크와 장갑차들이 고원을 향해 올라갔다.

물론 그러는 동안에도 고원 위에선 시리아 군인들의 총알이 빗발치듯 이스라엘 군인들을 향해 소낙비처럼 내리 꽂았다. 총에 맞아 피를 흘리며 쓰러지는 이스라엘 군인들을 옆으로 밀치고 또 다른 군인들이 그 자리에서서 또다시 캐터필러 밑에 자갈을 깔고…. 이것은 공격이 아니라 총알이 난무하는 전쟁터에서 벌어지는 일종의 토목 공사와 다름이 없었다. 천혜의 요새, 절대로 점령할 수 없을 것만 같았던 난공불락의 골란 고원, 그러나 이스라엘 군대는 단 하루 만에 골란 고원 위로 수많은 탱크와 장갑차들이 올라갈 수 있었고, 절벽 아래서 해가 솟아오르듯 솟구쳐오르는 이스라엘 탱크의 포신에 기겁을 한 시리아 군인들은 모두 도망가기에 바빴다.

6월 5일 시작된 전쟁은 결국 10일 저녁, 그러니까 개전 후 6일 만에 모든 것이 끝났다. 현대사에서 두 번 다시는 일어날 것 같지 않은 이 기적 같은 전쟁으로 이스라엘은 본토 면적의 6배에 달하는 4만 7,000 평방마일의 새로운 영토를 획득했을 뿐만 아니라 시나이 반도, 골란 고원, 예루살렘 올드시티를 비롯한 웨스트 뱅크에 정착민 촌을 만들었다. 그러나 무엇보다도 이스라엘에게 있어서 가장 중요한 획득은 민족의 성지, 예루살렘을 다시 되찾았다는 것이다. 2,000년 전 로마에 의해서 철저하게 유린되었던 땅, 예루살렘을….

선제 공격만이 살길이다

그렇다면 왜 이스라엘은 먼저 이집트를 공격한 것일까? 왜 갑자기 남의 나라를 쳐들어가 땅을 빼앗고 동시에 시리아와 요르단의 중동 국가를 자극해 세 나라가 동시에 이스라엘과 싸우도록 불을 붙였던 것일까? 어찌 보면 현대 국제 사회에서 도저히 용납할 수 없을, 남의 나라 국토 침략과 점령을 감행했던 것일까? 도대체 이스라엘로서는 어떤 급박한 사연이 있길래 그런 무모하리 만치 위험 천만한 도박을 시도했던 것일까?

그런 이스라엘의 속사정을 이해하려면 먼저 이스라엘의 주변 상황을 이해해야 한다. 이스라엘은 세계 지도에서 볼 수 있듯이 밑으로는 이집트, 동쪽으로는 요르단, 북쪽으로는 시리아라는 아랍권의 적국에 둘러쌓인 형편이었다. 더군다나 이스라엘 건국 이후로 그 곳에서 살던 팔레스타인 사람들이 난민이 되어 북으로는 시리아, 동쪽으로는 요르단으로 유입

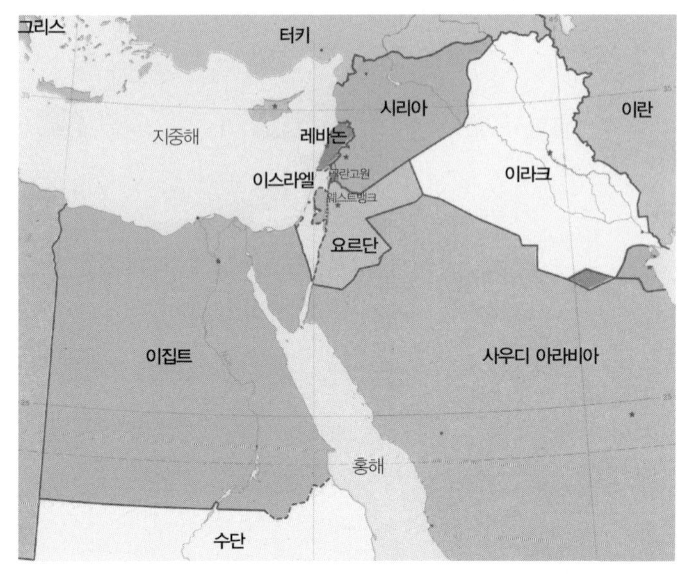

이스라엘의 주변국들.

되면서 골치를 썩고 있던 차였다. 가장 컸던 것은 전체 아랍권 국가가 이스라엘의 건국을 강하게 거부했고, 특히 인접 국가였던 이 세 나라의 불만은 이루 말할 수 없었다. 그렇게 이스라엘 건국이 틔운 국제 분쟁의 씨앗이 자라고 있었던 것이다.

설상가상으로 그때까지만 해도 UN의 관할이었던 시나이 반도가 1967년 5월 18일에 이집트에게 완전히 넘어간 뒤 이집트는 소련의 도움을 받아 이스라엘 국경 쪽으로 탱크와 장갑차를 전진 배치하게 된다. 이제 남은 것은 이집트의 공격뿐이었다. 그리고 요르단은 6일 전쟁 전만 해도 유대인의 민족적 성지인 예루살렘의 구시가지를 차지하고 있었으며, 이스라엘이 공격하면 자동적으로 이집트를 도와 전쟁에 끼여들 수밖에 없다는 것을 이미 이스라엘도 간파하고 있었다.

그런 상황은 북쪽의 시리아도 마찬가지다. 워낙 강우량이 적은 중동 땅은 수원지의 확보가 가장 큰 문제였다. 더구나 이스라엘 국민이 사용하고 있는 식수와 공업 용수의 많은 부분을 북쪽 갈릴리 호수에서 끌어다 쓸 수밖에 없었는데 그 갈릴리 호수의 수원지는 역시 골란 고원이었던 것이다. 그래서 시리아는 골란 고원에서 시작되어 갈릴리 호수로 들어가는 물줄기를 바꾸는 공사를 시작했던 것이다. 한마디로 골란 고원에서 시작된 물을 이스라엘 사람들에게 먹일 수는 없다는 생각이었다. 더군다나 툭하면 시리아는 골란 고원의 고지대에서 갈릴리 호수 주변에 살고 있는 이스라엘 정착촌을 향해 대포를 쏘아댔던 것이다. 이스라엘로서는 자국민의 안전과 가장 중요한 식수원 확보를 위해서 반드시 골란 고원을 빼앗을 수밖에 없는 절체절명의 상황이었다.

안 그래도 국토가 좁아 국경에서 쏘아올린 대포는 언제든지 이스라엘 정착촌과 도시를 쑥대밭으로 만들 수 있는 상황이기 때문에 이스라엘로서는 최대한 국경을 밖으로 밀어내고 국토를 확보해야 했다. 특히 시나이 반도의 드넓은 땅에 이집트가 완벽하게 군대를 배치하게 되면 이스라엘로서는 독 안에 든 쥐와 같은 상황이 벌어질 게 뻔한 것이 아닌가. 그렇다면 이스라엘로서는 시나이 반도를 빼앗는 수밖에 없게 된다. 시나이 반도를 이스라엘의 수중으로 만들어놓고 이집트 본국에서 시나이 반도를 오기 위해 반드시 통과해야만 하는 수에즈 운하까지 이스라엘이 빼앗아버린다면 이스라엘은 수에즈 운하만 잘 관리하는 것으로 이집트의 공격 의도를 사전에 차단할 수가 있게 된다. 그리고 시나이 반도가 거대한 완충지역이 될 수 있으므로 이스라엘로서는 시나이 반도의 확보가 반드시 필요했던 일이다.

그리고 동쪽의 요르단도 마찬가지로 예루살렘의 구시가지를 완벽하게 점령하고 국경을 요르단 강까지 확장해놓으면 요르단이 이스라엘을 공격해야 할 상황이 일어난다 해도 그들은 어쩔 수 없이 강을 건너야 하는 거대한 천혜의 방어막이 생기는 셈이 된다.

북쪽의 시리아도 마찬가지다. 언제까지나 적국이 고지대에서 자리를 잡고 툭하면 아래를 향해 대포를 쏘게 할 수는 없는 노릇이고, 일단 골란 고원을 점령하면 그 다음부터는 시리아의 수도 다마스커스를 향해 서서히 미끄러지듯이 탱크를 몰고 가면 되니, 골란 고원의 점령은 이제 선택이 아니라 필수가 될 수밖에 없었다.

그렇다면 소련제 무기를 전진 배치하고 준비가 완벽해지면 언제 밀고 올라올지 모르는 이집트 군대를 가만히 기다리고 있을 수만은 없는 노릇이라고 이스라엘은 판단했던 것이다. 가만히 앉아서 기다리다 공격을 해오면 방어를 하는 수세적인 작전, 이것은 이스라엘에게는 절대로 있을 수 없는 일이었기에, 이스라엘은 국제 사회에서 쏟아질지 모르는 비난과 원성을 감수하고서라도 과감히 공격을 시작했던 것이다.

그러나 아무리 그래도 그렇지 한 나라가, 더구나 생긴 지 20여 년밖에 안 된 신생 국가가 동시에 세 나라를 향해서…. 그리고 전쟁이 더욱 확산

되어 전체 아랍권 국가와 상대해서 싸우는 엄청난 규모의 전쟁이 될지도 모르는 도박에 뛰어든 자신감과 용기는 어디서 나온 것일까?

그것은 이제 더 이상 물러서면 2,000년 만에 되찾은 국가가 영원히 세계 역사에서 사라지게 될지도 모른다는 절박한 생각, 문제가 될 만한 소지는 처음부터 아예 뿌리를 뽑아버리자는 생각, 그리고 자신들의 그런 절박한 상황은 국제 사회가 대신 해결해줄 수 없다는 생각, 그것을 위해서라면 이제 얼마든지 목숨까지도 바칠 수 있다는 애국심…, 결국 그런 점들이 이스라엘로 하여금 엄청난 도박을 시도할 수 있게 했던 것이고 그것이 선제 공격으로 나타났던 것이다.

그리고 그 도박은 보기 좋게 성공을 하지 않았던가?

왜 꼭 6일이었나

그렇다면 이스라엘이 이집트와 요르단, 시리아를 상대로 벌인 전쟁이 어떻게 6일 만에 끝날 수 있었던 것일까? 7일도 아니고 한 달도 아니고 어떻게 꼭 6일 만에 전쟁을 끝내야 했고 기적처럼 전쟁에서 승리를 할 수 있었던 것일까? 이스라엘 군대는 어떤 훈련을 받았길래 20년밖에 안 된 신생 국가의 군인들이 3개국을 상대로 단 6일 만에 승리로 끝낼 수 있었던 것일까?

물론 전쟁은 가능한 한 최대한 빨리 끝내는 것이 좋은 일이다. 하지만 그것이 어디 말처럼 쉬운 일인가? 그러나 이스라엘은 자신들의 안전에 필요하면 국제 사회야 뭐라고 비난하든 선제 공격을 한다. 그리고 최대한 빨리 끝내야 한다. 전쟁이 길어지면 길어질수록 이스라엘의 승리와는 거리가 멀어지기 때문이다.

그것을 이해하려면 먼저 이스라엘 군대의 특성을 알아야 한다. 이스라엘의 군대는 17만 명의 정규군과 43만 명의 예비군으로 이루어져 있다. 정규군은 남자든 여자든 고등학교를 졸업하는 18살이면 입대를 하게 되어 있는데, 이때부터 남자는 3년 간의 의무 복무를, 그리고 여자는 2년 간의 의무 복무를 해야 한다. 물론 정규군에 들어가기 전에 이미 14살 때부터 17살까지 '가드나' 라고 하는 준군사 교육을 받기는 하지만, 어쨌든 이들은 한창 피끓는 젊은 청춘을 이렇게 남녀 불문하고 군대에서 보내는 것이며 또 그것을 본인들은 무척이나 자랑스럽게 생각한다.

여기서 주목해야 할 것은 이스라엘의 예비군 제도이다. 정규군을 제대하고 나면 곧바로 예비군에 편성되어 남자는 55세까지 여자는 50세까지 예비군 훈련을 받아야 하고, 훈련 기간도 일년에 30일에서 45일 정도를 군대에 입소하여 정규군과 똑같은 강도의 훈련을 받게 된다. 그냥 비상시에 소집 상태나 확인하고 확인 도장만 받는 그런 식의 예비군 훈련과는 거리가 멀다.

사실 이스라엘의 전투 전략은 바로 이 예비군을 주축으로 해서 짜여진다. 비상시에 예비군을 소집하면 완벽하게 소집되어 전투 현장으로 배치되기까지는 정규군들이 시간을 지연하는 역할을 하게 된다. 전투는 젊은 혈기만으로 할 수 있는 것이 아니라 경험과 연륜에서 나온 노련함이 전투에서 승리할 수 있다는 것이 이스라엘 군대의 생각이기 때문이다. 그래서 전투에선 정규군보다 예비군이 더 큰 활약을 할 수 있다는 것이다. 그래서 비상시가 발생하면 라디오나 텔레비전을 통해 예비군 소집 명령이 떨어지지만, 비밀이나 보안을 필요로 할 때는 자기들끼리만 통하는 비밀 루트를 통해 소집 명령이 전달된다고 한다.

그런데 이스라엘 전체 국민 인구 550만 명 중에 17만 명의 현역 군인과 43만 명의 예비군 등 60만여 명, 다시 말해서 전체 인구의 10분의 1이 비상 소집에 불려가고 전쟁터에 나가면, 전체적으로 톱니바퀴 물리듯 돌아가야 하는 사회는 제 기능에 커다란 문제가 생기게 된다. 그리고 현역 군 복무를 마치고 55세까지의 사회인은 나름대로 각 분야에서 한창 왕성한 활동을 할 시기인데 이들이 모두 전쟁터에 나가면 사회는 정상적으로 돌아가기가 어렵게 된다. 따라서 전쟁의 기간이 길어지면 길어질수록 이스라엘 국가는 사회의 기능이 마비될 수밖에 없다.

그렇기 때문에 이스라엘은 피할 수 없는 필연적인 전쟁이라면 무조건 속전속결로 끝내야 예비군들이 원상 복귀를 하고 사회가 또다시 원활하게 돌아간다. 이것이 이스라엘로서는 전쟁을 절대로 장기전으로 끌어선 안 되고 속전속결로 빨리 끝내야 하는 이유다.

1967년 6월 5일에 시작된 전쟁 역시 그래서 빨리 끝내야 했고, 또 빨리 끝낼 수 있도록 이스라엘 현역 군인과 예비군이 최선을 다했던 것이다.

최강 이스라엘 군인

세계에서 그 유래를 찾아볼 수 없을 만큼 최강의 전투 능력과 작전 능력을 가진 이스라엘 군인, 그러나 실제로 이스라엘에 가면 그런 이미지와는 너무나 동떨어진 모습의 이스라엘 군인들을 만나게 된다. 빤질빤질할 정도로 다려서 날이 빳빳하게 선 군복, 반짝반짝 빛나는 군화, 그리고 두

이스라엘의 거리에서 만나게 되는 군인들의 모습은 우리 나라의 군인과는 많이 다르다. 분명히 실탄이 장전된 총인데도 불구하고 거꾸로 들거나 땅바닥에 총구를 떨어뜨려 질질 끌고 다니는 군인의 모습을 종종 볼 수 있다.

세 사람이라도 줄을 서서 손높이까지 맞춰가며 걸어가는 헌병들의 모습, 이것이 바로 우리 나라에서 볼 수 있는 휴가차 나온 군인들의 모습이다.

그러나 이스라엘의 거리에서 만나게 되는 군인들의 모습은 우리 나라의 군인과는 많이 다르다. 너무나 더운 날씨 탓인지 상의 단추는 두 세 개씩 풀어 가슴이 훤히 들여다보이고, 모자는 적당히 구겨서 바지 뒷주머니 속에 찔러 넣거나 손에 들고 다니는 모습, 날이 빳빳하게 서기는커녕 무릎이 튀어나와 집에서 입는 파자마인지 군복인지 구분이 안 갈 정도의 바지…. 분명히 실탄이 장전된 총인데도 불구하고 거꾸로 들거나 땅바닥에 총구를 떨어뜨려 질질 끌고 다니는 군인의 모습, 두 눈에 힘이 잔뜩 들어가서 적진을 향해 끊임없이 노려보는 것이 우리 군인의 모습이라면 하루에도 몇 번씩 총소리가 들리는 검문소에서조차 껌을 씹으며 검은 선글라스를 끼고 의자에 앉아 자기들끼리 농담을 주고받는 모습이 바로 이스라엘 군인들의 모습이다.

그런 모습을 보면 도저히 전투에서 이기기는커녕 총 한 번 제대로 쏘아보지도 못하고 당하기 딱 알맞겠다는 생각이 들 정도이다. 더군다나 주말이면 반드시 외박과 외출을 나가게 되는데 이때도 자기의 개인 화기를 소지하고 다니게 되어 있다. 그렇다면 이스라엘 군인들의 이런 자세와 정신 상태라면 총기 사고가 얼마나 많이 날지 궁금하다. 정작 적과의 전투에 사용하라고 지급된 총을 개인의 기분에 따라 아무 데서나 사용하게 된다면 어떻게 된단 말인가? 그러나 놀랍게도 이스라엘에선 총기 사고가 일어나지 않는다고 한다.

그저 눈에 보이는 것만 보고 이스라엘 군인들의 정신 상태나 훈련 상태가 철저하지 못하다고 생각하면 안 된다. 적어도 내막을 모르는 상태에서 맨처음 이스라엘 군인들을 봤을 때 나도 그렇게 생각했었다. '저들은 전투의 의지와 자세가 전혀 되어 있지를 않다' 라고…. 그러나 그건 틀린 생각이었다. 그들의 사고방식은 형식이나 폼이 아니라 실리적인 것을 더 중요시한다는 것이다. 내무반에서 군복 바지를 다림질하면서 시간을 보내는 것보다 한 시간이라도 더 훈련을 하는 것이 낫다고 생각하는 것이다. 훈련의 강도 또한 세계 그 어떤 나라의 강한 군대보다도 더 혹독한 훈련을 받는다. 하기야 일당 백의 숫자로 적들과 싸워야 하니 훈련을 적당히 해서 이길 수가 없을 테니까 말이다.

이스라엘 군인들이 어느 정도 훈련이 잘 되어 있는지를 알게 하는 얘기가 있다. 이스라엘 군인 네 명이 지붕이 없는 지프차를 타고 팔레스타인 지역을 지나다가 팔레스타인 무장 세력에 의해 추격을 당하게 되었다고 한다. 뒤에서 몇 대의 차가 총을 쏘며 이스라엘 군인들이 탄 지프차를 몰아 결국 지프차는 더 이상 빠져나갈 수 없는 막다른 골목에 이르렀는데 설상가상으로 그 막다른 골목의 지붕 구석구석엔 팔레스타인 무장 세력이 진을 치고 이스라엘 군인 지프차를 향해 총알을 쏟아붓기 시작했다는 것이다.

뒤에선 무장 세력이 탄 몇 대의 차가 쫓아왔고 앞으로는 더 이상 갈 곳이 없고 사방의 지붕 위에선 총을 쏘아대고…. 그렇다면 사면초가에 빠진 이스라엘 군인 네 명은 어떻게 되었을까? 이쯤 되면 분명히 다른 사람들 같으면 독 안에 빠진 생쥐 꼴이 된 이스라엘 군인 네 명이 그 자리에서 즉사했을 것이라고 생각할 것이다. 적어도 상식적으로 생각한다면….

그러나 결과는 그 반대였다. 뒤에서 쫓아오던 무장 세력들도 지프차 밑으로 들어가 총을 쏘는 이스라엘 군인에 의해 모두 사살되었고, 사방의 지붕에서 몸을 숨겨 총을 쏘던 저격수들까지도 이스라엘 군인에 의해 낙엽 떨어지듯이 떨어졌다는 얘기다. 이 얘기는 통곡의 벽에서 근무하고 있던 이스라엘 군인한테 들은 얘기라 직접적인 증거를 확인할 길은 없었지만, 평소엔 패잔병 같았던 이스라엘 군인들이 유사시엔 어떻게 변하게 되는지를 잘 보여주는 일화임엔 틀림없다.

또 한 번은 이런 적이 있었다고 한다. 예루살렘엔 우리 나라의 대학로나 홍대앞 같은 분위기의 자유스러운 젊은 거리로 벤야후다 거리가 있다.

이 곳은 패션 상가와 음식점들이 많아 안식일이 끝나는 토요일 오후면 수많은 젊은이들이 모여들어 야외에서 음식을 먹고 술을 마시며 춤을 추기도 하는 젊음과 자유의 거리이기도 하다. 그때도 안식일을 끝마친 토요일 저녁이라 수많은 유대인들이 몰려나와 한참 흥겨운 시간을 보내고 있을 때, 팔레스타인 청년 두 명이 스포츠 가방을 하나 들고 그 거리에 나타났던 것이다.

대부분의 유대인들은 각자 가족과 친구들끼리 어울려 춤을 추거나 야외 파라솔 의자에 앉아 술을 마시고 즐겁게 이야기를 하느라 이 팔레스타인 청년의 등장에 별관심을 가지는 사람은 없어 보였다. 아무도 자기들에게 관심을 보이고 있지 않다는 것을 다행스럽게 여긴 팔레스타인 청년들은 적당한 곳에 자리를 잡고 앉은 다음 주변을 살펴보았다. 역시 그때까지도 그들을 지켜보는 사람은 없다고 판단한 뒤 그중에 한 청년이 땅바닥에 내려놓은 스포츠 가방의 지퍼를 반쯤 열었다. 그리고 그 반쯤 열린 지퍼 사이로 놀랍게도 총구가 삐죽 보였다. 팔레스타인 청년은 드디어 스포츠 가방에서 총을 꺼내들었다.

그 다음엔 어떻게 되었을까? 분명히 그 곳은 강한 총소리와 함께 수많은 사람들의 비명 소리와 신음 소리로 아수라장이 되고 팔레스타인 청년은 의기양양하게 알라신께 감사의 기도를 드리며 그 곳을 빠져나가지 않았을까? 그러나 역시 아니었다.

그 팔레스타인 청년들이 스포츠 가방의 지퍼를 열고 총구가 보이자마자 그들이 가방에서 총을 꺼내기도 전에 두 사람은 이스라엘 사복 경찰에 의해 그 자리에서 즉사하고 말았다. 총도 꺼내기 전에….

그들이 이미 몇 분 전 벤야후다 거리에 들어섰을 때부터 수많은 인파 속에 있던 사복 경찰들은 이들의 행동 하나하나를 계속 지켜보고 있었으며 그들의 긴장되고 두려워하는 눈빛을 벌써 읽어버렸던 것이다. 그리고 그들이 들고 있었던 스포츠 가방의 크기에 따라서 그 안에 들어갈 수 있을 만한 무기의 종류들을 벌써 파악하고 있었다. 그들이 행동으로 옮기기 직전, 그러니까 그들의 목적을 드러내는 순간 사복 경찰이 곧바로 행동을 개시했던 것이다. 정말 놀라운 이스라엘의 군인과 경찰이 아닌가?

이스라엘의 군대엔 사관 학교가 없다. 장교를 따로 뽑아서 별도의 훈련을 하는 것이 아니라 현역 군인들 중에서 장교를 지원받는다. 그리고 장교는 절대로 뒤에서 지시하는 법이 없다. 이스라엘의 장교는 전투에서 맨 앞에 나선다. 그리고 '돌격' 이라는 말 대신 '나를 따르라' 라고 외친다. 그래서 6일 전쟁을 비롯한 여러 차례의 전쟁에서 장교들이 제일 많이 목숨을 잃었다고 한다. 장교들이 맨 앞에 서 있으니 당연히 사망 확률이 높을 수밖에…. 장교가 죽으면 그 다음 계급이 지휘권을 받는 식이다. 장교가 맨 앞에 나섰으니 그 부하들이 좇아가지 않을 수 없는 형국이다. 그게 바로 이스라엘의 군대이고 군인이다.

공중 화장실에서 만난 유대인이 내 옆자리에서 소변을 보고 있는데 뒷주머니에 권총이 꽂혀 있다. 그것도 금방이라도 바닥에 떨어질 것같이 위태로운 주머니 속에…. 도대체 총기 관리를 어떻게 하는 걸까? 저렇게 허술하게 해도 되는 걸까? 저래도 사고는 안 나는 것일까? 그게 나의 걱정이었다. 그러나 그들은 여전히 세계 최강의 군대이자 세계 최강의 군인들이다.

선더볼트 작전

1972년 7월 3일 저녁 10시, 네 대의 허큘레스 비행기에 올라탄 이스라엘의 특공대원들은 전투기의 호위를 받으며 이스라엘에서 4,000킬로미터나 멀리 떨어진 아프리카 우간다의 엔테베 공항으로 향했다. 이번 작전의 지휘를 맡은 네타냐후 중령의 입술은 비행기가 우간다를 향해 가까워지자 더욱 말라갔다. 그 동안 크고 작은 작전을 겪어봤지만 이렇게 고국에서 멀리 떨어진 남의 나라, 그것도 적국이나 다름없는 우간다의 엔테베 공항에서 펼쳐지게 되는 작전엔 모두가 긴장하지 않을 수 없었다. 물론 출발하기 전에 몇 번의 예행 연습을 통해 성공을 확신하고는 있었지만, 그럼에도 불구하고 작전은 항상 실제 상황이며 생사가 오고가는 순간이 아니던가….

6일 전인 6월 27일 파리를 떠나 이스라엘의 텔아비브를 향해 승객 및 승무원 269명을 태우고 날아오던 민간 여객기 에어 프랑스가 팔레스타인 게릴라들에 의해 공중 납치되어 우간다의 엔테베 공항에 비상 착륙을 했다. 팔레스타인 게릴라들은 승객들 중에 유대인으로 보이는 사람들만 빼고 다른 사람들은 이미 석방을 해놓은 상태이기 때문에 이제 인질은 100여 명의 이스라엘 사람들로만 남겨져 있었고, 이들은 공항 건물의 한쪽 귀퉁이에서 며칠째 공포에 찌들어 있었다.

팔레스타인 게릴라들이 이스라엘 정부에 요구한 내용은 이스라엘에

구속 수감중인 동료 게릴라들을 전원 석방시켜 이 곳 우간다의 엔테베 공항에 데려오라는 것이었다. 그러나 이스라엘 정부는 어떠한 경우에도 게릴라의 요구를 들어줄 수 없으며, 단 한마디도 협상을 할 수 없다는 것이 기본 원칙이다. 그렇다면 인질들은 어떻게 되는 것일까?

인질들의 가족들이 이츠하크 라빈 이스라엘 총리의 집무실까지 찾아와 인질을 구해내든지 게릴라들의 요구 사항을 들어주든지 양자 택일을 하라고 강하게 항의를 하기까지 했다. 벌써 인질들이 납치된 지 6일째가 되고 있지 않은가? 인질들이 살해되지는 않았다 하더라도 벌써 지칠 대로 지쳐 있을 것이다. 뭔가 빨리 대책을 간구해달라는 것이 가족들의 외침이었다.

도대체 이스라엘 국가는 이 먼 아프리카의 허술한 공항 건물에서 공포와 긴장 속에 쪼그려 떨고 있는 이들을 구해줄 수 있을 것인가? 이런 질문에 회의적일 수밖에 없는 상황이었지만, 인질들의 생각은 달랐다. 조국은 우리를 버리지 않을 것이다. 희망을 갖자. 언제가 되든지 반드시 우리를 데리러올 것이다. 그들은 그렇게 굳게 믿고 있었다.

머나먼 이디오피아에서 살고 있었던 팔라샤들도 데려오지 않았던가? 이디오피아에서 이스라엘로 가는 도중에 한 소녀가 배 안에서 고열로 신음하자 당장 병원에 후송하지 않으면 위험하다는 전화 한 통화에 이스라엘 정부는 헬기와 전투기를 보내 그 소녀를 당장 바다 위에서 데려가지 않았던가? 만약에 살아서 우리를 데려가지 못한다면 분명히 시체라도 찾아서 조국은 우리를 이스라엘 땅에 묻어줄 것이다. 그들은 그렇게 확신하고 있었으며 공포에 지쳐 울다 잠든 어린아이들에게 그렇게 다독여주었다.

드디어 특공 대원들이 탄 허큘레스 비행기가 엔테베 공항에 내렸다. 엔테베 공항의 관제탑에다가는 게릴라들의 요구대로 테러리스트를 석방하기 위한 수송기라고 얘기를 하자 아무런 제재 없이 공항에 내릴 수 있었던 것이다. 비행기의 문이 열리자 순식간에 특공대원들은 전광석화처럼 움직여 공항 건물로 진입했고, 전기실로 찾아가 공항 건물의 모든 조명을 꺼버렸다. 갑자기 어둠 속에 갇힌 공항은 테러리스트들과 엔테베 공항 관계자들이 우왕좌왕했지만, 이스라엘 특공대원들은 신속하게 움직여 인질들이 갇혀 있는 장소로 단 한 발자국의 실수도 없이 찾아갔다.

이스라엘 특공대원들은 이미 모사드라고 하는 이스라엘 정보국에서 제공한 엔테베 공항 건물의 설계도면 전기 시설, 테러리스트의 위치와 우간다 정부군의 숫자와 위치, 인질들의 위치, 인질들의 상황 등 모든 정보를 숙지하고 있었다. 모사드의 정보 수집 능력은 이미 전세계적으로도 인정받을 만큼 뛰어나지만 누가 모사드 요원인지 어떻게 그런 고급 정보들을 수집하는지는 아는 사람이 없다.

그 정보에 따라 이미 여러 차례 연습을 하고 온 터라 이들은 단 한 번도 와본 적이 없는 남의 나라 공항 건물을 마치 제 집 찾아가듯 갈 수 있었고, 단 한 발자국도 실수를 하지 않았던 것이다.

그리고는 어둠 속에서 떨고 있는 이스라엘 인질들을 향해 알아들을 수 있도록 히브리어로 소리쳤다. "엎드려!" 그 순간 특공대원들의 총구에서 요란한 총소리와 함께 총알이 사방으로 튀었다. '그래 올 줄 알았어. 우리의 조국은 우리를 절대로 잊지 않아. 우리 조국은 포기하는 법이 없어. 봐 우리를 구원할 저 총소리…' 인질들은 총소리에 놀라 모두 귀를 틀어막고 바닥에 납작 엎드리면서 머나먼 거리까지 찾아와준 특공대원들의 몇 발 안 되지만 정확히 적을 향해 발사되는 총소리를 기억했다.

느닷없는 특공대원들의 등장에 제대로 응사 한 번 못한 테러리스트들은 그 자리에서 모두 사살되었다. 비행기가 엔테베 공항에 내린 지 정확히 1분 45초 만이었다. 그야말로 번개와 같은 작전이었고 번개와 같은 움직임이었고 번개와 같은 구출 작전이었다.

특공대원들의 안내에 따라 신속하게 움직인 인질들이 허큘레스 수송기에 올라탔다. 그리고 원래의 작전대로 다른 특공대원들은 우간다의 공군이 뒤쫓아오지 못하도록 엔테베 공항에 있던 우간다의 전투기 미그기 11대를 차례대로 폭파했다.

다시 일곱 시간 동안 인질들을 태운 허큘레스 수송기가 이스라엘을 향해 날아가 텔아비브의 공항에 안착했다. 방송사의 카메라가 비행기 트랩을 내려오는 인질들의 건강한 모습을 찍느라 정신이 없을 때 공항 한쪽 구석에선 조용한 예식이 치러지고 있었다. 이번 작전에 참여했던 특공대원들이 이츠하크 라빈 총리 앞에 도열해서 동시에 경례를 했다.

"선버볼트 작전 완수."

경례를 받은 이츠하크 라빈 총리는 손을 이마에서 내리자마자 발 앞에 있는 관에 머리를 갖다대며 흐느꼈다. 그 관은 이번 작전의 지휘관이었던 네타야후 중령의 것이었다. 네타야후 중령은 이스라엘 군인의 장교들이 늘 그래왔 듯이 이번 작전에서도 맨 앞에 앞장서서 테러스트들과 총격전을 벌이다 숨졌던 것이다.

테러리스트와는 절대로 타협도 대화도 없고 그들의 목적을 달성시키게 할 수 없다는 이스라엘 정보의 의지는 선더볼트 작전으로 다시 한 번 확인되었으며 테러리스트들에겐 무서운 경고가 되었다.

세계 최강의 정보 기관 모사드

1940년의 어느 날, 아무도 없는 빈 사무실엔 책상 위 모서리에 놓여진 작은 스탠드 불빛만이 어둠을 물리치고 있었다. 그리고 그 책상엔 철테 안경을 쓴 이마 넓은 남자가 앉아 종이에 뭔가를 끄적였다. 종이 위에 적혀진 몇 가지의 기획안이 곧이어 펼쳐질 인류의 대재앙, 홀로코스트의 시작점이 되는 순간이었다.

그 남자는 바로 유대인이라면 반드시 알아야 할 나치스 친위대 SS의 유대인 담당 과장 아돌프 아이히만Karl Adolf Eichmann이었다. 아돌프 아이히만은 그렇게 세운 기획안을 곧바로 히틀러에게 재가를 받게 되고 그로부터 시작되는 피로 얼룩진 광기의 축제가 펼쳐졌다. 그 순간부터 제2차 세계대전의 패망에 이르기까지 5년 간 실시된 대학살로 가슴에 다윗의 별 마크를 단 유대인 600만 명이 독가스실과 인간 용광로 속에 던져졌던 것이다. 그러나 그의 그런 만행은 오래가지 못했고 1945년 제2차 세계대전의 패색이 짙어질 무렵 남부 독일에서 미군에 의해 체포되었지만 요행스럽게도 그는 탈출에 성공하고 그의 행방은 아무도 모른 채 묘연해진다.

이스라엘은 건국 이후 아돌프 아이히만을 반드시 찾아서 600만 유대인의 영혼을 달래야 한다는 생각을 한다. 당연히 그래야 할 일이지만…. 그러나 지구 어느 구석에 꼭꼭 숨어 있을지 모르는 아돌프 아이히만을 찾는 일이란 절대 쉬운 일이 아니다.

최근에 그 얼굴이 언론에 공개된 에프라임 할레비 모사드 국장. 그 동안 모사드의 요원과 책임자들이 언론에 공개되는 일은 단 한번도 없었다.

그러나 이스라엘의 정보 기관 모사드는 그 일을 결국 해냈다. 아돌프 아이히만이 미군 교도소에서 탈출하여 사라진 뒤 16년 만인 1960년 5월, 모사드는 이스라엘에서 수만 킬로미터 떨어진 아르헨티나의 부에노스 아이레스 근교에서 가족과 함께 리카르도 클레멘트라는 가명으로 살고 있는 그를 찾아 퇴근길에 납치, 비밀리에 이스라엘로 압송해왔다.

1961년 4월부터 시작된 아돌프 아이히만의 재판은 4개월 동안 진행되면서, 그의 인간으로서는 도저히 상상할 수 없을 만큼의 죄악이 명백하게 드러남으로써 또 한 번 유대인들의 울분을 사게 되었다. 그 재판은 당시 그를 향한 테러의 위험성 때문에 방탄 유리가 설치된 피고인석에서 진행하기도 했다. 그리고 그해 12월 사형이 선고되었고, 그 다음해 5월에 교수

형에 처해짐으로써 유대인의 원흉이었던 아돌프 아이히만은 그렇게 지구상에서 사라졌다.

그렇다면 16년 간이라는 결코 짧지 않은 시간 동안 끈질기게 지구의 구석구석을 뒤져서 꼭꼭 숨어 지내던 아돌프 아이히만을 찾아낸 이스라엘의 정보 기관은 도대체 어느 정도이기에 전세계 사람들이 도저히 찾지 못할 것이라고 했던 사람을 찾아냈던 것일까?

우간다의 엔테베 공항에 납치되어 인질로 있었던 이스라엘 국민을 순식간에 구출해내는 데 결정적 정보를 제공했던 모사드는 마치 손바닥 들여다보듯 엔테베 공항의 구석구석을 알고 있었기 때문에 구출 작전이 성공할 수 있었던 것이다. 한마디로 모사드의 정보 능력이라는 것은 미국의 CIA와 구소련의 KGB도 두 손 두 발을 들 정도라고 한다.

그러나 히브리어로 '기관' 이라는 뜻의 모사드에 관한 구체적인 내용을 알고 있는 사람은 없다. 모든 것이 베일에 싸여 있다는 것이다. 조직은 어떻게 되어 있으며 최고 책임자는 누구이며 어디서 누가 어떻게 활동하고 있는지 모사드 요원조차도 자기 주변의 몇 사람말고는 알 수가 없다고 한다. 그만큼 비밀이 철저히 지켜지고 있다는 얘기다.

다만 구체적이지는 않지만 본부는 텔아비브에 있으며 1,200여 명의 요원이 지구촌 구석구석에서 레이더 역할을 하고 있고, 약 2만 명의 에이전트가 고용되어 있다는 정도만 알려져 있다. 모사드는 이스라엘의 정보 보안 체계에서부터 해외 정보 수집 및 분석을 주로 담당하며, 인물에 대한 정보와 비밀 공작 대테러 활동 등의 임무를 수행한다고 알려져 있다.

유대인과 돈

세계적인 화학 회사 듀퐁Dupont, 전기 회사 제너럴 일렉트릭General Electric, 석유 회사 쉘Royal Dutch Shell, 엑손Exxon과 모빌Mobil, 필름 회사 코닥Kodak과 즉석 카메라로 유명한 폴라로이드Polaroid, 컴퓨터 회사 IBM, 마이크로 소프트Micro Soft사의 빌 게이츠, 스탠더드 오일Standard Oil의 창립자인 록펠러, 세계적으로 유명한 가방 회사 쌤소나이트Samsonite, 화장품 에스티 로더Estee Lauder, 헬레나 루빈스타인Helena Rubinstein, 샴푸 회사 비달 사순Vidal Sassoon, 청바지의 리바이스Levis, 게스Guess, 자동차 렌탈 회사 허츠Hertz, 복사기 제록스Xerox, 담배 회사 필립 모리스Philip Morris, 음반 회사 폴리그램Polygram, 신문사 뉴욕 타임즈The NewYork Times, 워싱턴 포스트The Washington Post, 월 스트리트 저널The Wall Street Journal, 타임Time, 뉴스위크Newsweek, 방송사 CNN과 CBS… 이 모든 회사들의 공통점이 있다. 세계 경제의 커다란 부분을 차지하고 있는 이 회사들의 주인이 모두 유대인이라는 것이다.

사실 위에 열거한 회사 이름들은 유대인이 주인으로 있는 유명한 기업들 중에서 극히 일부분들이지만 어쨌든 유대인이 전세계에 미치고 있는 경제적 영향력이라는 것은 상상할 수 없을 정도이다. 우리도 잘 알고 있는 미국의 금융 황제 조지 소로스 역시 유대인이다. 도대체 유대인들은 왜 이렇게 돈을 많이 벌었으며 그 비결은 과연 무엇일까?

유대인은 원래가 유목민이었다. 그러나 나중에 나라를 잃고 전세계에

뿔뿔이 흩어져 살면서 그들의 가슴에 깊이 새기게 된 것은 바로 나라 없는 사람이 남의 나라에 얹혀 살기 위해선 오로지 돈을 많이 버는 길밖에 없다는 것이었다. 그러니까 선천적으로 돈에 민감하고 돈을 잘 벌도록 태어난 것이 아니라 후천적으로 돈에 민감하고 돈을 벌 수 있는 교육을 통해 배워진 것이라 볼 수 있다. 그렇다면 어떻게 돈을 벌 수 있었을까?

첫 번째는 고리 대금업이었다. 돈을 빌려주고 시간이 지난 다음에 원금과 함께 이자를 받는 게 바로 대금업인데, 유대 민족이 나라를 잃고 뿔뿔이 흩어진 뒤에 남의 나라에서 할 수 있는 일은 별로 없었다. 특히 땅이 없었기 때문에 농사나 낙농 같은 것은 꿈도 못꾸고 그래서 생각해낸 것이 바로 대금업이었던 것이다.

특히 중세 시대의 가톨릭에서는 남에게 돈을 빌려주고 이자를 받는 것을 금지했다. 이자는 시간이 지나서 받는 시간의 선물인 셈인데 시간은 인간이 만들어내는 것이 아니라 하나님이 만든 것으로 어떻게 시간이 지났다고 해서 이자를 받느냐는 것이다. 따라서 중세 가톨릭 신자들은 돈을 빌려주고 이자를 받는 일을 종교법으로 금했다. 이자가 없으니 자연히 돈을 빌려주는 사람이 없고 그래서 유대인들에게 돈을 빌리는 수밖에 없었다. 이렇게 해서 이자를 받으며 시작된 대금업은 돈 계산에 능한 유대인을 만들어냈고 결국 로스차일드라는 유대인이 유럽 최초로 현대식 은행을 만들게 된다.

두 번째는 뛰어난 유대인의 상술이다. 유대인은 어려서부터 부모로부터 탈무드 이야기를 들으며 자란다. 탈무드는 20권이나 되는 엄청난 분량의 책인데, 그 속에 담겨진 수많은 예화와 교훈은 유대인들에게 잡학 다식을 쌓아준다. 그래서인지 유대인은 아는 게 참 많다. 대화를 하면 어떤 주제가 주어져도 모르는 분야가 없다. 쉴새없이 이야기를 해도 끝이 안 날 정도로 화제가 끊이지를 않는다. 그 대화를 하다보면 나도 모르게 유대인의 화술에 빨려들어가는 것 같은 느낌마저 든다. 이것이 바로 유대인이 입으로 장사를 성공적으로 해내는 이유가 아닐까 하는 생각이 든다. 대화 도중에 상대방의 마음을 꿰뚫고 미리 앞서서 다음의 화제까지 주도적으로 끌고 가는 능력은 정말 탁월하다.

그래서 현재 이스라엘에서는 변호사가 참 많다. 우리 나라 인구의 8분의 1밖에 안 되는 이스라엘 인구지만, 현재 이스라엘의 변호사 숫자는 아마도 우리 나라의 전체 변호사 숫자와 맞먹을지도 모른다. 말을 못하는 사람이 없고 항상 논리 정연하다. 아주 얄미울 정도로…. 어떻게 하면 상대방의 마음을 움직여 물건을 사게 하는지, 어떤 가격으로 어떤 목소리로 얘기를 해야 상대방이 지갑을 열게 되는지 그것만 연구하는 사람들 같다. 이스라엘 사람들의 상술은 한마디로 혀를 내두른다.

세 번째는 미래를 내다볼줄 아는 투자이다. 유대인이 남의 나라에 흩어져서 살며 먹고 살기 위해 궁리를 할 때마다 그들은 항상 뭔가 새로운 업종을 만들어내곤 하였다. 농사도 안 되고 낙농도 안 되고 그렇다면 뭔가 새로운 업종으로 돈을 벌어야 하기 때문이다. 남이 안 하는 업종, 그러면서도 앞날을 내다볼 수 있는 업종, 그것이 유대인들의 한결같은 숙제였고 또 그 숙제를 잘 풀어냈다.

유대인이 운영하는 가게에선 깎아주는 일이 별로 없다. 어떤 물건이라도 제 값을 받고 제대로 팔자고 생각한다. 그래서 유대인이 만들어낸 것이 바로 백화점이다. 최고의 상품을 준비하고 깎아주지 않으면서 돈을 제대로 받자고 만든 백화점, 이것 역시 유대인이 만들어낸 새로운 분야 중의 하나라고 볼 수 있다.

네 번째는 유대교는 돈의 종교다. 불교나 힌두교는 무소유를 최고의 덕목으로 내세우지만 유대교는 노동을 신성시 여기며 그에 따른 수익도 소중하게 가르친다. 돈은 나쁜 것이 아니며 돈은 축복인 것이다. 따라서 돈은 벌 수 있는 한 많이 버는 것이 좋다는 것이 바로 유대교의 가르침이다. 그래서 돈을 많이 벌어야 하고 또 그 돈을 잘 쓰는 것이 유대인의 의무라고 생각한다.

유대인이 이렇게 돈을 많이 번 비결과 이유가 단순히 몇 가지만으로 설명될 수 있는 것은 아니다. 하지만 무엇보다도 가장 결정적인 원인은 2,000년 동안 남의 나라에 얹혀 눈치를 보며 살아오면서 오직 믿을 수 있는 것은 돈뿐이며 돈을 많이 모아서 나라를 되찾고 돈을 많이 모아서 그 동안의 설움을 씻어보자는 단단한 각오가 아니었을까?

부자가 존경받는 사회

우리는 부자에 대한 느낌이 그다지 좋지는 않다. 일반적으로 돈을 많이 번 우리 나라의 재벌들은 분명히 뭔가 부정한 방법이 동원되었을 거라고 의혹을 받고 있는 건 사실이다. 정치 자금을 대면서 혜택을 받았다든지 교묘한 방법으로 탈세를 했다든지…. 그리고 돈을 많이 번 만큼 사회에 환원도 하지 않고 문어발 식으로 사업만 확장한다든지 말이다. 그래서 부자를 못마땅하게 생각하는 경우가 많다.

하지만 유대인들은 그렇지 않다. 돈을 많이 모은 사람은 그만큼 자기 인생에 최선을 다한 사람이고 하나님의 축복을 많이 받은 사람이라고 생각한다. 하지만 그것보다도 유대인의 부자는 부자로서 국가와 민족, 사회와 이웃에 베풀줄 알기 때문에 우리가 우리 나라의 부자에 대해서 생각하는 그런 부정적인 이미지가 없다.

유대인은 수입의 10분의 1은 반드시 남을 위해 쓴다. 먼저 형제, 친척 등을 위해 사용하고 그 다음에 이웃을 위해 사용하고 그 다음에 사회와 민족, 국가를 위해 사용한다. 기부를 한다는 것이다. 따라서 유대인은 이웃 사람이 돈을 많이 벌면 마치 자기의 일인 양 좋아한다. 그 부자가 번 돈 10분의 1은 분명히 이웃을 위해 쓰기 때문이다.

물론 수입의 액수가 클 경우, 그 돈의 10분의 1도 결코 작은 금액이 아니다. 그러나 유대인이 이 돈마저도 과감히 이웃을 위해 사용할 수 있게 하는 것은 바로 돈에 대한 개념이 우리와 다르다는 것이다.

내가 1억 원을 벌었다고 치자. 그중의 10분의 1은 1,000만 원이다. 그 돈 1,000만 원을 남을 위해 내놓는다면 가슴이 떨릴지 모르지만, 유대인은 애당초 내가 가져야 할 돈이 9,000만 원뿐이라고 생각한다. 그러니 나머지 1,000만 원은 내 돈이 아니라 나를 통해서 다른 사람을 위해 사용하라고 보내준 돈이라고 생각한다. 생각의 차이가 그런 엄청난 일을 해낼 수가 있는 것이다.

그러나 꼭 10분의 1만 이웃을 위해 사용하는 것은 아니다. 형편이 더 되면 10분의 2도 좋고 10분의 3도 좋다. 하지만 10분의 5 이상은 남을 위해 사용하지 못하게 한다. 이웃을 위해 돈을 쓰는 것도 너무 지나치면 안 된다는 것이다.

어쨌든 유대인은 예로부터 지금까지 그 누구를 막론하고 이 원칙은 잊지를 않고 지켜오고 있다. 오죽하면 1910년대 뉴욕의 유대인으로 구성된 갱들이 남의 돈을 빼앗고 횡령을 해서 얻은 돈 중에서도 10분의 1을 떼어 낸다고 하지 않았던가? 도둑이 훔친 돈도 10분의 1을 가려낸다는 얘기다. 그래서 지금도 전세계의 수많은 유대인 부호들이 이스라엘 국가에 돈을 보내오고 유대인 민족을 위해 기금을 마련하고 있다. 이게 바로 유대인이 갖고 있는 돈의 개념이다.

이스라엘인의 정신

이스라엘의 상징, 랍비

성경에 보면 랍비라는 사람이 자주 등장한다. 그리고 탈무드도 랍비가 썼다고 한다. 랍비는 현재 이스라엘에도 있고 유대인이 있는 곳이라면 어느 나라에도 있는데 전세계를 통틀어 여자 랍비만도 200명이 넘는다고 한다.

도대체 랍비가 누구고 뭐하는 사람일까? 우선 랍비는 유대교 법령을 가르치는 선생님의 역할을 한다. 그리고 유대인 사회에서 애매한 일이 터졌을 때 어떤 것이 맞는지 판단해주는 역할도 한다. 그래서 랍비는 유대인 사회의 스승이자 재판관의 역할도 수행한다. 유대인들은 이웃 간에 작은 분쟁이 일어나면 법원을 찾아가기 전에 먼저 동네의 랍비부터 찾아 해결을 요청하는 게 관례다. 길에서 랍비를 만나면 공손하게 인사를 해야 하고 두 세 명의 랍비가 함께 있으면 그 랍비 사이에서도 선배와 후배를 정확히 가려 선배가 먼저 말을 해야 그 다음에 후배가 말을 하게 된다. 만약에 한 사람의 랍비가 문제를 해결할 일이 있으면 우선 탈무드를 읽고 해결을 해줘야 한다. 혼자만의 머리를 믿지 말고 선배 랍비들이 적은 책 속에서 지혜를 구한다는 의미이다.

랍비는 사진에서 보는 것처럼 검은 모자와 검은 옷을 입고 다니는 것을 의무화하지 않는다. 그것은 유대교의 일부 종파들이 입는 복장이다. 랍비

유대인의 랍비.

는 회당에서 예배 의식을 주관하기도 하고 할례와 결혼 등도 주관한다. 돈을 버는 생산적인 일을 하는 것은 아니다. 정부 조직이나 시에 소속된 랍비가 되면 정부나 시에서 월급을 받게 되고, 종교 학교나 대학에서 강의를 하면 소속 기관에서 월급을 받는다. 그리고 이스라엘 정부 내에 종무를 담당하는 두 명의 장관급 수석 랍비가 있다. 한 사람은 유대 국가가 생기기 전 프랑스 · 독일에 자리잡았던 아쉬케나짐, 또 한 사람은 이슬람교 지배하의 남부 스페인에 자리잡았던 세파르딤의 전통을 대변한다. 둘다 국가에 의해 임명되는 공직이다.

이와는 별도로 순수한 종교적 조직으로서 수석 랍비 협의회가 있다. 지역별로 랍비들 중에서 수석 랍비가 선출되고, 이들 수석 랍비가 모여 협의체를 구성한 것이다.

랍비가 되려면 우선 고등학교에 해당하는 4년 과정의 종합 학교 예쉬바에 들어가야 한다. 입학생들은 이 곳에서 1, 2년을 공부하면서 스스로 랍비가 될 사람인지 아닌지를 결정하여 랍비 과정을 밟는다. 졸업 후 군대 생활 3년을 마치고 대학급인 고등 종교 학교고등 예쉬바에서 6년 정도 더 공부해야 한다. 그때 그때 치는 시험을 통과해야 랍비로서 서품을 받게 된다.

랍비는 유대 사회의 커다란 자부심이자 자존심이다. 다른 나라는 건물이나 자연 환경 등을 상징으로 내세우지만 이스라엘의 상징은 랍비다. 정신적인 지주이자 지혜의 상징 랍비가 유대인의 정신을 가르치고 말 많은 인간 사회를 정리해주는 해결사 역할을 톡톡히 해내고 있다. 수천 년 전부터 지금까지….

머리가 좋은 유대인

유대인의 머리가 우수하다는 것을 얘기할 때 으레 제시되는 얘기가 바로 노벨상 수상자의 3분의 1이 유대인이라는 사실이다. 상대성 이론을 제시한 천재 과학자 아인슈타인, 만유인력의 발견자 아이작 뉴턴과 같은 과학자말고도 유대인 중에는 뛰어난 화학자, 의학자들도 많아 인류의 건강에 많은 공로를 세우기도 했다. 유대인의 활약은 예능 분야에서도 만만치 않다. 작곡가 쇼팽, 천재 영화 감독 스티븐 스필버그, 세계적인 마술사 데이비드 카퍼필드, 작곡자이자 지휘자인 레오나르드 번스타인, 무성 영화 시대의 코미디언 찰리 채플린, 프랑스의 가수 이브 몽땅 과 '눈이 내리네'의 아다모, 그리고 '죽은 시인의 사회' 의 로빈 윌리엄스, 영화 '스피드' 의

산드라 블록과 '탑건'의 톰 크루즈도 모두 유대인이다. 세계인이 알아볼 정도로 좀 유명하다 싶으면 거의 유대인이다. 도대체 유대인은 왜 머리가 좋은가? 유대인은 왜 과학 분야뿐만 아니라 예능 분야 등 거의 모든 분야에서 두각을 나타낼 정도로 머리가 좋은 것인가? 원래 머리가 좋은 민족인가? 아니면 교육을 잘 받아서 그런가?

유대인의 교육은 유별나다. 우리 나라의 부모들이 보여주는 교육열도 세계에서 빠지지 않는 편인데 유대인의 교육열은 이미 수천 년 전부터 이어져 내려온 뼈대 있는 교육열이다. 탈무드에 이런 얘기가 있다. 황금과 보석이 많이 들어 있는 가방을 든 부자와 아무것도 가진 것은 없지만 열심히 책을 읽고 배운 것이 많은 사람이 함께 배를 탔다. 그런데 그 배가 바다 한가운데서 풍랑을 만나 배는 가라앉고 겨우겨우 두 사람만이 구조가 되었다. 당연히 부자의 손에 들렸던 가방은 바닷속으로 빠져버렸다. 그렇다면 이제 두 사람 중에 누가 많이 가진 것일까? 당연히 책을 많이 읽어서 머릿속에 든 것이 많은 사람이 결국 많은 것을 갖게 된다는 얘기다. 아마도 유대인들은 이런 생각 때문에 교육에 열을 올렸던 것이 아닐까 생각된다.

2,000년 동안 남의 나라에서 눈치 보며 살아왔고 또 다른 곳으로 쫓겨가는 생활을 밥 먹듯이 해온 민족이다보니 교육만이 살길이다라고 생각했던 것이다. 그래서 중세 때에도 다른 나라의 사람들은 글을 쓰거나 읽는 사람이 많지 않았지만 유대인들은 대부분 글을 읽고 썼다고 한다. 하기야 유대교는 글을 써서 책을 만들고 그 책을 읽어야 하는 종교가 아닌가? 기도하기 위해서 또 토라를 읽기 위해서 글을 배운다는 말도 있다.

어쨌든 유대인은 세 살 때부터 엄마가 읽어주는 탈무드를 들으면서 성장한다. 그리고 탈무드 책 표지에 꿀물을 묻혀 아이에게 입술을 갖다 대게 함으로써 아이가 탈무드 책을 가까이하고 사랑하도록 한다고 한다. 어려서부터 귀에 못이 박히도록 듣게 되는 탈무드는 기원전 500년 전부터 수백 년 동안 수많은 랍비들에 의해 다듬어지고 편집되어, 현재는 20권으로 되어 있는 방대한 책이다. 이 탈무드에는 인간 생활에 대해서 골고루 의견을 제시하는 내용이 담겨 있다. 그리고 천문학, 해부학, 보건, 위생, 과학 등 사람이 체험할 수 있는 분야에다 법률이나 윤리까지도 다루고 있어서 마치 백과사전 같아 보이기도 하다. 때로는 재미있는 예화로 때로는 직접적인 문장으로 훈계하고 지식을 전달하고 생각하게도 한다. 교육은 단순히 읽고 쓰는 것만이 아니라 두뇌의 활동을 명석하게 해서 인생을 좀 더 지혜롭게 살게 하는 것이라고 탈무드는 얘기한다. 그런 내용을 어려서부터 듣고 읽게 되는 것이 바로 유대인의 교육이다.

언젠가 갈릴리 근처의 키부츠에 있는 유치원을 취재하러 간 적이 있었다. 그 유치원의 앞마당은 마치 재활용품 창고라는 착각이 들 정도로 별의별 물건들이 다 나와 있었다. 망가진 전자렌지며 냉장고, 재봉틀과 선풍기까지…. 아이들은 그런 물건들을 직접 만지고 분해하고 작동해보며 놀고 있었다. 놀이도 공부라는 얘기다.

교육의 기본은 가정이다. 특히 안식일 날 온 가족이 둘러앉아 기도를 하고 식사를 끝낸 다음 대화를 하면서 가정 교육은 시작된다. 이때 오고 가는 대화의 내용도 역시 교육에 관한 것이다. 아버지는 한 주일 동안 자녀가 학교에서 어떤 내용의 교육을 받았는지 물어보면, 아이들은 아버지에게 학교에서 있었던 일들을 이야기하면서 복습하는 시간을 갖는다. 이런 식의 대화 교육은 어제 오늘 생긴 것이 아니며 이미 수천 년 동안 관습처럼 이어져 내려온 것이다. 이 대화를 통해 아이들은 아버지가 자녀들의 교육에 얼마나 많은 관심을 갖고 있는지 깨닫게 되며 자신들의 교육이 얼마나 중요한가를 스스로 느끼게 된다. 물론 안식일에는 텔레비전을 보지도 않고 라디오를 듣지도 않는다. 오직 가족과 함께 대화를 나누고 가까운 시나고그유대교 예배당에 가족이 함께 찾아가 성경 말씀을 읽는다.

어려서 엄마가 들려주는 탈무드 이야기를 듣고 자라나, 안식일이면 아버지와 함께 나누는 안식일의 대화, 어떠한 경우에도 교육의 끈은 끊을 수 없다는 절박하고 당연한 교육열, 이런 것들이 결국 유대인의 두뇌를 명석하게 하는 큰 원인이 아닐까 싶다.

스티븐 스필버그의 정신

남을 위해서 내놓는 것은 돈만이 아니다. 유대인은 자신이 갖고 있는 탤런트와 기술도 남을 위해서 사용한다. 불멸의 명작 '벤허' 를 만든 영화감독 윌리엄 와일러는 자신이 유대인이면서 크리스천이기 때문에 예수 그리스도를 소재로 한 영화를 만들긴 했지만, 그것은 어디까지나 유대인이기 때문에 만들었다기보다는 크리스천이었기 때문에 '벤허' 를 만들었다고 해야 할 것이다.

하지만 세계적으로 유명한 천재 영화 감독 스티븐 스필버그의 경우는 다르다. 그가 어려서 폴란드에서 살 때 할머니가 어린 스필버그를 무릎에 앉혀놓고 들려주던 유대인들의 홀로코스트에 관한 이야기가 가슴속에 깊이 남아 있었다고 한다. 그리고 그의 가슴속엔 나중에 반드시 영향력 있

아우슈비츠 수용소에서 각종 인체 실험과 집단 살육으로 죽어간 유대인들의 시체를 옮기고 있는 모습.

는 인물이 되었을 때 할머니께서 들려주시던 그 이야기를 세상 사람들에게 알려줘야겠다는 다짐을 한 것이다. 마침내 그가 영화 감독이 되어 '죠스' 라는 영화로 인기가 급상승을 한 뒤 'ET' 와 '쥬라기 공원' 등 최고의 흥행 감독으로 인정을 받게 됨으로써 확실한 영향력을 행사할 위치가 되었을 때 그는 그 동안 가슴에 품었던 영화 소재를 꺼내기 시작한 것이다.

그렇게 해서 만든 영화가 바로 '쉰들러 리스트' 였다. 이 영화 역시 공전의 히트를 치면서 수많은 관객이 이 영화를 봄으로써 흥행에도 성공했지만, 이 영화가 더욱 의미있는 것은 그 동안 잊고 지냈던 유대인들이 독일 나치에 의해 당해야 했던 고통과 수난을 다시 한 번 세상을 향해 고발했다는 것이다. 현재의 유대인들 더 나아가 이스라엘 국가가 그런 고통을 기반으로 해서 이룩되어진 것이라는 유대인 민족의 끈기와 신앙심, 그리고 그 무엇으로도 대변될 수 없는 강한 동포애를 알게 해주었다는 것이다.

물론 '쉰들러 리스트' 라는 영화를 만들겠다고 주변 사람들에게 말했을 때 많은 사람들이 왜 이제 와서 과거의 어두운 이야기를 들춰내느냐는 식의 반대가 많았다. 더군다나 그 영화의 주제로 봐서는 절대로 적은 돈이 들어가는 것이 아닌데, 만에 하나 영화가 손익 분기점에 이르지 못했을 경우 제작사가 받아야 하는 타격은 어떻게 감당할 것이냐도 걸림돌이었다.

하지만 스필버그의 생각은 달랐다. "우리가 받은 재능은 하나님이 주신 것이다. 이 재능은 유대인 민족의 피가 만들어준 것이다. 그래서 내가 유명한 영화 감독이 되었는데 이 재능으로 민족과 조국을 위해 일하지 않으면 안 된다. 우리가 민족을 위해서 할 수 있는 게 무엇인가? 우리가 알고 있는 이야기들이 더 이상 세월이 지나 묻히기 전에 다시 꺼내서 기억하도록 하자. 그것은 우리가 해야 한다. 이것을 지금 우리가 하지 않는다면 민족의 사명을 외면하는 직무 유기와 다를 바가 무엇인가?"라며 제작자와 주변 사람들을 설득했다.

결국 영화는 만들어졌고 많은 관객들이 극장을 찾아와 흥행에도 성공을 했다. 그 영화를 본 전세계의 많은 유대인들은 자신이 직접 겪었던 뼈아픈 고통의 순간들을 다시 떠올리며 후손들에게 다시는 저런 고난의 일이 생기지 않도록 해야겠다는 의지를 다졌고, 유대인이 아닌 사람들은 그 영화를 보면서 자유와 인권의 소중함을 다시 한 번 되새기는 놀라운 역사의 교육이자 윤리의 시간이 되었다. 나라 없는 설움이 무엇인지, 신앙을 지킨다는 것이 무엇인지, 유대인의 피가 무엇인지를 그 영화를 보면서 깨닫고 또 깨달았던 것이다.

스필버그의 민족애는 '쉰들러 리스트' 에서 끝나지 않는다. 그는 또다시 '뮌헨' 이라는 소재로 영화를 만들었다. 1972년 뮌헨 올림픽 당시 아랍 게릴라들에 의해 처참하게 피살된 열 한 명의 이스라엘 선수단의 원한을 갚기 위해 이스라엘이 국제 협약을 무시하고 국제 사회에서 유래를 찾아볼 수 없는, 정부 묵인하에 이뤄지는 테러리스트에 대한 암살 과정을 영화로 만든 것이다. 이 영화 역시 실제 사건을 바탕으로 이스라엘은 자국민을 위해하는 그 어떤 세력에 대해서도 절대로 용서와 용납이 있을 수 없고 시간이 얼마가 걸리든지 반드시 지구 끝까지라도 찾아가 응징을 가한다는 강한 메시지가 담겨 있는 것이다.

미국인이면서 유대인인 스티븐 스필버그가 갖고 있는 탤런트의 기부, 시간의 기부, 지식의 기부는 영화를 만듦으로써 이뤄지고 있는 것이다.

아시안 쥬위시

아주 극히 드문 경우긴 하지만 이스라엘의 유대인 중에는 동양인 유대인도 있다. 인도나 인도네시아에서 온 유대인도 있고, 또 이스라엘과는 전혀 어울릴 것 같지 않은 중국에서 온 유대인도 있다. 그들 역시 중국 땅에서 지난 수천 년을 유대인으로 살아오다 이스라엘 건국과 함께 시온의 땅으로 돌아온 것이다.

그렇다면 아무리 전세계에 걸쳐 유대인들이 흩어져 있다고는 하지만 어떻게 중국까지 유대인들이 들어갔으며 언제 들어갔단 말인가? 하기야 사람이 갈려고 마음만 먹으면 어딘들 못 가고 어디에선들 뿌리를 내리지 못하겠는가? 유대인이 중국에 뿌리를 내리게 시작한 것은 이스라엘 민족이 바벨론에 끌려갔을 당시인 BC 586~536년인데, 중국 송나라 때인 AD 1200년경엔 최고로 많은 유대인들이 유입되었다고 한다.

나라를 잃은 민족이 남의 땅에서 다른 민족들 틈 속에서 살아간다는 것은 생존 그 자체와의 싸움이었을 것이 분명하다. 그래서 유대인들은 똘똘 뭉치기로 두 번째 가라면 서러워하는 중국인들 속에서도 처절하게 생존해나가야 했다. 중국인들이야 세계가 알아줄 정도로 결집력이 강하지 않던가? 전세계에 차이나 타운이 없는 곳이 없으니 말이다. 그리고 중국인들의 장사 수완이 또 얼마나 뛰어나던가? 우리가 흔히 알던 비단 장사 왕서방이 있듯이…. 유대인들은 그런 사람들 속에서도 살아남아야 했다. 그래서 다른 나라에 가서 얹혀사는 다른 유대인들에 비해서 더 강인하고 억척스럽게 살아갈 수밖에 없었다.

그런데 그게 또 문제가 된다. 너무 강인하고 억척스럽게 살아가다 보니 현지인들 눈에는 별로 곱게 비치지 않게 되니 말이다. 13세기 경엔 중국의 유대인들의 숫자가 늘어나면서 이들의 활약이 중국 사회에서 두드러지기 시작했다. 먼저 머리가 좋아 행정 능력이 탁월했다. 아이디어도 많았고 또 그것을 현실로 옮기는 지휘 능력도 뛰어났다. 그래서 심지어는 국가의 중요한 요직에까지 임명되기도 했다고 한다. 그리고 예의 그 놀라운 장사 능력으로 중국 상인보다 더 많은 돈과 경제적인 지위까지 얻게 되었다. 한마디로 중국 송나라에서 유대인들의 입지는 탄탄해졌다. 적어도 눈에 보이기에는…. 그러니 상대적 박탈감을 느끼게 되는 것은 당연히 현지인들이었다.

대륙의 거대한 나라 중국을 나라도 없이 외지에서 온 유대인들이 국가 중요 요직에 들어가 자리를 차지하고 앉아 있고, 현지인이 그들의 명령과 지시를 따라야 한다는 것은 도저히 용납할 수가 없었던 것이다. 한마디로 자존심이 상한다는 얘기다. 그리고 시장에서도 유대인들이 커다란 부분을 차지하고 있으니 현지인 상인들의 입장에서 본다면 이 또한 얼마나 기가 막힌 일일까? 그러한 불평 불만이 마침내 1354년에 폭발해 폭동이 일어났는데, 이 폭동을 진압하는 과정에서 또다시 수많은 현지인들이 희생당하는 사태로까지 번졌다.

겨우 폭동은 진압되었지만 이제 중국의 한복판에서 유대인들이 얼굴을 드러내놓고 돌아다닌다는 것이 쉽지 않게 되었다. 결국 유대인들은 외몽고 등의 변방으로 쫓겨가다시피 이주하게 되고 유대인의 숫자는 극도로 줄어들게 된다. 심지어는 살아남기 위해 유대인들은 중국인과 결혼하기도 하고 그들의 삶이 중국인화되기 시작한 것이다.

그러나 그 와중에도 그들은 과거의 조상들이 그랬던 것처럼 돼지고기를 멀리하며 안식일을 거룩히 지키는 등의 모세의 율법을 지키며 살아오다가, 이스라엘의 건국과 함께 그 옛날 2,000년 전 조상들이 살던 시온의 땅 이스라엘로 돌아온 것이다. 정말 유대인들이란 생명력도 질기고 특이한 민족, 그러면서도 구구절절 사연도 많은 민족임에는 틀림없다.

홀리 랜드의 홀리 피플(?)

터기의 지방 도시 중에 에페소Ephesus라는 곳에 가면 지금으로부터 약 2,000년 전에 세워진 셀서스라는 도서관 건물이 있다. 물론 지금 있는 건물은 원형이 보존되어 있는 것은 아니다. 그 당시 도서관 건물의 앞부분만이 겨우 보존되어 있는 상태인데, 그 건물의 앞부분만 보더라도 그 당시 도서관의 규모와 크기가 어느 정도나 되는지 상상할 수 있다. 아마도 2층짜리 건물이었던 것 같은데 그 주변에 남아 있는 다른 건물의 흔적에 비해 결코 초라하지 않은 어마어마한 규모였던 것 같다. 터키의 에페소에는 2,000년 전에도 이렇게 큰 도서관이 있었구나. 그 당시 사람들의 놀라운 학구열과 독서열에 감탄을 감출 수 없다.

그런데 이 도서관에서 그다지 멀리 떨어지지 않은 바로 앞 길바닥에는 이상 야릇한 돌판이 하나 깔려 있다. 별로 크지 않은 보도 블록 크기의 돌판 하나엔 머리카락이 적당히 웨이브진 여자의 얼굴이 그려져 있고, 그 옆에는 동전 크기의 작은 구멍이 하나 그려져 있다. 그리고 그 옆에는 사랑의 표시인 하트와 약 250cm 정도 되는 사람의 발바닥이 그려져 있다. 도대체 이 그림이 의미하는 것은 뭘까? 서로 연관되지 않을 것 같은 네 가지의 아이콘이 뜻하는 것은 무엇일까? 그리고 이 수수께끼 같은 그림들과 도서관은 또 어떤 관계가 있는 것일까?

자, 놀라지 마시라. 이 그림의 의미를 알게 되는 순간, 어떤 사람은 재

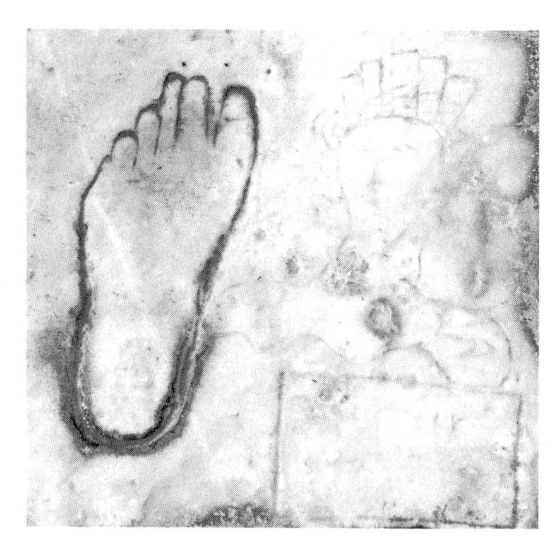

에페소의 길바닥에 있는 돌간판.

밌다며 손뼉을 칠 수도 있고, 또 어떤 사람은 놀라서 입이 벌어질 수도 있을 것이다. 이 돌판에 새겨진 그림은 일종의 아주 아주 오래 된 상업 간판이라고 볼 수 있다. 작은 구멍은 돈을 표시한다. 그리고 여인의 모습은 그야말로 젊은 여인들을 뜻하는 것이며, 하트 표시는 사랑을 뜻한다. 그러니까 돈을 내면 아름다운 여인과 사랑을 할 수 있다는 일종의 매춘 안내 광고판인 셈이다. 그렇다면 발바닥 그림은 또 뭘까? 그것은 그 당시에도 미성년자 보호 정책이 있었는가보다. 그림에 그려진 발바닥에 발을 갖다 대서 그 그림보다 발바닥의 크기가 작은 사람은 들어올 수 없고 발바닥의 크기가 큰 사람만이 들어올 수 있다는 의미라고 한다. 그런데 왜 하필이면 바로 그 커다란 규모의 도서관 앞에 이런 매춘 안내 광고판이 있는 것인지 궁금하다. 터키 얘기는 이쯤하고, 이번엔 이스라엘로 다시 화두를 넘겨보자.

사람들은 이스라엘이라는 나라를 생각할 때 가장 먼저 떠오르는 이미지는 역시 분쟁, 성지, 답답하리 만치 엄격한 율법 속에서 살아가는 유대인 등 여러 가지를 떠올린다. 그리고 대체적으로 그런 이미지는 세속이나 향락과는 거리가 먼 것들이다. 2,000년 만에 어렵게 국가를 설립한 데다 주변의 아랍 국가들과 맞서서 싸우자니 늘 긴장해 있고, 그러다가 또 여기저기서 폭탄 테러와 보복 공격이 이어지다보니 자연히 종교에 의지해 살아야 하는 게 아닌지, 또 그게 아니더라도 워낙 종교적 삶을 사는 이스라엘 사람이기 때문에 세상의 향락과 거리가 멀 거라고 생각하기 쉽다.

더군다나 이스라엘이 어떤 땅인가? 지구 인류의 20%가 신봉하는 하나님, 그 하나님이 특별히 선택한 땅, 선택한 민족이 아닌가? 그래서 더욱더 하나님의 사람들이 살다간 흔적이 많고 전세계 기독교인이 믿는 예수님의 흔적이 여기 저기 널려 있는 곳이 이스라엘이 아닌가? 그런 땅에서 어떻게 세속적이고 향락적인 이미지들을 떠올릴 수 있을까?

하지만 놀랍게도 이스라엘 땅 그중에서도 텔아비브에 가면 눈이 휘둥그레지지 않을 수 없는 광경을 볼 수 있다. 특히 텔아비브의 중앙 버스 터미널 근처의 골목길 곳곳엔 버젓이 여인의 모습이 그려진 간판들을 볼 수 있는데, 이 곳이 텔아비브의 창녀촌이다. 이스라엘이 건국된 이후에 본격적으로 러시아와 북유럽 등지에서 이민자들이 몰려왔고 그들이 정착하면서 인구가 늘고 어느 정도의 제 기능을 갖춘 국가가 되어갔는데, 이 과정에서 정말로 유대인의 땅 이스라엘에서 살기 위해 찾아온 사람들뿐만 아니라 그 당시 각자가 살고 있던 나라에서 경제적으로 어렵게 살던 사람들이 새로운 땅에서 새로운 삶을 살기 위해 찾아온 경우도 더러 있었다.

하기야 한꺼번에 수많은 사람들이 몰려오다보면 그 속엔 별의별 사연과 목적을 가진 사람들이 왜 없을까? 특히 1990년대 구 소련의 붕괴로 경제가 어려워지자 많은 러시아 여인들이 먹고 살 길을 위해 이스라엘로 찾아왔는데 특별한 기술이나 자본이 없는 여인들이 할 수 있는 일은 말 그대로 뻔한 것들 뿐이었으리라. 결국 이민자들이 많이 모여 살고 있고 또 경제적으로 활발한 뉴시티 텔아비브에 그 터전을 자리잡은 러시아 여인들은 매춘 타운을 형성하게 된 것이다.

물론 이스라엘 정부에서도 이런 현상 때문에 매춘 골목을 없애기 위해 많은 노력을 했지만, 결국 텔아비브의 중앙 버스 터미널 근처는 뜻하지 않게도 성스럽지 못한 구역이 되어버렸다. 이것이 바로 이스라엘의 이민 정책으로 뜻하지 않게 생겨난 어두운 면이 되었다.

아마도 2,000년 전 텔아비브에서 유대인이 떠나간 뒤 팔레스타인 사람들이 살아오는 동안 전혀 상상조차도 못했던 일들이 유대인들이 다시 몰려와 정착한 이후로 생긴 새로운 모습이 아닐까 싶다.

이스라엘은 우리가 알고 있는 것처럼 홀리랜드인 것은 틀림없다. 그러나 사람까지도 성스럽지는 않는가보다. 어짜피 그들도 우리와 똑같은 사람들이니까 말이다.

성지가 미국이었다면

우리 나라에서 이스라엘로 가는 직항 비행기 편이 없는 현재로서는 이스라엘로 가는 길은 참으로 멀고도 힘든 길이다. 아주 지겨울 정도로…. 그래서 이스라엘로 한 번 가려면 정말 큰맘 먹고 짐도 잔뜩 꾸려야만 용기를 내볼 수 있는 곳이다. 그러니 우리 나라에 기독교인이 1,000만 명이나 된다고 해도 정작 성지를 방문한 사람은 그다지 많지 않은 것이 아닐까?

하기야 이스라엘로 가는 길이 어느 정도 멀어야지 너무 가까이 있으면 그게 어디 성지 같은 느낌이 들겠는가? 밤중에 잠이 안 온다고 차를 몰고 후딱 달려가서 만나볼 수 있는 곳. 가을이면 단풍놀이 하듯 관광 버스로 몇 시간만 달려가면 만나볼 수 있는 곳. 그래서 아무런 준비도 없이 그냥 몸만 훌쩍 떠나면 찾아갈 수 있는 곳이라면 그게 어디 성지일까? 그냥 아침 저녁으로 출퇴근하면서 차창 밖으로 마치 커피숍 간판 지나가듯 아무 생각없이 스쳐 지나가면서 볼 수 있는 곳이 성지라면 얼마나 허전할까?

그건 아마도 이스라엘의 예루살렘에 사는 사람들을 보면 더 잘 알 수 있다. 그들은 자기들이 얼마나 거룩하고 성스러운 땅에 살고 있는지를 잘 모른다. 그리고 자기 집 옆에 얼마나 소중하고 의미 있는 유적지가 있는지도 잘 모른다. 그냥 그들이 태어난 곳이고 그들이 자라난 곳이라 살고 있을 뿐이다. 그들은 자기들 주변에 너무나 많은 성지와 유적지가 널려 있어서 그 의미를 잘 모르고 실감조차 못하고 사는 것일지도 모른다. 마치 우리가 늘 공기를 들이마시며 사는 것처럼…. 그런 면에서 보면 이스라엘이라는 땅이 우리 나라와 지구 정반대에 위치해 있다는 것이 얼마나 다행스러운 일인지 모른다. 성지가 우리 나라에서 아주 멀리 떨어져 있다는 것과 갈 때마다 정말 힘겹고 지치고 녹초가 되어야만 비로소 문을 열어주는 곳에 위치해 있다는 것이 얼마나 은혜스러운 일인지….

그리고 참 이상한 것은 성서적 유적지가 있는 곳은 한결같이 현재 이슬람 국가라는 점이다. 이스라엘은 유대교와 이슬람이 섞여 있긴 하지만 그래도 어쨌든 기독교와는 다른 종교를 갖고 있는 것도 그렇고, 요르단, 이집트, 터키, 레바논, 시리아, 이란, 이라크는 아주 100 퍼센트에 가까울 정도로 이슬람을 믿고 있다. 이게 참 무슨 조화일까? 성서 유적지가 있는 나라들의 사람들이 한결같이 기독교와는 거리가 머니 이건 불행일까? 아니면 다행일까? 나는 천만다행이라고 생각한다.

왜 그럴까? 자 그럼 생각을 해보자. 만약에 이스라엘이나 요르단이나 터키가 이슬람 국가가 아니라 미국과 같은 기독교 국가라고 해보자. 아니 딱 까놓고 알기 쉽게 미국이라고 해보자. 그랬다면 성지들은 어떻게 되었을까?

물론 지금의 성지들보다는 훨씬 더 개발되고 보수되어 예쁘게 단장은 되었겠지만…. 그래서 더 많은 사람들이 쉽게 찾아가고 그 곳에서 편안하고 즐겁게 보낼 수 있도록 개발을 했을 것이다. 하지만 미국 사람들은 그 정도로만 그치지 않았을 거란 생각이 든다.

그렇게도 훌륭하고 의미 있는 성지가 자기들 나라에 있었다면 그들은 분명 거대한 자본으로 그 곳을 철저하게 상업화시켰을 거라는 얘기다. 한마디로 헐리우드나 디즈니랜드처럼 만들었을지도 모른다는 얘기다. 예수님이 태어난 베들레헴엔 예수님의 일대기를 상영하는 대규모의 초현대식 극장과 높은 호텔이 들어서고, 매년 크리스마스 때면 엄청난 돈을 들여 이벤트를 벌여 전세계의 크리스천을 끌어모아 장사를 하며, 예수님의 캐릭

터를 만들어 티셔츠와 머그잔 등 온갖 상품을 만들어내서 돈을 벌 수 있는 방법은 다 고안해내었을 것이다. 좀 오버해서 말을 하자면 분명 그 곳엔 술집과 같은 유흥 업소들도 많이 생겨나겠지 싶다.

그래서 정작 예수님이 태어난 성지가 조용히 묵상을 하고 성경을 읽는 장소가 아닌, 여기 저기서 쿵짝거리는 소리와 호객꾼들의 목소리, 전세계에서 찾아온 신앙심 옅은 사람들의 시끄러운 소리로 전락할지도 모른다. 분명히 단언컨데 그렇게 되고도 남았을 것이다.

그러다보면 정작 중요한 유적지는 훼손되어지고, 그러면 그들은 훼손된 것을 시멘트로 메워 보수를 하거나 심지어는 가짜를 만들어놓을지도 모르는 일이다. 더 심하게는 아마 가짜 유적지를 새롭게 만들어 나름대로 사연이나 의미를 만들어 붙여 순례자들을 현혹하고 돈을 걷어들일지도 모르는 일이다. 그렇게 생각해보니까 성지가 미국 사람에 의해 관리되지 않는 것이 정말 다행이라는 생각이 든다.

그렇다면 지금의 성지는 어떨까? 조금 전에도 말했지만 지금의 성지엔 기독교와는 별관련이 없는 이슬람 사람들이 살고 있다보니 자연히 관리는 잘 안 되고 있다. 사실 이 점은 좀 마음이 아프다. 하지만 그렇기 때문에 또 다행일지도 모른다. 그들은 일단 자기가 사는 동네에 있는 성지가 성서적으로 어떤 의미가 있는 곳인지 잘 모르다보니 연구도 안 하고 발굴이나 개발을 안 하고 있다. 어떤 곳은 정말 여기가 성서 유적지였단 말인가 싶을 정도로 방치되어 있는 곳도 많다. 어떤 곳엔 쓰레기로 가득 차 있는 곳도 있고, 또 어떤 곳은 아예 사람의 발길이 닿지 못하도록 길을 만들어놓지 않은 곳도 있다. 물론 돈도 많지 않아 그 곳을 보수할 생각도 별로 안 한다. 초현대식으로 어떻게 해본다거나 그 곳에 찾아오는 순례자들에게 알기 쉽게 설명해줄 수 있는 전시관이 없는 곳도 수두룩하다.

물론 어떤 곳엔 계속해서 찾아오는 순례객을 상대로 기념품 가게를 하는 곳도 있지만, 말 그대로 영세하기 이를 데 없는 구멍 가게 수준들이다. 그 사람들은 성서 유적지 때문에 벌어 먹고 살면서도 정작 기도 시간만 되면 회교 사원을 찾아가 기도를 한다. 참 웃기는 일이다. 어쨌든 그렇게 우리가 보기에 세련되지 않게 관리를 하고 개발을 못하고 있는 그들이 그 곳을 차지하고 있기 때문에 그나마 유적지가 원형 상태로 보존되고 있는 것이 아닌가 하는 생각이 든다.

그리고 일단 그 곳에 이슬람 사람들이 살고 있기 때문에 기독교인들이 쉽게 찾아가지를 못하는 것일 터인데, 장기적으로 보면 그게 더 다행스럽다. 물론 그 곳에도 성서 학자들이 찾아가 방치된 유적을 발굴하고 보존하는 작업도 계속 이루어지고는 있다.

아, 그래도 정말 이스라엘로 가는 길은 멀기만 하다.

의미를 설명하지 않는 이스라엘 국기

이스라엘에 가면 유난히 자주 볼 수 있는 것이 바로 이스라엘의 국기다. 건물 곳곳에 그리고 골목 구석구석에 국기를 내걸 만한 곳이 있으면 반드시 이스라엘의 국기를 볼 수 있다. 아마도 이스라엘 사람들은 자신들의 국기를 무척이나 사랑하는가보다. 그러나 내가 생각하기엔 함께 살고 있는 팔레스타인 사람들에게 이 땅은 분명히 이스라엘 국가의 영토라는 것을 강조하기 위한 것이 아닐까 싶다. 그리고 지난 2,000년 동안 소중하게 간직해온 이스라엘 국기를 이제야 비로소 제대로 세상에 내놓고 게양할 수 있게 된 한풀이를 하는 것이 아닐까 하는 생각도 든다. 이스라엘의 국기는 알다시피 하얀 바탕에 위 아래로 파란색 줄이 그어져 있고 그 사이에 다윗의 별이라는 삼각형 두 개를 엇갈려 그려 넣은 모양이다. 어찌 보면 좀 단순한 모양이다 싶긴 한데, 문제는 그 국기의 의미를 이스라엘 사람들은 여간해서 설명을 하지 않는다는 것이다. 한 나라의 국기를 만들어 내걸 땐 분명히 그 안에 많은 의미와 뜻이 담겨져 있을 법한데도 말이다.

그럼 대체 이스라엘 사람들은 왜 자신들만 알고 있는 이스라엘 국기의 의미에 대해서 제대로 설명해주지 않는 것일까? 거기엔 나름대로 사연이 있었다. 먼저 하얀 바탕은 이스라엘을 중심으로 한 중동 지역의 땅을 의미한다. 그리고 위에 파란 줄은 유프라테스 강을 의미한다. 이것은 그 옛날 자신들의 조상인 아브라함이 유프라테스 강 위쪽에서 살다가 하나님

이스라엘에 가면 유난히 자주 볼 수 있는 것이 바로 이스라엘의 국기다. 건물 곳곳에 그리고 골목 구석구석에 국기를 내걸 만한 곳이 있으면 반드시 이스라엘의 국기를 볼 수 있다.

의 명령에 따라 유프라테스 강을 넘어 이스라엘 땅으로 왔었고, 그 뒤에 가뭄으로 인해 남쪽의 이집트로 가 나일강을 넘었다가 다시 이스라엘 땅으로 왔다. 그래서 이스라엘 국기의 밑에 있는 파란 줄은 나일강을 의미한다. 그리고 그 두 개의 강줄기 가운데 예루살렘을 수도로 세운 다윗 왕의 별이 그려져 있다는 것은, 다시 말해서 이스라엘의 영토는 북쪽의 유프라테스 강 이남부터 남쪽의 나일강 북쪽이라는 것이다. 이스라엘 국기엔 나름대로 자기 조국의 영토 개념이 담겨져 있다.

그런데 문제는 그런 의미를 북쪽 유프라테스 강이 있는 이라크나 남쪽 나일 강이 있는 이집트의 입장에서 보면 땅을 칠 이야기가 아닌가? 이것은 분명히 국토와 국경을 놓고 분쟁이나 전쟁이 일어날 수도 있는 일인 것이다. 이스라엘 입장에서도 현재는 여러 가지 상황 때문에 현재 영토를 국토로 삼을 수밖에 없지만 분명히 언젠가는 국기에 그려진 그 영토까지도 확장하고야 말겠다는 의지가 담겨 있는 것이다. 정말 무서운 의지이자 신념이기도 하다. 국기에 담겨 있는 영토에 대한 집착, 그것이 바로 이스라엘 사람들의 또 다른 모습이다.

4부
팔레스타인 이야기

네 종류의 세상이 공존하는 예루살렘 올드시티

예루살렘은 크게 뉴시티New City와 올드시티Old City 두 가지로 나뉜다. 뉴시티는 그야말로 1940년대 이스라엘 건국 이후로 세워진 신시가지이고 올드시티는 1600년대 오스만 터키에 의해 세워진 가로 세로 1킬로미터 둘레 약 6킬로미터의 성안에 이뤄진 도시를 말한다. 따라서 올드시티에는 성경에 등장하는 여러 가지 주요 사건의 무대이면서 오래 된 건물과 유적지가 많은 곳이다.

그런데 특이하게도 이 올드시티 안에는 눈으로 확연히 드러나는 서로 다른 분위기의 세상이 공존하고 있다. 우선 팔레스타인 사람들이 모여 사는 아랍 구역과 크리스천들이 모여 사는 크리스천 구역, 그리고 아르메니안 사람들이 모여사는 아르메니안 구역, 유대인들이 모여 사는 유대인 구역으로 나뉘게 된다. 물론 이 구역들 간에는 특별한 경계선이나 담장 같은 것으로 나뉘는 것은 아니다. 그저 작은 골목 하나 사이로 이렇게 서로 다른 사람들이 모여 살면서 각기 다른 문화를 이루어가기 때문에 눈으로 보는 것만으로도 서로 다른 모습을 볼 수 있는 것이다.

이들 지역은 오랜 세월 동안 각자의 동족과 문화를 이룬 사람들이 모여 살면서 나름대로의 독특한 분위기가 형성되어 있는데, 현재 이 곳에 사는 사람들은 피차간에 서로의 구역을 찾지는 않는다. 물론 그 곳을 여행하는 관광객들은 아무런 제재 없이 자유롭게 드나들 수 있지만….

아랍 동네에 가면 그야말로 개발되지 않은 흡사 타임머신을 타고 수백년 전으로 날아간 듯한 역사 속의 도시를 거니는 느낌이 든다. 이 곳은 복잡한 재래식 시장이 있고 곳곳에 남루한 옷을 입은 팔레스타인 어린 아이들이 뛰어다니며 놀기도 한다.

아랍 동네에 가면 그야말로 개발되지 않은 흡사 타임머신을 타고 수백년 전으로 날아간 듯한 역사 속의 도시를 거니는 느낌이 든다. 이 곳은 복잡한 재래식 시장이 있고 곳곳에 남루한 옷을 입은 팔레스타인 어린 아이들이 뛰어다니며 놀기도 한다. 여기 저기 할 일 없이 배회하는 팔레스타인 청년들, 그리고 떼를 지어 몰려 다니는 성지 순례자들을 향해서 물건을 사라고 호객을 하는 팔레스타인 상인들의 목소리로 정신이 없을 정도로 왁자지껄하다.

아랍 시장엔 처음 보는 사람들에겐 놀랄 만한, 가죽이 벗겨진 채 늘어

아랍 시장엔 처음 보는 사람들에겐 놀랄 만한, 가죽이 벗겨진 채 늘어져 있는 양고기를 볼 수가 있고, 아랍 사람들이 그렇게도 좋아하는 젤리와 과자들, 그리고 얼핏 보기에도 촌스러운 옷가지들과 중국 제품인 듯한 카세트와 전기 청소기 등을 파는 가전 제품 가게도 있다.

져 있는 양고기를 볼 수가 있고, 아랍 사람들이 그렇게도 좋아하는 젤리와 과자들, 그리고 얼핏 보기에도 촌스러운 옷가지들과 중국 제품인 듯한 카세트와 전기 청소기 등을 파는 가전 제품 가게도 있다. 마치 1970년 서울의 외곽 지역 재개발 대상 산동네를 다니는 듯한 착각이 들기도 한다.

하지만 골목 하나만 지나 유대인 구역에 가면 얘기는 달라진다. 유대인 지역의 건물들은 아랍 지역의 건물들과는 다르게 예쁘게 건축된 건물들이 있고, 거리도 잘 정돈되어 있어 깨끗하다. 마치 서울의 부촌 골목을 다니는 듯한 느낌이 들 정도이다.

이 곳엔 아랍 동네에선 보기 힘든 현대화된 슈퍼마켓도 있고 젖은 손을 말릴 수 있는 기계가 설치된 자동 수세식 공중 화장실과 은행, 우체국, 보석 가게, 피자 가게, 햄버거 가게 등 패스트 푸드 음식점도 있다. 국제 전화를 걸 수 있는 공중 전화 박스도 있고, 마치 유럽의 노천 카페 거리와 같은 야외 파라솔이 즐비해 그 곳에서 한가롭게 콜라와 커피를 마시고 있는 유대인들을 만날 수 있다.

그런가 하면 크리스천 지역은 예수님께서 십자가에 메달린 골고다 언덕과 시신을 묻었다는 무덤이 있는 곳이라 전세계에서 찾아온 성지 순례자들의 발걸음이 끊이지 않아 늘 북적이고 있으며, 그 순례자들을 내싱으로 기념품을 파는 가게들이 즐비한 곳이다. 이 곳은 한마디로 관광객을 위한 구역이라고 해도 틀린 말은 아닐 것 같다.

그런가 하면 아르메니안 구역은 찾는 사람이 그다지 많지 않아 늘 한적하여 마치 동구 유럽을 방문한 듯한 독특한 분위기가 나는 곳이다.

그래서 나는 예루살렘에 가면 올드시티로 찾아가서 아랍 구역에 있는 숙소에 여장을 푼다. 예루살렘의 뉴시티에 있는 호텔에 가면 시설이야 좋을지 모르지만 가격이 만만치 않아 올드시티에 있는 유스호스텔로 찾아간다. 그 곳은 일단 가격이 우리 돈으로 3,000원에서 5,000원밖에 하지 않는 상상하기 힘든 숙박비만 지불하면 되기 때문이다. 물론 뉴시티에 있는 호텔에 비하면 그다지 시설이 좋다고 보기 힘들지만 그래도 여행에서 오는 피곤을 푸는 데는 전혀 부족하지 않다. 그 곳에도 샤워장이 있고 수세식 화장실이 있으며, 텔레비전을 볼 수 있는 다이닝 룸과 방마다 이층 침대가 대여섯 개씩 있어 여행자들끼리 주고받는 정보도 무시할 수 없기 때문이다. 특히 내가 아랍 지역에서 자주 머무는 여관은 여관을 시작한 지가 천년이나 되는, 돌로 지은 건물로 꽤나 유서가 깊은 곳이다. 천년의 세월 동안 수많은 여행자들과 낙타에 갖가지 물건을 싣고 실크로드를 따라 이 곳까지 찾아온 대상들이 머물렀을 그 여관에서 나도 하룻밤을 잔다는 것이 얼마나 기분이 묘한지 모른다.

여관 문을 열고 나서면 코앞이 바로 아랍 시장으로 수많은 사람들이 물건을 사고 파는 삶의 현장을 만날 수 있다는 감격은 경험해보지 않은 사람은 느낄 수 없는 감흥으로 다가온다. 그러다가 햄버거와 패스트 푸드를 먹고 싶다거나 은행에 볼일이 있고 우편 엽서라도 보낼라 치면 걸어서 몇 분 거리의 유대인 구역을 찾으면 된다. 그리고 예수님께서 겪으신 십자가의 피흘림을 생각하며 묵상을 하고 싶다면 또다시 걸어서 몇 분 거리의 크리스천 구역을 찾으면 되는 것이고, 혼자 조용히 오래 된 도시의 골목길을 산책하며 세월의 저 건너편을 걷고 싶다면 아르메니안 구역을 찾아가면 되니, 올드시티는 참으로 다양한 문화와 세상이 공존하는 곳이다 싶다. 적어도 내가 보기엔 말이다. 그러나 유대인들의 눈에는 그렇게 보이지 않는가보다.

아랍 구역, 사람이 살 수 없는 곳

한 번은 내 여권의 비자 만료 시한이 얼마 남지 않아 연장을 하기 위해 예루살렘의 뉴시티에 있는 관공서를 찾아갔다. 예루살렘의 관공서엔 뜨

덥고 무더운 바깥 온도와는 다르게 시원한 에어컨 바람이 나왔고 깨끗하고 잘 정돈된 실내여서 그 곳까지 물어 물어 찾아온 내가 잠시나마 여유를 찾을 수 있는 곳이었다. 사실 아랍 지역에서 머무르고 있는 내게 그렇게 시원하고 쾌적한 공간을 찾는 일이란 쉬운 일이 아니기 때문이다.

그 곳에서 일하는 뚱뚱한 체격의 두꺼운 안경을 쓴 여자 유대인 직원은 비자를 연장하기 위해 찾아왔다는 내 말을 듣고는 서류 한 장을 내밀었다. 여권 번호와 이름, 국적, 그리고 기타 등등 기본적인 인적 사항을 적어서 다시 그 직원에게 내밀자 아무렇지도 않게 훑어보더니 뭔가 이상한 점을 발견했는지 안경을 고쳐 쓴다. 그리고는 내게 묻는다. 지금 예루살렘의 어느 호텔에서 숙박을 하고 있느냐는 것이다. 나는 아무렇지도 않게 그리고 아주 자연스럽게 올드시티의 아랍 구역 안에 있는 유스호스텔에서 머물고 있다고 대답을 했다. 사실이 그러니까…. 그랬더니 그 유대인 직원은 미간을 찌푸리며 내게 얘기를 한다. 이 곳에선 당신의 비자를 연장해줄 수가 없다는 것이었다. 그런데 그 유대인의 설명을 듣자니 아주 기가 찼다. 사람이 사람으로 태어나서 여행을 왔으면 사람 사는 곳에서 잠을 자고 머물러야지 왜 사람 사는 곳이 아닌 곳에서 잠을 자고 있냐는 얘기다. 팔레스타인 사람들을 사람으로 취급하지 않는 유대인 직원의 말 한마디는 지금은 하는 수 없이 팔레스타인 사람들과 함께 살고 있지만, 얼마나 그들을 무시하고 있는지를 알 수 있었다.

아랍 지역은 사람 사는 곳이 아니란 것인데, 그렇다면 현재 그 곳에서 살고 있는 팔레스타인 사람들은 뭐란 말인가? 그렇게 얘기하는 그 유대인 여자에게 나는 너무 어이가 없어서 뭐라고 대꾸를 할 수가 없었다. 그럴

땐 그 여자에게 뭐라고 대답을 해줘야 할지 순간 도무지 머릿속에서 영어 문장이 떠오르질 않는다. 그렇게 난감해하고 있는 나에게 그 유대인 공무원은 싸늘하고 불친절한 목소리로 아랍인들만 상대하는 관공서로 찾아가라고 한다. 그 곳이 어디에 있는지 알려주지도 않으면서….

하는 수 없이 그 곳을 나와 물어 물어 찾아간 그 곳은 조금 전 이스라엘 관공서와는 사뭇 다른 분위기였다. 아랍인 골목이었는데 그 곳엔 벌써 수백 명의 팔레스타인 사람들이 그 곳에서 일을 보기 위해 줄지어 서 있었고, 나 역시 번호표를 받았더니 300번이 넘는 번호였다. 팔레스타인 사람들과 함께 줄을 서서 기다리고 서 있는데, 이 곳은 기다리는 사람들을 위한 아무런 시설도 없었다. 뜨거운 태양을 가릴 만한 차양도 없었고 의자도 없었다.

그렇게 몇 시간을 서서 기다리다가 겨우 들어간 사무실 안은 아뿔사 직원 한 두 명이 그 수많은 사람들을 상대하며 일을 처리하고 있었던 것이다. 무더운 중동의 여름날, 에어컨 하나 없이 덜덜거리는 선풍기 밑에서 펄럭이는 서류를 붙잡으며 성심 성의껏 서류를 받아 처리하는 팔레스타인 사람들의 친절함, 멀리 지구 반대편에서 찾아온 낯선 동양인 여행자를 반기며 "웰컴welcome"이라는 인사말로 나를 대하는 그들은 역시 유대인들에게선 볼 수 없는 인간미를 느끼게 했다.

팔레스타인 사람을 건강하게 하는 일은 안 된다

이스라엘 유대인들이 팔레스타인 사람들을 어떻게 대하는지 그들의 태도를 알 수 있는 예를 하나 더 들어보자. 한 번은 한국인 선교사가 이스라엘에서 태권도를 가르치기 위해서 허락을 받으러 관공서를 찾아갔다고 한다. 그랬더니 담당 공무원은 자기도 태권도를 잘 안다면서 어디서 배웠는지 간단한 시범까지 보이며 아는 척을 하더라나? 더군다나 찾아간 한국인 선교사가 태권도 사범이라고 하자 반갑다며 악수까지 청하면서, 그 유명한 태권도를 이스라엘 땅에서 그것도 무료로 가르쳐주겠다는 것에 대해서 고맙다고 인사까지 했다고 한다. 그래서 그 선교사는 별문제 없이 허가 문제가 잘 처리되겠거니 기대를 했는데 그게 아니었다.

그 담당 공무원은 "그래 태권도장은 어디다 만들거요?" 하고 묻길래 이 선교사는 잠시 머뭇거리다가 팔레스타인 지역에다 만들어서 그 곳의 주민들에게 무료로 태권도를 가르치겠다고 대답을 했더니, 그 유대인 담당 공무원의 얼굴이 굳어지더라나? 그러면서 하는 말이 "그건 안 됩니다. 허락할 수 없습니다."

그 이유인즉슨 이스라엘의 대 팔레스타인 정책으로는 팔레스타인 점령 지역 안에서 그들을 위한 교육, 그것이 지식을 깨우쳐주게 하는 것이든 몸을 튼튼하게 하는 것이든 어떤 것도 허락할 수 없다는 것이다. 한마디로 팔레스타인 사람들에겐 그런 교육을 통한 혜택을 줄 수가 없다는 것이다.

물론 자치 지역 안에서 자기들끼리 교육을 시키거나 훈련을 시키는 거야 어쩔 수 없지만, 외국에서 온 사람들이 이스라엘 정부의 허락을 받아 팔레스타인 사람들에게 실시하는 교육 프로그램은 있을 수 없다는 것이다. 이것 또한 이스라엘 사람들의 팔레스타인 사람들을 대하는 또 다른 모습 중의 하나이다.

거대한 감옥 라말라

신문의 국제 뉴스 면에 자주 등장하는 지역 라말라. 왜 이 곳은 툭하면 뉴스에 등장하는 것일까? 도대체 라말라는 이스라엘 안에서 어떤 지역이기에 그 곳에선 툭하면 폭동과 소요, 공격과 폭격이라는 신문 헤드라인으로 장식되는 것일까? 그 곳을 찾아갔다.

내가 이스라엘의 유대인들에게 라말라에 가려 한다고 말한다면 그들은 왜 그런 위험한 곳을 찾아가려고 하느냐고 반문할 정도로 가는 길이 결코 만만치 않다.

예루살렘의 다마스커스 게이트 바로 앞에 있는 아랍 사람들 전용 버스 정류장에 가서 라말라로 가는 버스에 올라탔다. 버스 안에는 벌써 많은 팔레스타인 사람들이 타고 있었는데 갑자기 외국 사람이그들 눈에는 나도 완전한 외국 사람이니까 한 명 타니까 모두들 나만 쳐다본다. 도대체 저 동양 사람은 왜 라말라에 가려는 것일까? 도대체 라말라에 무슨 볼일이 있어서…. 더군다나 요즘 한창 이스라엘과 팔레스타인의 사이가 안 좋은 시기에…. 그들은 마치 나를 신기하고 이해가 안 가는 듯이 쳐다보고 자기들끼리 뭐라고 얘기를 주고받으며 때로는 웃기도 한다. 아마도 학교 수업을 마치고 집으로 가는 학생들인지 나름대로 교복을 입고 뒤에는 내 것과 비슷한 가방을 둘러맨 여학생들도 나를 빤히 쳐다보기도 한다. 그러면 나는 그들에게 "압살라 말라이쿰" 하면서 인사를 한다.

베들레헴을 둘러싸고 있는 분리장벽. 벽에는 팔레스타인 사람들의 울분이 담긴 낙서와 그림들로 빼곡하다.

그 버스를 타고 한 30분 갔을까? 버스는 어떤 마을에 도착한 것도 아닌데 더 이상 달리지를 않고 멈춰 섰다. 그리고 버스 안에 탔던 사람들이 모두 내린다. 아무리 둘러보아도 이 곳이 버스 종점 같아 보이지 않는데 말이다. 버스가 더 이상 달릴 수 없는 이유를 나는 버스에서 내려서야 알 수 있었다. 예루살렘을 출발한 그 버스는 라말라까지 가는 것이 아니라 라말라로 들어가는 마을 입구까지만 운행하는 버스였던 거였다. 예루살렘에

라말라 시내에서 밖으로 나오기 위해 검문을 기다리고 있는 라말라 시민들, 그들은 한번에도 몇시간씩 기다려야 하는 이런 길고 긴 행렬을 매일 아침 저녁마다 하고 있는 것이다(위 왼쪽). 몇시간씩 계속되던 기다림이 끝나고 드디어 이스라엘 군인 앞에 섰을 때 질문에 잘못 대답하면 이들은 하는 수 없이 맨뒤로 다시 돌아가야 하고 또 어떤이는 옆으로 불려가 별도의 심도 깊은 검문을 받아야 한다(위 오른쪽). 라말라 시민의 통행증(아래 왼쪽). 라말라 시내, 밖으로 나가려면 까다로운 검문검색을 거쳐야 하지만 나가지만 않고 살 수 있다면 라말라도 나름대로 활력이 넘치는 도시였다(아래 오른쪽).

서 라말라로 바로 가는 교통편은 아무것도 없는 셈이다. 왜냐하면 라말라는 다른 세상과는 완전히 분리되어 있는 또 다른 세상이었다. 그래서 예루살렘과 일단 라말라 마을 입구에서 모든 사람들이 내린 다음 이스라엘 군인이 지키는 검문소를 통과해야 한다. 물론 그 검문소는 라말라로 들어가는 사람들은 검문하지 않고 라말라에서 나오는 사람들만 검문한다.

라말라는 약 3만 명 정도가 살고 있는 제법 큰 도시인데, 그 도시 전체를 높이 8미터의 높은 콘크리트 장벽으로 둘러치고 곳곳에 초소를 세워놓은 것이다. 한마디로 말해 그 곳 사람들을 다른 곳으로 나가지 못하게 감시를 하겠다는 것이며 오로지 이 검문소 하나만을 통해 외부와 연결할 수 있게 해놓은 것이다.

생각을 해보자. 사람이 살면서 이 곳 저 곳을 맘대로 다닐 수 없고 마치 동물원의 동물들처럼 울타리 안에서만 살아야 한다면 얼마나 답답하고 힘들까? 라말라의 사람들은 그렇게 그 안에서 살고 있는 것이다.

내가 검문소에 도착했을 때에도 벌써 수백 명의 사람들이 라말라에서 나오기 위해 줄을 서서 기다리다가 한 사람씩 이스라엘 군인 앞에 가면 팔레스타인 사람들에게만 지급되어 있는 신분증을 보여준다. 그럼 이스라엘 군인은 팔레스타인 사람에게 어딜 가려는 거냐? 왜 가려는 거냐? 이런 것들을 꼬치꼬치 캐묻고 조금이라도 이상한 느낌이 들면 옆으로 빼낸다. 그럼 자세히는 모르지만 그 사람은 어디론가 불려가서 좀더 자세한 심문을 받게 될 것이 분명하다.

그 모습을 보고 있자니 괜히 나까지 긴장이 된다. 혹시나 내가 지금 라말라로 들어갔다가 나중에 나올 때 문제가 되면 어쩌나 걱정이 되어 검문 중이던 이스라엘 군인에게 다가가서 물어봤다.

"내가 지금 라말라 안으로 들어가려고 그러는데 나중에 문제가 없겠는가?"

그랬더니 나보고 라말라엔 왜 가려고 하느냐고 묻는다.

그래서 그냥 "나는 여행자인데 단지 둘러보려고 그런다." 그랬더니 그 군인은 나를 보면서 "지금 라말라 안에는 무척 위험한데 그래도 가겠는가? 당신에게 무슨 일이 생겨도 우리는 책임질 수 없다."고 한다. 그래서 나는 걱정하지 말라고 하고 라말라 안으로 들어갔다.

그렇게 어렵게 어렵게 해서 들어간 라말라…. 라말라 검문소를 지나 안으로 들어오니까 검문소 근처에는 그야말로 인산인해를 이루고 있었다. 양말을 파는 장사꾼, 닭을 파는 장사꾼, 그리고 라말라 시내로 들어가는 택시를 즐비하게 세워놓고 손님을 부르는 사람들…. 하기야 라말라에 있는 모든 사람들이 오로지 이 곳만을 통해 외부로 나가고 들어오니 장사꾼들에겐 아주 좋은 몫이 아닐까? 조금은 정신이 없었지만 그래도 나름대로 열심히 살아가려는 그 곳 사람들의 목소리와 얼굴을 볼 수 있었다.

그 곳에서 택시를 타고 라말라 시내 안으로 들어갔다. 라말라 시내는 내가 이제까지 이스라엘을 여행하면서 보았던 다른 팔레스타인 사람들의 마을과는 사뭇 다른 느낌이었다. 물론 그 곳도 전혀 정리되지 않고 제대로 페인트 칠도 되지 않은 건물들, 여기저기 불에 그을린 듯한 검은 흔적들과 사방에 널려 있는 쓰레기들, 그리고 교통 질서라고는 전혀 찾아볼 수 없는 무질서 그 자체이긴 했다. 그런데 라말라는 비록 높다란 분리 장벽 안에 갇혀 있는 곳이긴 하지만 팔레스타인 사람들끼리 어울려서 왁자지껄 살아가는 생동감을 느낄 수 있었다.

하기야 이 곳이 바로 얼마 전까지만 해도 야세르 아라파트 PLO 의장과 그의 부하들이 정부를 구성하고 이스라엘을 향한 본격적인 대항 운동을

총격전에 의해 구멍이난 방송국 건물, 아마도 라말라 시내 안에도 규모는 작지만 텔레비전 방송국이 있었나보다.

펼쳤던 곳이라 그런지 거리 곳곳의 담벼락이나 문에는 아랍 글씨로 어떤 구호들이 적혀 있었고, 그 동안 이스라엘 군인에게 잡혀가 수갑을 차고 철창 안에서도 환하게 웃는 투쟁 전사(?)들의 사진이 여기 저기 붙어 있었다. 뿐만 아니라 라말라 시내 한복판에는 아주 커다란 아치가 하나 세워져 있었는데, 그 곳에도 역시 누군지는 모르지만 팔레스타인 사람의 사진과 구호가 적혀 있어서 분위기가 아주 살벌했다고나 할까?

그럼에도 불구하고 그 곳 사람들은 나름대로 열심히 사는 것 같았다. 시내 중심가에도 아주 열심히 장사를 하는 장사꾼들의 외침과 시내 한가

이스라엘 공군 전투기에 의해 무너진 아라파트 전 PLO의장의 집무실 건물, 이곳은 이제 사람이 들어갈 수 없을 만큼 무너져 내렸지만 한때 아라파트는 무너져버린 저 곳에서 촛불을 켜놓고 몇 달을 버티고 있었다고 한다.

운데 있는 로터리엔 젊은 청년들이 삼삼오오 모여 자기들끼리 뭔가 떠들고 웃고는 했다. 그냥 이 사람들의 표정과 목소리만 들어서는 전혀 전쟁의 흔적을 찾아볼 수 없었다. 야세르 아라파트 의장이 일하는 건물이 어딨냐고 지나는 사람들에게 물어 물어 찾아갔더니, 그 곳은 정말 놀라운 모습이 펼쳐져 있었다. 그 곳은 한마디로 전쟁 직후의 모습이라고 할까? 예전의 아라파트 의장 건물이었다고 하는 그 건물은 그 당시 말 그대로 폭삭 주저앉고 말았다. 마치 층과 층 사이에 있었던 바닥들이 샌드위치처럼 그대로 마주 붙어 있었다. 아직 덜 부숴진 어떤 건물은 그때 당시 화염에 휩

싸였는지 창문 주변으로 검은 흔적이 보였다. 그리고 그 주변엔 이스라엘 군인의 폭격에 의해서 부숴진 듯한 자동차도 여러 대가 나뒹굴고 있었다.

몇 해 전인가 거듭되는 팔레스타인 사람들의 테러에 잔뜩 화가 난 이스라엘 군인은 그 모든 테러의 배후 조종자가 야세르 아라파트라고 생각하고 그의 집무실을 전투기로 폭격하고 이스라엘 탱크가 건물 바로 앞까지 밀고 들어와, 아라파트는 몇 달 동안 거의 파괴된 건물 안에서 촛불을 켜고 생활하는 모습이 뉴스에 나온 적이 있었다. 나는 그 당시 뉴스에서 본 모습을 직접 눈으로 확인하면서 이스라엘과 팔레스타인 사이에 치열한 전투 상황을 어느 정도 짐작할 수 있었다.

그리고 그 건물에서 약 50미터 떨어진 곳에 팔레스타인 방송국 건물이 있었는데 제법 높은 건물이었다. 아마도 그 건물의 맨 꼭대기 층이 이스라엘 군인들의 목표 지점이었는지 건물 맨 꼭대기 층의 창문 주변에는 수많은 총알 자국이 보였으며, 그때 당시 깨진 듯한 창문이 아직도 새 걸로 갈아끼워지지 못한 채 있었다.

아마도 그들은 이스라엘 군인에 의해 무너진 야세르 아라파트 의장의 건물과 총격을 받은 방송국 건물의 흔적들을 보면서 이스라엘에 대한 적개심을 다지고 또 다지는지도 모르는 일이다. 도대체 이 전쟁은 언제나 끝날 수 있을까?

라말라에서 만난 남자

그렇게 라말라의 한적한 거리를 걷고 있을 때 한 팔레스타인 남자가 계속해서 나를 따라오더니 내 앞을 가로막는다. 그러더니 내게 손을 내밀며

하는 말이 돈을 좀 달란다. 전쟁 때문에 돈도 없고 먹을 게 다 떨어져서 식구들이 굶고 있으니 조금만이라도 돈을 달라는 얘기다. 그러면서 바지 뒷주머니에서 다 낡아빠진 가족 사진들을 꺼내 보여주면서 지금 이 식구들이 굶고 있다는 거다. 그 사진 속에는 이제 열 살쯤 돼 보이는 남자 아이와 또 한참 어려 보이는 딸이 웃으면서 엄마 아빠와 함께 있었다. 조금은 느닷없는 부탁을 받고 당황하긴 했지만, 나는 그 남자에게 주머니 속에서 손에 잡히는 대로 동전 몇 개를 꺼내주었다.

그 동안 이스라엘을 비롯해서 여러 나라를 여행하면서 이런 식으로 돈을 달라고 구걸하는 어른과 꼬마 아이들을 많이 만났지만, 나는 그때마다 야박하게도 돈을 주지 않았다. 구걸하면서 생활하는 것도 자꾸 하면 익숙해진다는 것 때문에….

그런데 이번에 만난 그 남자가 내미는 손은 차마 밀쳐낼 수가 없었다. 자기 아들과 딸에게 아무것도 해줄 수 없는 현실과 처지를 아마 그 남자도 한참이나 비관해왔겠지. 그리고 나를 보자마자 마치 구걸을 하기 위해 미리 준비한 듯한 멘트가 아니라 조금은 더듬거리며 그러면서도 벼랑 끝으로 내몰린 아주 절박한 상황의 눈초리로 내게 좀 도와달라는데…. 나는 그 처량하고 간절한 눈빛을 아직도 잊지 못하겠다. 그 남자의 집도 혹시 그 당시에 총격을 받지는 않았는지…. 그리고 또 지금쯤은 어떻게 되었을지…. 혹시 가족들은 다치지 않았는지….

나는 다시 택시를 타고 조금 전 거쳐왔던 검문소로 갔다. 그리고 나 역시 다른 라말라 사람들과 똑같이 검문을 받기 위해 줄을 섰다. 그리고는 약 한 시간 정도를 기다리니 그제서야 내 차례가 된다. 점점 내 차례가 다가오면서 이스라엘 군인들이 라말라 사람들에게 얼마나 가혹하게 검문하는지를 볼 수 있었다. 그들은 자기 순서가 점점 다가오면서 뭔가 긴장하는 듯한 표정이 역력했고, 혹시 뭔가 꼬투리를 잡혀 통과하지를 못하면 어떡하나? 아니면 뭔가 잘못되어 다른 곳으로 이송되어가면 어쩌나? 이런 걱정들을 하는 듯했다. 어쨌든 그 동안에도 벌써 몇 사람의 젊은 청년들이 검문에 걸려서 따로 불려나가 한쪽 구석에 서 있는 것이 보였다. 그렇게 서 있는 그 청년들의 두려워하는 모습이란…. 도대체 저들은 뭐가 문제가 되어 저렇게 따로 불려나간 것일까? 그리고 저들은 이제 어떻게 될 것인가?

뒤에 서 있는 라말라 사람이 내게 이런 말을 한다.

"당신도 저기서 검문하고 있는 젊은 이스라엘 군인이 어젯밤 애인과 싸우지 않았기를 바라고 있어라."

만에 하나 이스라엘 군인이 어젯밤 일로 기분이 나빴다면, 검문은 또다시 길어지게 될지도 모르고, 별것도 아닌 걸로 꼬투리를 잡아 피곤하게 하기 때문이다.

이제 드디어 내 차례가 되었다. 나에게 뭘 물어보려고 그럴까? 혹시 라말라에서 팔레스타인 사람들을 만나거나 그들과 무슨 대화를 주고받았는지를 물어보려는 것일까? 그러면 나는 뭐라고 대답을 해야 하지? 다 무너진 아라파트 의장 건물을 촬영한 테이프를 문제 삼으면 어떡하지? 속으로 걱정이 되었는데 그 군인은 나를 보고 대뜸 이런다.

"OK! I remember you." 하면서 별다른 질문을 하지 않는다. 오히려 "Have a good time!" 하면서 농담까지 건넨다.

어쨌든 나는 그 곳을 그렇게 무사히 다녀오면서 전쟁의 아픔이 얼마나 큰지, 그리고 그 전쟁이 아직도 끊이지 않고 있는 라말라의 현실을 가슴 아프게 다시 한번 느낀다.

분리 장벽, 이스라엘의 힘(?)

베들레헴은 예루살렘 아랍 버스 터미널에서 버스를 타고 가면 20분 만에 도착하는 곳이다. 베들레헴은 알다시피 예수님이 태어난 마굿간에 지어진 예수 탄생 기념 교회, 목자들이 잠잘 때 천사들이 나타나 예수님의 탄생 소식을 알려준 목자의 들판, 그리고 구약 성경이 발견된 라헬의 무덤 등이 있어 세계의 수많은 크리스천들이 이스라엘을 방문하면 반드시 들리는 중요한 성지다. 몇 년 전만 해도 예루살렘에서 베들레헴을 갈땐 검문소 하나만 통과하면 도착할 수 있었다. 하지만 지금은 그렇게 갈 수가 없다. 예루살렘의 구시가지 바로 앞에 있는 아랍 버스 터미널에서 출발하는 버스를 타면 베들레헴 입구에서 멈춰버려 시가지 안으로 들어가지를 못한다. 그럼 버스에 탔던 사람들은 모두 버스에서 내려야 한다. 라말라처럼….

외국에서 찾아온 성지 순례자들이든 베들레헴에 볼일이 있는 사람이든 그 누구라도 마치 교도소 안으로 들어가는 죄수들처럼 거대한 철문과 위에서 총을 들고 지켜보는 사람이 있는 거대한 방을 통과해야 한다. 그리고 그 건물 밖을 지나면 눈앞에 나타나는 거대한 콘크리트 담장이 앞을 가로막는다. 이것이 바로 이스라엘이 쌓아놓은 분리 장벽이다. 그 분리 장벽을 걸어서 통과해야만 비로소 베들레헴 시내 안으로 들어갈 수 있고 그 곳엔 라말라처럼 베들레헴 시내 안에서만 운행하는 낡은 택시들이 줄

지어 서 있다.

이스라엘은 몇 년 전부터 라말라와 베들레헴, 나불루스, 웨스트 뱅크에 높이 8미터의 높다란 콘크리트 장벽을 660킬로미터나 되는 엄청난 길이로 세워놓았고, 베들레헴의 장벽은 그중 일부에 지나지 않는다. 그냥 어느 부분에만 세워놓은 것이 아니라 도시 전체를 빙 둘러 세워놓았기 때문에 그 안에 살고 있는 사람이 밖으로 나오려면 반드시 검문소를 거쳐야만 한다. 한마디로 그 안에 있는 팔레스타인 주민들이 아무나 쉽게 밖으로 나올 수 없게 고립시켜놓은 것이고, 절대로 그 장벽을 넘을 수 없을 만큼 견고하다.

장벽 밖에 있는 팔레스타인 학교에 다니는 학생들은 매일 아침 저녁으로 까다로운 절차가 기다리는 이 검문소를 통과해야만 한다. 사정이 이렇다보니 매년 크리스마스 때만 되면 찾아오는 전세계의 크리스천 성지 순례자들의 숫자가 분리 장벽이 세워진 이후로 50%나 줄었다고 한다. 그리고 예수 탄생 기념 교회에 비해 비교적 관광객이 덜 찾던 라헬의 무덤은 이제 유령의 무덤으로 변했다고 한다.

분리 장벽에 대해서 좀더 자세히 설명해보자. 분리 장벽은 한마디로 말해서 높이 8미터나 되는 견고한 콘크리트 장벽으로 사람의 힘으로 도저히 꿈쩍도 하지 않을 만큼 무겁고 두껍다. 그 어떤 불도저가 와서 밀어도 절대로 쓰러지지 않을 만큼 단단하다. 이 콘크리트 덩어리를 베들레헴과 라말라와 동예루살렘 전체를 둘러 쌓았으니 그 노력도 참 엄청나다. 이 거대한 공사는 2002년 7월부터 시작되어 총 34억 달러, 약 4조 원에 해당하는 돈이 들어갔다. 이런 식의 분리 장벽은 사실 그 동안 이스라엘이 팔레스타인 자치 지역에 그 전에 세워놓았던 철조망에 비하면 아주 단순한 구조지만, 어쨌든 철조망이 세워졌던 때에 비하면 이젠 눈으로도 바깥 세상을 볼 수가 없게 되었으니 참으로 답답한 노릇이 아닐 수 없다.

그 전의 철조망 설치도 장난이 아니었다. 우선 3미터 높이의 철조망 안쪽으로는 사람 키만한 둥근 철조망이 설치되어 있다. 만약에 검문소를 통과하지 않고 철조망을 뚫고 넘어오려면 날카로운 가시가 촘촘히 박힌 철조망 코일을 통과해야 하고, 그 다음엔 깊이 2미터의 긴 도랑을 통과해야 한다. 그런 다음 전자 감응 장치가 설치되어 있는 3미터 높이의 본격적인 철조망을 통과해야 하고, 그 철조망을 통과했다고 해도 이번엔 수시로 군용 지프차와 장갑차가 오고가는 2차선 도로를 통과해야 한다. 그런 다음엔 사람의 발자국이 남을 수밖에 없는 모래밭을 또 통과해야 한다. 이스라엘은 철조망도 이렇게 철저하게 세워놓았었다. 그런데 이젠 그 철조망을 모두 거둬내고 8미터 높이의 거대한 콘크리트 장벽을 세워놓은 것이다.

팔레스타인 사람들이 분리 장벽이라 부르는 이 장벽을 이스라엘은 보안 장벽이라고 한다. 팔레스타인 지역에서 넘어오는 테러리스트들을 차단하기 위한 명분으로 세워놓은 장벽이지만, 어쨌든 보기에도 삭막하고 혐오스런 거대한 콘크리트 장벽이 베들레헴을 가로막고 있다. 분리 장벽을 통과하고 베들레헴 쪽으로 들어가보니 그 동안의 설움과 울분을 표현한 그림과 낙서들이 장벽을 어지럽게 장식하고 있었다. 교도소도 아니고 범죄 집단의 주거지도 아닌 도시 전체를 콘크리트로 둘러싸고 출입을 통제하겠다는 그 발상도 기가 막히지만 그 아이디어가 사람의 손에 의해서 만들어져 있다는 것을 보면 정말 인간의 한계는 어디까지인가를 다시 한 번 생각하게 된다. 베들레헴에서 만난 그 곳 주민이 이렇게 말했다.

"만약에 예수님의 어머니인 마리아가 이 곳 베들레헴을 찾는다 해도 이 분리 장벽의 검문소를 통과해야 할 것이다."

한밤의 공포

예루살렘의 블랙호스 유스호스텔이라는 곳에서 묵고 있을 때였다. 그 곳은 올드시티 안의 아랍 지역에 있는 숙박 업소로 팔레스타인 주인이 운영하는 소박한 여관이었다. 예전에 그 여관 자리가 검은 말을 몇 마리 키우는 마굿간이었는데 여관으로 개조했다고 해서 이름도 블랙호스 호스텔이라고 붙였다고 한다. 그 여관 안쪽에 있는 작은 바에 들어가면 옛날에 키우던 검은 말과 주인이 함께 찍은 흑백 사진이 액자 속에서 그 흔적을 말해주고 있다.

지금은 팔레스타인 아버지의 뒤를 이어 후셈이라는 젊은 청년이 그 여관을 운영하고 있는데, 얼핏 보면 마치 뉴스에서나 볼 수 있는 테러리스트 같은 외모 때문에 쉽게 말을 붙이기가 힘든데, 내가 예루살렘에 갈 때마다 그 여관에서 머물자 이제는 서로 속내까지 터놓고 지낼 정도로 친한 사이가 되었다. 그래서 그 여관은 이제 예루살렘에 있는 또 하나의 집 같은 느낌이 들 정도라면 너무 지나친 착각일까? 어쨌든 그 정도로 편한 곳이었다. 적어도 내게는….

그 여관은 예루살렘 올드시티에 있는 대개의 집처럼 밖에서는 안이 절대로 보이지 않는 구조로 되어 있다. 높다란 돌담에 육중한 철문이 있기 때문에 밖에서는 절대로 쉽게 그 안으로 들어갈 수가 없다. 하지만 일단 철문 안으로만 들어가면 밖에서 무슨 전쟁이 나든 폭동이 일어나든 전혀 상관하지 않아도 될 만큼 딴 세상과 같은 곳이다. 철문 안에는 대리석이 깔린 널따란 마당이 나오고 그 마당을 지나면 이층 침대가 여러 개 있는 방으로 들어갈 수가 있다. 그래서 아침이나 한낮에 넓은 마당에 나와 의자에 앉아서 예루살렘의 따뜻한 햇빛을 받으며 책을 봐도 되고 차를 마시며 다른 여행자들과 이런 저런 얘기를 나눌 수 있는 곳, 블랙호스 여관은 그런 곳이다.

그런데 2004년 2월의 어느날, 나는 그 곳에서 정말 엄청나게 놀라지 않을 수 없는 일을 겪었다. 그날도 역시 하루 종일 예루살렘의 이 곳 저 곳을 다니며 사진도 찍고 자료를 수집하러 다니다 무거운 발을 질질 끌고 저녁 나절에야 여관으로 돌아왔다. 여행자들이 그다지 많지 않은 겨울이라 그런지 여관 안에는 손님이 아무도 없었고 젊은 주인 후셈이 문을 열어주었다. 샤워를 하고 피곤에 지쳐 일찌감치 내 방 침대에서 잠을 자고 있을 때였다. 나중에 들으니 그때가 새벽 2시쯤이었다.

갑자기 밖에서 여관의 철문을 거칠게 걷어차고 고함을 지르는 소리가 들려 잠에서 깰 수밖에 없었다. 이 밤중에 도대체 누가 저렇게 여관 문을 발로 걷어차는 것일까? 분명히 한밤중에 찾아오는 여행자는 아닐 텐데….

그 소리에 자기 방에서 잠을 자고 있던 후셈도 놀랐는지 슬리퍼를 질질 끌며 마당을 지나 철문을 여는 소리가 들렸다. 그때까지만 해도 나는 침대에서 일어나지 않고 누워 있었다. 그런데 철문이 열림과 동시에 군화발 소리와 함께 거친 소리가 들렸다.

그때였다. 마치 영화 '쉬리'의 한 장면처럼 중무장한 군인 네 명이 M16 소총 끝에 후레쉬를 달고 내가 누워 있는 캄캄한 방안으로 들어와 침대 하나하나를 다 뒤지더니 나보고 일어나 밖으로 나오라고 소리를 질렀다. 그 순간 얼마나 놀랐는지 무슨 영문인지도 모른 채 옷을 챙겨 입을 겨를도 없이 마당으로 끌려나와 무릎을 꿇고 앉았다. 그들이 내게 무릎을 꿇으라고 하지는 않았지만 벌써 이미 차가운 대리석 바닥에 무릎을 꿇고 벽을 향해 앉아 있는 후셈을 보자 나도 그 옆에 그처럼 하지 않으면 안될 것 같아서 그렇게 하고 말았다.

군인들은 어느 정도 흥분해 있었고 행동은 오랜 훈련으로 인해 적을 향해 짖어대는 셰퍼드 군견처럼 거칠었다. 그리고는 그들은 침대 옆에 있던 내 배낭을 갖고 나오더니 자기들끼리 총부리로 배낭 속의 옷가지들을 바닥에 써내놓고 무얼 찾는지 뒤적거린다. 그래봐야 별 특별히 나올 것이 없는데…. 내 옆에서 고개를 푹 숙인 채 후셈이 고개를 들고 뭐라고 항변하는 듯한 소리를 내자 군인은 거칠게 대답을 하며 군화발로 후셈의 뒷통수를 짓밟으려는 시늉을 했다. 그러자 후셈은 다시 고개를 푹 숙이고 더 이상 말을 하지 않았다. 그런 순간이 내겐 얼마나 무섭고 공포스러웠던지 이가 덜덜 떨릴 지경이었다. 물론 추운 겨울에 속옷 바람으로 밖에 끌려나와서 떨기도 했지만…. 어쨌든 군인 중에 한 사람이 내게 여권을 보여달라고 한다.

그러는 동안에도 그들의 어깨에 메달려 있는 무전기 속에서는 계속해서 뭔가 급박하게 돌아가는 것 같은 소리가 시끄럽게 들렸고, 그들은 또 무전기로 고개를 돌려 뭔가 계속 떠들어댔다. 내가 가방 속에서 여권을 꺼내주자 후레쉬로 비추어 보고 여권 속의 사진과 내 얼굴을 번갈아 보면서 확인한 다음, 그냥 후다닥 나가버렸다. 아무런 미안하다는 말도 없이…. 그들은 그런 식이다. 절대로 미안하다는 말을 하지 않는 사람들 같다. 아마도 히브리어 중에는 미안하다는 단어가 없다는 생각이 들 정도로 말이다.

도대체 그들은 왜 한밤중에 느닷없이 발로 문을 걷어차고 들어와 자기들과는 아무런 상관이 없는 나 같은 여행자에게까지 그렇게 무례한 행동을 하고 갔을까? 무엇을 찾는 것이며 누구를 찾기 위해 총구 끝에 후레쉬를 달고 어둠 속의 방안을 샅샅이 뒤지다가 나가버린 것일까? 그들이 무엇을 찾는지 그리고 왜 그렇게 무례하게 행동을 했는지 그들이 나간 다음 후셈이 얘기해줬다.

그날은 참으로 이스라엘로서는 슬픈 날이었다. 미국에서 디스커버리 우주 왕복선이 우주 공간을 향해 떠났다가 며칠 만에 귀환을 하는 중에 착륙을 몇 분 앞두고 그만 공중에서 폭발을 일으켜 일곱 명의 우주인 전원이 사망하는 사고가 일어났다. 그런데 그 일곱 명의 우주인 중에 일란 라몬이라는 이스라엘 국적의 공군 대령이 한 명 타고 있었던 것이다. 이스라엘로서는 자기 나라의 군인이 탄 우주 왕복선이 우주 여행을 하게 되었다는 것이 무척이나 자랑스럽고 기쁜 일이었을 것이다. 그리고 그 우주 왕복선이 우주에서의 성공적인 임무를 마치고 귀환하기 불과 몇 분 전에 공중 폭발을 했으니 미국은 물론 이스라엘 전체가 경악과 슬픔을 감추지 못했던 것이다.

그날 저녁 내가 여관으로 돌아왔을 때 후셈이 텔레비전 앞에 앉아 심각한 표정으로 CNN 뉴스를 보다가 내게 그런 이야기를 해줘 이미 알고 있었다. 이스라엘 방송은 그 같은 충격적인 사실을 계속 특별 편성해서 속보로 알려주고 있었으며, 미국 현지에 있는 일란 라몬 대령의 가족들과 전화로 연결해 인터뷰를 하는 등 하루 종일 나라 전체가 어수선해 있었다. 심지어는 유대인이 타고 있었다는 이유 하나만으로 혹시 아랍 사람에 의한 테러로 그 같은 사고가 난 것은 아닌가 하는 이야기도 뉴스에서 다뤘다. 한마디로 그날 밤 전세계는 그 사고 때문에 어수선했고 특히 이스라엘 전체는 놀라움과 슬픔으로 가득해 있었다.

그런데 문제는 동일한 사고를 바라보는 팔레스타인 사람들의 분위기는 정반대였던 것이다. 알라신이 계신 하늘에 유대인이 올라갔으니 알라신이 그걸 그냥 내버려두겠냐는 것이다. 그래서 그 같은 사고가 일어난 것이고 그 사고는 알라신의 엄중한 경고였다는 것이다. 그래서 그랬는지 내가 여관으로 돌아오는 골목길엔 벌써부터 수많은 팔레스타인 젊은이와 어린아이들이 몰려나와 환호를 지르고 그들만의 노래를 부르며 우르르 몰려다니기까지 했었다. 이스라엘과는 정반대로 축제의 분위기였다. 나는 그들의 그런 행동이 곧이어 뭔가 커다란 충돌을 일으킬 것만 같은 불길한 느낌이 들어 서둘러 숙소로 들어와 있는 상태였다.

그런데 그날 밤 예상했던 대로 기어이 일은 터지고 말았다. 팔레스타인 사람들의 그런 집단 행동을 이스라엘 군인들이 그냥 보고 있을 리가 없었다. 떼를 지어 우르르 몰려다니는 팔레스타인 사람들을 향해 이스라엘 군인들은 허공에 공포탄을 쏘며 해산을 요구했고 자주 그래왔 듯이 팔레스타인 젊은이들은 다시 우르르 흩어졌다가 더 많은 무리가 되어 또다시 몰려나왔다. 그러면 어김없이 기마 군인들이 마치 옛날의 로마 병사들처럼 더그덕거리는 말발굽 소리와 함께 나타나 팔레스타인 청년들을 헤집어놓는다. 이렇게 서로 밀고 당기고 쫓고 쫓기는 대규모의 실랑이가 그날도 벌어졌는데 그 와중에 이스라엘 군인 한 사람이 팔레스타인 청년이 찌른 칼에 찔리는 불상사가 벌어지고 만 것이다.

그 이스라엘 군인이 칼에 찔려 죽었는지 아니면 다치기만 했는지까지는 후셈도 자세히 모르겠다면서, 어쨌든 그 사고 때문에 이스라엘 군인들이 범인을 색출하기 위해 예루살렘 올드시티의 모든 입구를 봉쇄하고 그날밤 모든 집을 샅샅이 뒤지며 다니다가 결국은 내가 머물고 있던 블랙호스 여관까지 찾아왔다는 것이다. 아마도 그날 밤 내가 머물던 블랙호스 여관을 중심으로 인근의 몇몇 팔레스타인 집에서는 조금이라도 의심이 가는 팔레스타인 젊은이들이 군화발에 채이며 끌려갔을 것이 분명했다.

후셈은 어디론가 전화를 걸었다. 분명히 가족이나 친구들의 안부를 묻기 위해 거는 전화였으리라 생각된다. 아직도 다리가 저려서 절룩거리는 나를 부축하면서 후셈이 철문 밖을 향해 영어로 냅다 소리를 질러댔다.

"Fucking Jews!"

불쌍한 후셈, 더 불쌍한 무함마드

한밤중에 그렇게 느닷없는 일을 겪고나니 잠이 오지를 않아 엎치락뒤치락하다가 후셈과 이런 저런 얘기를 나누다 겨우 잠이 들었다. 그런데 아침에 눈을 뜨니 후셈이 마당에 있는 의자에 심각한 표정을 짓고 우두커니 앉아 있는 것이 아닌가? 그것도 다 낡아서 찍찍거리는 카세트를 옆에 끼고 슬픈 아랍 음악을 틀어놓고 있었다. 난 후셈의 그런 모습을 보고 순간 무슨 일이 있었다는 느낌이 들었다. 물론 어젯밤에 어이없는 일을 겪기는 했지만 그 정도쯤이야 그 곳에 살고 있는 팔레스타인 사람으로서 늘 상 겪는 일이 아니던가? 설마 그 정도 일쯤으로 후셈이 저렇게 어깨를 축 늘어뜨리고 힘없이 앉아 있을 리가 없을 텐데….

후셈이 눈치를 보면서 왔다갔다하는 나를 불러 앉혔다. 그러면서 하는 말이 어젯밤에 헤브론에 사는 그의 친구 무함마드가 결국 이스라엘 군인이 쏜 총에 맞아 그 자리에서 죽었다는 것이다. 무함마드! 그 친구라면 나도 몇 해 전에 한 번 만난 적이 있었던 청년이 아니던가….

내가 맨 처음 올드시티의 블랙호스 여관에 갔을 때, 그때도 그 여관엔 후셈이 있었다. 나는 후셈과 이런 저런 얘기를 하다가 나의 직업을 얘기했고 방송국에서 일을 한다는 얘기도 했었다. 그러자 후셈은 눈을 반짝거리면서 내게 잘 왔다며 무척이나 반가워했다. 여관을 찾은 여행자를 반기는 주인의 반가움이 아닌 자기들에게 뭔가 큰 도움이 될지도 모른다는 생각으로 반기는 듯한 그런 거라고나 할까….

어쨌든 후셈은 휴대폰으로 여기저기 전화를 하더니 몇 명의 친구들을 여관으로 불러모았다. 전화를 한 지 불과 몇 분도 되지 않았는데 팔레스타인 청년 몇 명이 찾아왔다. 그중에 한 사람이 바로 무함마드였다. 내가 무함마드를 기억하는 것은 그의 이름이 아랍 사람으로는 너무나 흔한 이름, 그래서 내게는 너무나 친근한 이름이기도 해서 그랬지만 무함마드가 내게 해준 이야기 때문에 더 기억하는지도 모르겠다. 그들은 내가 대한민국의 방송사에서 일을 하는 사람으로서 뭔가 영향력을 행사할 수 있을 거라고 생각을 했나보다. 그래서 자신들이 자신들의 땅에서 이스라엘 사람들한테 겪고 있는 여러 가지 불평등하고 비인권적인 상황들을 보고 듣고 한국에 돌아가면 반드시 방송을 통해 한국 사람들에게 알려달라고 내게 그 상황을 설명하기 위해 모여든 것이었다.

무함마드는 예루살렘에서 약 한 시간 정도의 거리에 있는 헤브론에 살고 있지만, 오랜만에 친구들을 만나러 예루살렘으로 잠시 온 상황이었다. 헤브론은 옛날 다윗 왕이 예루살렘을 수도로 삼기 전에 몇 년 간 수도로 사용한 곳이기도 하지만, 그보다 훨씬 전에 유대인의 조상이면서 아랍인의 조상이기도 한 아브라함이 잠시 머물면서 아내의 무덤을 만들고 또 자신이 잠들어 있기도 한 유서 깊은 도시이다. 그래서 헤브론은 아브라함의 무덤으로 인해 유대인이 끔찍이도 중요시 여기는 성지임과 동시에 아랍 사람들 역시 끔찍이 여기는 성지인 것이다. 그래서 아브라함의 무덤에 가면 아브라함의 커다란 무덤을 중심으로 반으로 나눠 철망으로 막아놓고 한쪽은 유대인들이 무덤 앞에서 기도를 할 수 있게 해놓고 나머지 반대쪽은 아랍 사람들이 무덤을 볼 수 있게 해놓았다. 물론 서로 들어가는 입구도 다르게 해놓았다.

현재 헤브론은 팔레스타인 자치 지구로 되어 있어서 팔레스타인 사람들이 살고 있지만 놀랍게도 그 자치 지구 안에 약 200여 명의 유대인들이 그 안에서 또다시 높은 철조망을 치고 모여 살고 있다. 헤브론에 살고 있는 팔레스타인 사람들은 자기들만의 자치 지구에서 유대인들이 떠나갈 것을 요구하고 있지만, 유대인들은 아브라함의 무덤이 있고 다윗이 살았던 유서 깊은 땅 헤브론을 떠날 수 없다며 버티고 있는 것이다. 물론 그 전에는 지금보다 훨씬 많은 숫자의 유대인들이 살았었지만 툭하면 벌어지는 충돌과 테러와 돌팔매질 등으로 눈물을 머금고 그 곳을 많이 떠나 현재

헤브론에서는 이스라엘 군인과 팔레스타인 사람들간의 충돌이 자주 일어나고 이런 충돌의 끝은 항상 유혈사태로 끝난다.

의 숫자만큼 줄어든 것이라고 한다.

이스라엘 정부에서도 헤브론의 한가운데 위험 속에서 살고 있는 유대인들에게 그 곳을 나와 안전한 곳으로 이주할 것을 수없이 종용했지만, 헤브론의 유대인들은 지금까지도 버티면서 그 곳에 머물고 있다. 그런데 문제는 헤브론을 팔레스타인 자치 지구로 인정한다고 하면서도 그 안에 아직도 남아 있는 200여 명의 유대인을 보호한다는 명분하에 이스라엘 군인들이 헤브론 안에 있다는 것이다. 그것을 못마땅하게 여기는 헤브론 주민들은 유대인도 나가고 이스라엘 군인도 떠나라고 요구하기 때문에 크고 작은 충돌이 계속해서 일어나고 있다. 크고 작은 충돌은 그것으로만 끝나지 않는다. 또다시 총격전이 벌어지고 탱크가 굴러다니고 화염병이 날아다니며 화약 냄새가 좀처럼 가시지 않는 곳이 바로 헤브론이다.

그 곳 헤브론에서 피끓는 청춘을 보내고 있는 무함마드라고 왜 그런 충돌의 현장을 비켜 지낼 수 있었을까? 무함마드는 내 앞에서 헤브론에서 벌어지고 있는 상황들을 장황하게 늘어놓더니 뒷주머니에서 꺼낸 수첩 속의 사진을 보여준다. 자기 여동생이란다. 지금 그 여동생의 이름은 기억나지 않지만 중학교를 다녀오는 길에 늘 있었던 것처럼 또다시 헤브론의 팔레스타인 청년들과 이스라엘 군인 사이에 충돌이 일어났고 하필 이스라엘 군인이 쏜 총에 여동생이 그 자리에서 즉사하고 말았다며 눈물을 훔치던 무함마드였다.

그러더니 무함마드는 내 앞에서 갑자기 웃옷을 훌러덩 벗어 등을 보여주었다. 등에는 크고 작은 상처들이 많이 있었다. 무함마드는 그 상처들을 손으로 가리키며 자신이 이스라엘 군인들에게 끌려가 몽둥이로 맞아 찢겨진 것이라고 했다. 그런 상처는 자기에게만 있는 것이 아니라 자신의 아버지도 형도 그리고 주변의 많은 친구들이 그렇게 이스라엘 군인들에게 맞거나 끌려가 고문을 당해서 생긴 상처들이라고 했다. 사실 무함마드가 보여주었던 그런 상처는 후셈의 어깻죽지에도 있었다.

유대인이 탔던 우주 왕복선이 알라신이 계신 하늘로 올라갔다가 떨어져 산산조각이 난 날, 화약고와 다름없는 헤브론에서 어찌 충돌이 일어나지 않았겠는가? 블랙호스 여관 앞에서 충돌이 일어난 날 헤브론에서도 역시 대규모의 폭동이 일어났고 그 와중에 무함마드는 이스라엘 군인이 쏜 총에 맞아 죽고 말았던 것이다. 후셈이 나와 함께 오밤중에 이스라엘 군인들의 무례한 방문을 받은 이후 여기 저기 전화를 하다가 기어이 헤브론에서 무함마드가 죽었다는 소식을 듣게 된 것이다. 후셈은 그 소식을 듣고 헤브론으로 달려가지도 못한 채 슬픔에 잠겨 의자에 앉아 밤을 지새웠던 것이다. 후셈은 그 검은 속눈썹을 껌뻑이며 눈물을 흘리고 있었다. 골목에서 만나면 마치 테러리스트처럼 무섭게 생긴 얼굴. 턱수염이 더부룩하고 어깨엔 흉터까지 있어서 살벌한 분위기마저 풍기던 그 키 크고 덩치 큰 후셈이 눈물을 흘리고 있었다.

불쌍한 후셈…. 더 불쌍한 무함마드….

위험한 분쟁 지역에 간다는 것

빨간 지붕

호주 시드니의 가정 집 지붕은 모두 빨간색이다. 시드니 정부에서 일반 가정집 지붕은 모두 빨간색으로 통일을 하자고 했기 때문이다. 왜 그랬을까?

그 이유를 알려면 시드니의 하늘로 올라가야 한다. 세계에서 가장 아름다운 항구 중 몇 손가락 안에 꼽히는 시드니엔 관광객들을 위해 헬리콥터를 타고 하늘에서 아름다운 시드니를 내려다보는 상품이 있는데, 바로 이 헬리콥터를 타고 시드니를 하늘에서 내려다보면 시드니는 한 폭의 그림으로 다가온다. 세계의 그 어느 바다 빛깔에도 뒤지지 않는 것이 시드니의 바다라고 했다. 오죽하면 미국의 애니메이션 영화 '니모를 찾아서' 의 배경이 바로 시드니가 아니던가. 어쨌든 그 푸른 시드니의 바다색과 조화를 이루듯 출렁거리고 있는 하얀 요트, 그리고 녹지 조성이 잘 되어 있는 초록의 잔디밭에는 빨간 지붕이 가장 잘 어울리기 때문이라는 얘기다.

그런데 놀랍게도 이스라엘의 유대인 가정집도 모두 빨간색이라는 것이다. 예루살렘을 비롯한 그 어느 곳엘 가도 유대인의 가정집은 어김없이 빨간색이다. 이상한 일이다. 예루살렘엔 호주의 시드니처럼 하얀 요트가 출렁이는 파란 바다도 없고 더군다나 여기저기 푸석푸석한 자갈밭만이 널려 있는 이스라엘 광야뿐인데 왜 유대인의 가정집 지붕 색깔을 빨간색

예루살렘을 비롯한 그 어느 곳엘 가도 유대인의 가정집은 어김없이 빨간색 지붕이다.

으로 통일을 해놓은 것일까?

그 이유는 아름다움과 색의 조화를 생각하는 호주의 시드니와는 전혀 다르다. 이스라엘 공군기가 지상을 향해 공격을 할 때 아군과 적군을 식별하기 위해서라는 것이다. 참으로 슬픈 이야기가 아닐 수 없다.

나름대로의 몇 가지 원칙

내가 이스라엘을 자주 찾아가는 것을 보고 주변에서 염려하는 사람들이 많다. 우선 가족이 가장 염려하고 또 같이 일하는 방송국 사람들도 왜 그렇게 위험한 지역을 여러 차례나 가느냐고 묻는다. 하기야 신문이나 텔레비전 뉴스에 툭하면 폭탄 테러가 일어나고, 또 그에 따른 보복 공격으로 여러 사람이 죽고, 그래서 언제 어디서 폭탄이 터질지 모르는…, 늘상 위험한 일이 상존하는 곳이다 보니 그렇게 염려하는 것은 당연한 일이다.

PRESS 카드를 지닌 외국의 기자들도 중동의 분쟁 지역을 취재하다 총에 맞아 숨지거나 납치되는 일이 다반사이다. 몇 해 전인가는 영국의 여기자 한 사람이 가자GAZA 지구에서 취재하다 이스라엘 군인들이 모는 탱크에 깔려 숨진 일도 있었는가 하면, 얼마 전 우리 나라의 KBS 특파원도 이스라엘의 가자 지구로 취재차 들어갔다가 그 곳의 무장 단체에 납치되어 잠시나마 온 국민이 걱정했던 일도 있었으니, 그들의 걱정과 염려를 쓸데없는 조바심으로 무시할 수도 없는 일이다.

그래서 나에게 보험이라도 많이 들어놓았느냐, 유사시에 안전할 수 있는 장치라도 있느냐고 묻기도 하는데, 그럴 때마다 나는 굳이 위험한 곳은 찾아가지를 않고 또 뉴스에서 보는 것만큼 실제로 위험하지도 않다고 얘기를 한다. 그럼에도 불구하고 사실 나 역시 위험을 느끼는 순간들이 있다. 그리고 꼭 안전한 곳에만 있다가 오는 것도 아니다. 특히 일반 성지 순례객들은 굳이 찾아가지 않는 라말라나 가자 지구 등 팔레스타인 자치 지역까지 찾아가는 나로서는 백 퍼센트 위험하지 않다고 장담할 수는 없는 일이다.

그래서 나는 이스라엘 특히 자치 지구를 찾아갈 때는 나름대로 몇가지의 원칙을 세우고 간다. 물론 이런 원칙과 주의 사항은 내가 방송사에서 위험 지역 취재 가이드라인을 배운 것이기도 하다.

▲ 첫 번째로 방송 촬영 때문에 얻을 수 있게 된 방탄 조끼를 갖고 간다. 대한민국 국민으로서 총알이 언제 날아올지 모르는 긴장된 상황 속에

서 방탄 조끼를 입고 다녀본 사람은 그다지 많지 않을 것이다. 물론 방탄 조끼를 입는다고 해서 백 퍼센트 안전을 보장받을 수 있는 것이 아니다. 날아오는 총알이 꼭 방탄 조끼를 향해서만 날아온다는 보장도 없는 일이고, 또 한 번도 내 눈으로 방탄 조끼가 총알을 막아내는 것을 본 적이 없기 때문에 내가 입고 있는 방탄 조끼가 과연 진짜 방탄 기능을 잘 수행해낼지도 모르는 일이다. 마치 내 자동차의 에어백이 한 번도 제대로 작동하는 것을 본 적이 없는 것처럼 말이다. 방탄 조끼를 입는 것도 겉으로 드러나게 입는 것보다는 될 수 있으면 겉옷 속에 입어야 한다. 무게도 무게지만 한여름에 옷 속에다 방탄 조끼를 껴입는 것은 여간 곤혹스러운 게 아니다. 워낙 땀을 많이 흘리는 나로서는 방탄 조끼가 그야말로 갑옷처럼 느껴질 뿐이다.

▲ 그리고 취재하기 전 먼저 믿을 수 있는 현지인을 꼭 알아둬야 한다. 그리고 될 수 있으면 현금을 많이 지니고 다니지 말아야 한다. 어쩔 수 없이 현금을 지니게 되었다 하더라도 여러 주머니에 분산해서 갖고 다녀야 하며 필요에 따라서는 주머니가 아닌 허리띠나 모자 속 같은 곳에 비밀 주머니를 만들어 숨겨서 갖고 다니는 요령도 생긴다.

언젠가는 베들레헴의 외곽 지역에서 혼자 걷다가 팔레스타인 청년이 운전하는 차를 뒷자리에 얻어 타게 되었는데 태워다주겠다는 목적지와는 다른 곳으로 자꾸 운전하기에 내려달라고 소리친 적이 있었다.

그러자 그 운전사는 자신은 나쁜 사람이 아니라 팔레스타인 자치 사복 경찰이니까 안심하라며 뒷주머니에서 권총까지 꺼내 보여주는 것이 아닌가? 그런데 나는 그 권총이 더 무서워서 그때부터 뒷자리에서 그 팔레스타인 청년이 눈치 못 채게 몰래 몰래 주머니 속의 지갑을 꺼내 신용 카드며 현금을 양쪽 양말 속과 팬티 속까지 분산해서 쑤셔 넣은 적이 있었다. 그때부터 생긴 요령이다. 아무리 사복 경찰이라 하지만 실탄까지 장전되어 있는 권총을 코앞에서 꺼내 보여주는데 겁먹지 않을 사람이 어딨을까?

▲ 취재 과정에서도 주의 사항은 많다. 우선 많은 돈을 소지하면 안 된다. 그리고 현지에서 휴대폰을 갖고 다니게 되면 언제든지 send 보튼만 눌러도 전화가 걸릴 수 있게 해놓아야 한다.

가장 중요한 것은 모슬렘 사회로 돌아다녀야 할 때는 현지인들에게 거슬리지 않는 복장을 입어야 한다는 것이다. 아무리 덥다고 해서 짧은 반바지를 입고 다닌다거나 어깨를 드러내놓는 옷을 입어선 안 된다. 더군다나 슬리퍼를 신고 찍찍거리고 다닌다거나 값비싸 보이는 물건들을 주렁주렁 달고 다녀서도 안 된다.

▲ 당일의 스케줄을 아무에게도 말하지 말것! 만에 하나 자동차를 렌트해서 기사가 같이 나와도 기사에게조차 당일 아침이나 출발 직전에 얘기해주어야 한다. 취재 일정이 노출되면 위험에 노출될 가능성도 높아지기 때문이다.

호텔에서 나서는 순간부터 20~30분마다 전화로 현재의 위치를 알려줄 것! 만약의 사태시 위치 파악이 용이하다.

▲ 자동차를 렌트해서 다닐 때에도 여러 가지 주의 사항이 필요하다. 차량 외부에 PRESS라고 적지 말 것.

카메라는 안에서 밖을 향해 찍지 말 것! 카메라가 무기로 오인을 받는 등 괜한 오해로 문제가 발생할 수도 있으니까.

방탄 조끼를 입은 필자.

주유소는 가장 위험한 곳이다. 따라서 멀리 갈 계획이 있다면 사전에 기름을 가득 채워놓고 출발해야지 한적한 지방 도로의 주유소 같은 곳을 들르게 되면 그때부터 기름을 다 넣고 출발하기 전까지는 긴장의 끈을 늦출 수가 없게 된다.

절대로 차 안에서 잠을 자서는 안 된다. 숙소에서 나와 목적지를 향해 가는 길을 지도를 통해서라도 미리 알고 있어야 하고 방향 감각을 잃어선 안 된다.

유사시에 호텔이나 숙소로 되돌아갈 수 있도록 퇴로를 확인해놓아야 한다. 만에 하나 폭동이나 소요가 일어나도 빨리 숙소로 돌아가는 것이 최선이기 때문에 지금 자신이 어느 방향으로 얼마나 이동하고 있는가를 분명히 알고 있어야 한다.

목적지에 도착하거나 중간에 잠시 주정차를 할 경우가 생기면 주차는 항상 출발할 수 있도록 후면 주차를 해야 한다. 언제든지 유사시에 바로 시동을 걸고 출발할 수 있어야 하기 때문이다.

자동차의 창문은 반드시 닫고 있어야 하며 목적지에 빨리 가겠다며 골목길이나 지름길로 가는 것은 피해야 한다.

앞차와의 간격은 유지하고 백미러로 뒤를 수시로 체크할 것!

▲ 자, 이번엔 정말 그럴 일이 없어야 하겠지만 만에 하나 납치를 당했을 때는 어떻게 해야 하는지에 대해 받은 교육 내용은 대충 이런 것들이었다.

납치되었다고 판단했되었을 때는 그들에게 지나친 선물이나 돈을 먼저 주려는 행동은 그들을 자극할 수 있으며, 아내나 아이들, 종교 이야기 등을 통해 납치 대상이 아닌 같은 인간임을 느끼게 하라는 것, 그리고 종교가 없다고 말하기보다 종교가 있다고 말하는 것이 낫다. 취재 목적의 순수성을 말하고 취재의 방향이 그들에게 이로울 수 있다는 것을 강조하고 그들의 요구 조건이 무엇인지 빨리 파악하라.

물론 이와 같은 일들이 벌어지지 않는 것이 가장 좋은 일이다. 그래도 사람 일이란 어떻게 될지 모르기 때문에 이 정도의 기본적인 원칙은 알아두는 것도 나쁜 일이 아닐 것이다.

▶ 말은 통할까

이스라엘 사람들이 히브리어를 쓴다는 것은 이미 다 아는 사실이다. 그래서 히브리말이라면 그저 '샬롬' 정도밖에 아는 것이 없는데 과연 그 곳에 가서 어떻게 의사 소통을 해야 하나 걱정하는 사람들이 많다. 물론 그 곳에 가기 전에 인사말 정도의 간단한 히브리어를 배워서 찾아가는 것이 기본이겠지만, 그래도 의사 소통은 전혀 걱정할 필요가 없다. 왜냐하면 그 곳은 히브리어와 함께 영어를 공용어로 쓰기 때문이다. 이미 초등학교 때부터 영어를 배우기 때문에 웬만한 사람이라면 다 영어를 하고, 또 도로 표지판이나 관광지의 모든 곳이 영어로 되어 있기 때문에 오히려 몇 마디 배워간 히브리어를 한 번도 사용할 기회를 찾지 못할 정도이다.

고등학교 수준의 영어 회화가 가능하다면 언어 소통에도 크게 문제 될 것은 없다. 왜냐하면 필자의 영어 회화 수준이 그 정도인데도 무사히 여행을 마쳤으니까.

▶ 정말 돈이 적게 들까

물론 여행 경비는 사람마다 제각각일 수 있다. 체질상 고급 음식을 못 먹으면 잠이 안 오거나 침대가 아니면 잠이 안 오는 사람들에게는 여행 경비가 한도 끝도 없이 들 것이고, 그렇지 않은 사람은 경비가 적게 들 수도 있다. 그리고 더욱 약삭빠른 사람은 값싸고 시설 좋고 좋은 사람들을 만날 수 있는 숙소와 교통편에 대한 정보를 많이 입수하여 더욱 적은 경비로 알찬 여행을 할 수가 있다.

이스라엘에도 역시 최고급의 호텔에서부터 우리가 상상도 못할 정도의 저렴한 가격으로 하룻밤을 묵을 수 있는 유스호스텔에 이르기까지 다양한 숙박 시설들이 있다. 다만 여행자가 얼마나 많은 정보로 값싼 여행 코스를 선택하느냐에 따라서 충분히 값싼 여행을 할 수가 있는 것이다.

다행히도 이 책은 독자가 상상하지 못할 정도의 싼 예산으로 비교적 기분 좋은 여행을 할 수 있는 정보를 많이 담으려고 했다. 그래서 배낭을 맨 여행자가 비용을 걱정하지 않으면서 기억에 남고 가슴에 남는 성지 여행을 할 수 있도록 배려했다. 성지 순례는 값비싼 호화 관광이 아니라 실속 있고 저렴한 성지 체험이 될 수 있어야 더욱 의미 있다. 절대로 돈이 많이 들 거라는 속단은 금물이다.

▶ 위험하지는 않을까

이스라엘 하면 먼저 떠오르는 것이 툭하면 신문지상에 오르는 팔레스타인과 이스라엘의 잦은 분쟁일 것이다. 그래서 아마도 이스라엘 여행을 하면 위험하지 않을까 하는 염려가 되는 것은 당연하다. 실제로 버스 터미널이나 거리에서 무장한 군인들을 많이 만날 수 있다. 하지만 그런 걱정일랑은 할 필요가 없다. 그들을 만났다고 해서 두려워하거나 경계를 할 필요도 없다. 왜냐하면 그런 분쟁은 팔레스타인 사람들과 이스라엘 사람들 당사자들 간의 문제이지 외국에서 온 관광객은 전혀 상관이 없는 문제니까 말이다.

그리고 그런 모습들은 그들의 생활 일부이기 때문에 전혀 어색하거나 낯선 모습들이 아니다. 더구나 이스라엘은 세계적으로 유명한 관광 국가이기 때문에 관광객에게 피해가 가는 일은 절대로 하지 않으려고 한다. 관광객에게 피해를 입혀봐야 좋을 게 하나도 없으니까 말이다. 어차피 그 곳에 있는 이스라엘 사람들이나 팔레스타인 사람들이나 관광객을 대상으로 해서 장사를 하는 사람들이 많기 때문에 더욱 관광객에게 해를 끼치려고 하지 않는다. 특별히 분쟁이 생긴 지역을 일부러 찾아 간다거나 본인이 분쟁을 일으킬 만한 일을 하지만 않는다면 분쟁과는 전혀 상관이 없을 것이다.

그리고 치안 문제는 괜찮을까 걱정하는 사람들도 있을지 모르겠다. 하지만 치안 문제도 일단은 걱정하지 않아도 된다. 이스라엘은 세계적인 관광지치고는 치안이 완벽한 곳에 속하는 편이다. 왜냐하면 이스라엘은 워낙 분쟁이 자주 일어나는 곳이라서 늘 사방에 실탄을 장전한 소총을 들고 있는 군인과 경찰이 즐비하기 때문에 그런 속에서 강도나 소매치기를 할 간 큰 인간이 없다는 얘기다. 오히려 그 곳의 사람들보다는 숙소에서 만나는 가난한 여행자들을 조심하는 것이 더 현명하다. 여행자 숙소에는 워낙 오랜 세월 동안 여행을 하다 보면 현금이 궁색한 사람들이 있기 때문이다.

이 정도는 알아야 할 히브리어

안녕하세요?(일반적인) – 샬롬
안녕하십니까?(아침인사) – 보케르토브
안녕하십니까?(저녁인사) – 에레브 토브
다음에 또 만납시다 – 레히트 라오토
천만에요 – 알로 다바르
예 – 켄
아니오 – 로
실례합니다 – 슬리 카
뭐라구요? – 마?
언제? – 마트예?
돈 – 케세프
난 히브리 말을 잘 못합니다 – 아니 로 메다베르 히브릿트
영어를 할 줄 아세요? – 아타 메다베르 잉글릿트?
일요일 – 리숀
월요일 – 쉐이니
화요일 – 쉴리 쉬
수요일 – 레흐비이
목요일 – 촤미쉬
금요일 – 쉬쉬
토요일 – 샤밧
지금 몇시예요? – 마하샤아?
분 – 다카
시간 – 샤아
여기서 세워주세요 – 아츠로 칸
공항 – 스뎃트 파
버스 – 오토부스
기차 – 라케벳
기차역 – 타차나
물 – 마임
경양식집 – 미쓰아다
아침 – 아루찻트
점심 – 아루캇파하라임
저녁 –아루캇트에레브
감사합니다 – 토다

유적지나 관광지에서 흔히 보는 영어 단어들

히브리어Hevrew
Jew – 유대인
Arabic – 아랍인
Egyptian – 이집트인
Monastry – 수도원
Cynagogue – 유대인의 회당
Beit – 집
Diaspora – 세계각지에 흩어져 있는 유대인들
Kibbutz – 집단생활촌
Kippa – 유대인들이 머리에 쓰는 모자
Kosher – 유대율법에 의한 음식
Menorha – 이스라엘을 상징하는 기념물
Moshav – 유대인들의 가족단위 집단 생활촌
Sabath Day – 안식일
Torah – 유대 경전
Ulpan – 히브리어를 배우는 학교
Yad – 기념관

아랍어Arabic
Ain – 수원지
Hamma – 온천
Midan – 광장
Koran – 이슬람교의 경전
PLO – Palestine Liberration Organisation
Ramadan – 모슬림의 금식기간
Sherut – 이스라엘에서 운영되는 합승택시
Wadi – 계곡

▶ 예산짜기

이스라엘을 배낭 여행하는 데 필요한 경비는 얼마나 들까? 우선 필요한 항목을 보면 크게 항공료와 숙박비, 식비, 교통비 등인데 한 가지 알아둬야 할 것은 무전 여행은 절대 불가능하다는 것이다. 일단 항공료는 어떤 나라의, 어떤 항공사의 비행기를 이용할 것인가에 따라 요금이 크게 달라진다.

숙박비와 식비도 현지의 물가가 크게 변하지 않기 때문에 어느 정도 예상을 할 수는 있지만, 역시 어떤 곳에서 자고 어떤 음식을 먹느냐에 따라 예산도 크게 달라질 수 있고 이스라엘 내에서도 지역마다 조금씩의 물가 차이가 있다는 것은 비리 알아둬야 한다. 예를 들어 숙박비의 경우 하룻밤에 이스라엘 화폐로 10세켈에서 30세켈(한화로 4,000원에서 1만 2,000원 정도)짜리 등 다양하게 있기 때문에 취향이나 빈방이 있는지 여부에 따라 얼마든지 달라질 수가 있다. 식비 또한 상황에 따라 사서 먹을 수 있지만, 키친 시스템이 있는 숙소라면 스파게티 등을 직접 만들어 먹으면 비용이 절약될 수가 있다. 그래도 대충 예산을 짜보지만 넉넉하게 잡아서 추정 예산을 작성해본다.

▶ 2주일 간의 여행에 필요한 추정 예산

항공요금	약 100만 원(왕복 요금)
숙박비	1일 8,000원 × 12일
식비	1끼 3000원 × 3끼 × 13일
교통비	1일 10,000원 × 14일
비상금	전체 비용의 20%
기타	알아서 준비할 것
합계	1,353,000원 정도(비상금과 기타 비용을 제외한 금액)

▶ 일정 짜기

일정을 어떻게 짜느냐에 따라 알찬 여행이 되느냐, 헛고생만 하다가 배운 것 없이 돌아오는 여행이 되느냐가 결정되기도 한다. 일정은 짧게 잡았는데 너무 욕심을 내서 무리하게 많은 곳을 둘러보는 스케줄을 잡는다면 수박 겉핥기 식의 여행이 될 수밖에 없다. 많은 여행사에서 하는 성지 순례의 경우만 해도 그렇다. 기간은 7박 8일 정도밖에 안 되는데도 이스라엘은 물론 이집트, 터키, 로마, 런던 등 너무 많은 나라와 장소를 여행하는 일정을 잡고 있는 게 현실이다. 하지만 이렇게 여행할 경우엔 거의 이동하는 시간으로 대부분의 일정을 소비하게 되고 정작 가봐야 할 곳은 가보지 못하는 형식적인 여행밖에 되지 않는다. 그렇게 되면 많은 나라를 여행하고 나중에 집으로 돌아오면 사진을 들여다봐도 도대체 어디서 찍었는지 기억나지도 않는 기이한 여행이 되고 말 것이 분명하다.

이스라엘 여행 중에서도 예루살렘만 하더라도 약 1주일 정도는 돌아봐야 여기저기 구석구석 모두 찾아볼 수가 있다. 물론 일반 여행사에서 짜는 일정처럼 중요한 몇 군데만 찾아다니며 볼 수도 있지만 여행의 참맛이라는 것은 중요한 몇 군데만 찾아보는 것이 아니라 일반 관광객은 찾아가볼 수 없는 구석까지 찾아가는 것이 아닐까? 더구나 모처럼 준비해서 머나먼 나라까지 찾아왔는데 놓치고 가는 곳이 있다면 얼마나 아깝고 억울한 일인가?

그래서 이 책에서도 너무 무리한 일정은 배제하고 가능한 한 이스라엘 한 나라만이라도 제대로 돌아보자는 의도로 일정을 짜보았다.

물론 이 책에서 제시하는 일정이 모범 안은 아니지만 참고는 될 것이다. 하지만 이스라엘 여행 중에서 빼놓을 수 없는 것은 이집트 령으로 되어 있는 시나이 반도 안의 시내 산 등정이다. 시내 산은 이스라엘이 아닌 이집트로 가는 것이기 때문에 약 3~4일 간의 시일이 필요하다. 만약에 시내 산을 등정하고 싶다면 일정 중에 포함해야 한다.

일정 짜기에 앞서 가장 염두에 두어야 할 것은 출국 날짜와 입국 날짜를 정확히 정해야 한다. 물론 상황에 따라 이스라엘 현지에서 귀국 날짜를 조정할 수도 있지만 그래도 어느 정도 예상 귀국 일자를 잡아놓아야 한다.

그리고 현지에서도 어느 지역에서 며칠 정도 머무를지 그리고 며칟날 어느 곳으로 이동할지를 미리 정해놓는 것이 좋다. 이때 주의할 점은 금 · 토요일엔 시내 버스는 물론 시외 버스도 운행하지 않기 때문에 가급적 금 · 토요일은 이동하지 않아도 되는 곳에서 머무르는 일정을 짜야 한다.

유적지나 관광지를 방문하는 시간도 잘 맞춰서 찾아가야 한다. 왜냐하면 이스라엘은 모든 유적지나 관광지가 요일별 입장 시간이 다르고 또 점심 시간에는 순례객을 입장시키지 않는 곳이 많기 때문이다. 그래서 가능하다면 오전에 한 곳의 유적지를 방문하고 점심 시간을 이용해서 다른 곳으로 이동을 하고 오후에 맞춰 도착하는 것도 시간을 절약하는 하나의 방법이 된다.

▶ 1주일 간의 여행 코스

이스라엘이라는 나라를 일주일 만에 여행한다는 것은 분명 무리이다. 하지만 일주일밖에 주어진 시간이 없다면 그만큼 사전에 책을 보면서 지리를 먼저 익히고 어슬렁거리거나 길에서 시간을 낭비하지 말고 최대한 발걸음을 빨리 해서 다음 장소로 이동해야, 일주일 내에 여러 곳을 살펴볼 수 있다. 그래서 짧은 시간에 많은 곳을 보려면 치밀한 사전 준비가 필요하다는 얘기다.

1일	텔아비브 도착, 예루살렘으로 이동		
2일	예루살렘 올드시티	오전	통곡의벽, 만찬다락방, 다윗의묘, 홀로코스트, 불에탄집, 베드로통곡교회, 비아돌로로사, 베데스다연못, 성분묘교회, 다윗의탑
	올리브산, 키드론계곡	오후	만국교회, 주기도문교회, 승천교회, 키드론계곡, 압살롬무덤, 히스기야터널, 실로암연못, 다윗의도시 올리브산
3일	예루살렘 뉴시티	오전	정원무덤, 솔로몬의채석장, 벤야후다거리
		오후	야드바셈, 홀리랜드호텔, 이스라엘박물관, 히브리대학교
4일	네게브사막	오전	마사다, 사해, 에인게디, 쿰란
		오후	쿰란동굴, 여리고, 성조지수도원
5일	베들레헴	오전	베들레헴, 성탄교회, 라헬의무덤, 우유교회, 목자의들판
	헤브론	오후	헤브론, 마크펠라동굴, 티베리아로 이동

6일	갈릴리호수	오전	오병이어교회, 팔복교회, 베드로수위권교회
		오후	골란고원, 야드니트, 갈릴리체험, 호숫가수영
7일	나사렛	오전	나사렛으로 이동, 수태고지교회, 요셉의집, 마리아의우물
	가이사랴	오후	가이사랴로 이동, 야외극장, 수로, 유적지 구경후 텔아비브로 이동
8일	텔아비브	오전	텔아비브 시내 및 올드야포
	헤브론	오후	벤구리온 공항으로 이동

※굉장히 빠른 일정이기 때문에 빨리빨리 움직여야 함.

▶ 2주일 간의 여행 코스

1일	텔아비브 도착, 예루살렘으로 이동		
2일	예루살렘 올드시티	오전	그냥 어슬렁거리며 지리 익히기
		오후	통곡의벽, 만찬다락방, 다윗의묘, 홀로코스트, 황금사원
3일	예루살렘 올드시티	오전	비아돌로로사, 베데스다연못, 성분묘교회, 다윗의탑, 카르도
	올리브산, 베다니	오후	올리브산, 만국교회, 주기도문교회, 눈물교회, 승천교회, 베다니, 나사로의무덤
4일	키드론계곡	오전	키드론계곡, 히스기야터널, 실로암연못, 다윗의도시, 오펠의언덕
	예루살렘 뉴시티	오후	정원무덤, 솔로몬의채석장, 헤롯의무덤, 메어셰어림
5일	예루살렘 뉴시티	오전	벤야후다거리, 야드바셈, 홀리랜드호텔
		오후	이스라엘박물관, 히브리대학교
6일	베들레헴	오전	베들레헴, 예수탄생교회, 라헬의무덤, 목자의들판
	헤브론	오후	헤브론, 마크펠라동굴, 아랍시장
7일	네게브사막	오전	마사다, 사해, 에인게디
		오후	쿰란동굴, 여리고, 성조지수도원
8일	티베리아 주변	오전	티베리아로 이동, 숙소 잡고
		오후	신시가지 구경, 십자군 유적지, 갈릴리 체험, 유람선 승선
9일	갈릴리 호수 주변	오전	오병이어교회, 베드로수위권교회, 팔복교회
		오후	골란고원, 엔게브, 야드니트
10일	나사렛	오전	나사렛으로 이동
		오후	수태고지교회, 요셉교회, 마리아의우물, 하이파로 이동

11일	하이파	오전	갈멜산, 엘리야의동굴
		오후	신시가지 구경
12일	가이사랴	오전	가이사랴로 이동
		오후	야외극장, 유적지 발굴현장, 수로, 텔아비브로 이동
13일	텔아비브	오전	올드야포, 피장시몬의집, 베드로기념교회, 벼룩시장
		오후	텔아비브 시가지 구경, 바닷가 수영
14일	공항	오전	벤구리온공항으로 이동
		오후	출국

▶ 3주일 간의 여행 코스

1일	텔아비브 도착, 예루살렘으로 이동		
2일	예루살렘 올드시티	오전	숙소 주변을 어슬렁거리며 지리 익히기
		오후	통곡의벽, 황금사원, 엘아크사사원
3일	올드시티 아랍지구	오전	비아돌로로사, 베데스다연못, 성분묘교회, 다윗의탑
		오후	성벽순례
4일	올드시티 유대인지구	오전	불에탄집, Broad Wall, Israelite Tower, 고고학박물관, 카르도
	시온산 주변	오후	홀로코스트 박물관 마리아영면교회
5일	올리브산 키드론계곡	오전	마리아의무덤, 겟세마네동굴, 만국교회
		오후	주기도문교회, 승천교회, 눈물교회, 키드론계곡, 기혼샘, 히스기야터널, 실로암연못, 다윗의도시, 오펠의언덕
6일	베다니	오전	나사로의무덤, 벳바게, 마리아의집
		오후	올리브산, 선지자들의무덤
7일	예루살렘 뉴시티	오전	정원무덤, 솔로몬의채석장, 벤야후다거리
		오후	벤야후다거리
8일	예루살렘 뉴시티	오전	야드바셈, 홀리랜드호텔
		오후	이스라엘박물관, 사해사본박물관
9일	베들레헴	오전	베들레헴으로 이동, 라헬의무덤, 성탄교회, 우유교회, 목자의들판
	헤브론	오후	헤브론으로 이동, 마크펠라동굴, 아랍시장
10일	네게브사막	오전	마사다, 사해, 에인게디
		오후	쿰란동굴, 여리고, 성조지수도원

11일	이동	오전	에일랏으로 이동
		오후	국경 넘어 이집트 다하브로 이동
12일	다하브 및 시내산	오전	다하브의 홍해 바다에서 수영
		오후	시내산으로 출발
13일	시내산	오전	시내산에서 일출 보고 내려오면서 성캐더린수도원
		오후	휴식 및 수영
14일	이동	오전	에일랏으로 이동
		오후	티베리아로 이동 및 숙소 잡기
15일	갈릴리 호수 주변	오전	미그달, 오병이어교회, 베드로수위권교회, 팔복교회
		오후	골란고원, 엔게브, 야드니트
16일	나사렛	오전	나사렛으로 이동
		오후	수태고지교회, 요셉교회, 마리아의우물, 멘사크리스티, 하이파로 이동
17일	하이파	오전	갈멜산, 엘리야의동굴
		오후	하이파 시가지 구경
18일	가이사랴	오전	가이사랴로 이동
		오후	원형극장, 수로, 유적지발굴현장, 텔아비브로 이동
19일	텔아비브	오전	올드야포, 벼룩시장
		오후	피장시몬의집, 베드로기념교회
20일	하이파	오전	신시가지 구경
		오후	해변가에서 수영
21일	귀국준비	오전	짐 정리 후 벤구리온 공항으로 이동
		오후	출국

▶ **비행기 표 싸게 구하기**

여행에 앞서 가장 먼저 확인해야 할 것이 바로 항공사의 스케줄이다. 항공사의 비행 스케줄은 간혹 바뀌기도 하는데, 2006년 7월 기준으로 알아보면 현재 인천 공항을 출발하여 텔아비브로 직항하는 항공편은 없다. 예전에는 대한항공이 매주 수요일 낮 12시 55분에 출발하여 약 12시간 소요해서 텔아비브에 도착하는 항공편이 있었는데, 97년 10월경에 노선이 폐쇄되었다.

그 대신 네덜란드 항공인 KLM이 네덜란드의 암스텔담을 경유하여 비행기를 갈아타고 텔아비브로 가는 것이 있는데, 중간 경유지에서의 시간을 빼고도 총 비행 시간만 약 16시간이 걸린다.

그리고 프랑스 항공사인 에어프랑스의 경우도 파리를 거쳐 텔아비브로 가는데 KLM과 에어프랑스의 경우 한 달 체류할 수 있는 왕복 티켓으로 130만 원 정도 하지만, 여행사에서 그룹편이 있으면 그룹 티켓으로 약 100만 원까지 싸게 구입할 수 있다.

조금 더 싼 항공편으로는 케세이퍼시픽 항공사의 경우 서울을 출발하여 홍콩을 거쳐 이스탄불에 도착한 다음, 이스라엘 항공인 엘알로 바꿔타고 텔아비브로 가는 방법이 있는데 요금은 약 120만 원 정도이다.

싱가폴 항공의 경우도 김포를 출발하여 싱가폴을 거쳐 이집트의 카이로까지만 비행기를 이용하고 카이로에서 이스라엘의 타바 국경으로 버스를 이용하여 입국하는 방법도 있는데, 이것도 역시 카이로까지 약 120만 원 정도 한다.

하지만 이스라엘에서 한 달 이상 머무를 예정이라면 영국의 BA 항공사를 이용하는 방법도 있다. BA 항공사는 인천을 출발하여 동경, 런던을 거쳐 텔아비브로 가기 때문에 총 비행 시간만도 24시간 이상 소요되고 요금도 140만 원 정도 한다.

그리고 개인이 항공사에서 직접 구입하는 경우와 여행사를 통해서 개인 티켓을 구입하는 방법, 그리고 여행사가 자체적으로 시행하고 있는 여행 프로그램의 단체 관광객을 위해 구입해놓은 그룹 티켓을 이용하는 방법이 있는데 요금이 서로 다르다.

타슈켄트를 경유해서 가는 우즈베키스탄 항공도 100만 원대로 비교적 싸게 구입할 수 있다. 하지만 타슈켄트의 좁은 공항 대기실에서 네 시간 정도 기다려야 하는 불편을 감수해야 한다

물론 개인이 항공사를 통해서 구입하는 티켓은 약 130만 원 정도로 비싼 편에 속하지만, 이스라엘에서 체류하는 기간은 비자가 허락하는 대로 1년 한도 내에서 얼마든지 체류할 수 있다. 그런가 하면 여행사에서 구입한 그룹 티켓은 일반 요금에 비해 훨씬 적은 비용으로 구입할 수 있지만 체류 기간은 한 달에서 3개월 정도밖에 되지 않는다. 특별히 이스라엘에서 장기간 체류할 계획이 아니라면 여행사를 통해서 그룹 티켓을 구입하는 것이 가장 싸게 구입할 수 있는 방법이다.

또, 비수기와 성수기에 따라서 항공 요금에 차등이 있고, 가장 중요한 것은 과연 여행사가 그룹으로 티켓을 구입해놓은 것이 있는지를 여행사를 통해서 미리 확인해보는 것이 좋다. 참고로 이스라엘 여행 항공권을 취급하는 여행사로는 천지여행사(727-6100), 고려여행사(771-3113) 서울항공(753-8585), 태평양항공(739-6633), 이랜드관광(332-0011) 등이 있다.

그리고 만약에 이스라엘에서 비행기를 이용하여 이스라엘 국내로 이동하거나 유럽이나 인근 지역 국가로 이동하기 위해 비행기 표를 구입하려면 이스라엘의 ISSTA(Israel Student Travel Company) 사무실에 문의해보는 것이 좋다. 이 곳은 이스라엘에 있는 세계의 모든 학생들(초 · 중 · 고 · 대학생)을 위해 값싸게 비행기표를 판매하는 것은 물론 국제 학생증도 발급해주고 있다.

ISSTA의 주소는 31 Hanevim ST. Jerusalem 95103이고, 전화 번호는 02-252799이다.

▶ 비자 받기

이스라엘에 입국하기 위해 국내에서 따로 비자를 받을 필요는 없다. 텔아비브 공항에서 3개월 관광 비자를 찍어주기 때문이다. 하지만 버스나 배로 이스라엘에 입국할 때는 체류 기간을 1주일에서 한달 정도밖에 허락해주지 않는다. 그리고 여권의 만료 기일이 3개월 이상이 되어야만 이스라엘에 입국할 수 있다.

▶ 어디서 잘까

이스라엘의 숙소는 무척 다양하다. 세계적인 관광지답게 하루에 우리 돈으로 2,000원에서부터 시작하여 수십만 원짜리 호텔방이 어느 도시에나 있어 그다지 불편하지 않다.

유스호스텔의 경우 거리에서 잘 보일 수 있도록 간판을 내다 거는 경우도 있지만 어떤 경우엔 간판조차 내걸지 않아 그냥 지나치기 쉬운 집도 있다. 그렇기 때문에 안내 책자나 그 곳의 지리에 대해 잘 알고 있는 여행자나 현지인에게 물어보면 값싸고 좋은 숙소를 찾을 수 있다.

대개의 유스호스텔은 직접 음식을 만들어 먹을 수 있는 키친 시스템이 있는 경우가 많고 뜨거운 물이 나오는 샤워 시설이 준비되어 있으며 경우에 따라선 수영장까지도 갖추고 있는 유스호스텔도 있다.

그리고 이스라엘은 비가 자주 오지 않기 때문에 유스호스텔의 옥상에서 자는 사람도 많은데, 이것을 루프(Roof)라고 하며 물론 그것도 돈을 내야 한다. 심지어 슬리핑 백을 이용해서 공원 등에서 자는 경우도 많다.

▶ 어떻게 이동을 할까

버스 이스라엘은 시내 버스 노선이 비교적 효율적으로 잘 구성되어 있는 편이다. 시내 버스를 운영하는 회사는 에게드와 단이라는 두 개의 회사인데 요금은 기본이 약 4.25NIS 정도로 우리 나라의 시내 버스 요금에 비하면 결코 싸지 않다.

시각표에 대해서 더 자세한 것을 알려면 전화 03-5375555, 02-304555, 04-549555로 문의하면 된다.

셰루트(Sherute) 이스라엘에서의 주요 교통 수단 중에 하나이다. 우리 나라의 봉고 버스 같은 차량을 이용해서 주로 도시와 도시 간을 연결하거나 공항에서 도시 간을 연결하는 노선에 많이 이용된다.

버스 터미널이나 도시의 주요한 곳에 몇 대의 봉고차들이 줄지어 서 있고 예루살렘, 텔아비브, 베들레헴, 헤브론 등을 외치며 호객 행위를 하는 사람들을 볼 수가 있다. 이들에게 다가가 적당한 가격을 협상해서 올라타면 된다.

▶ 전화

이스라엘에는 국제 전화를 할 수 있는 공중 전화가 거리에 많이 있다. 전화 카드를 구입하면 싸고 좋다. 전화 카드는 20unit, 50unit, 100unit 짜리가 있는데, 보통 가게에서도 팔지만 가게마다 가격이 천차만별이다. 하지만 그중에서도 우체국에서 사면 가장 싸다. 20unit 짜리가 10NIS 정도 한다.

카드를 공중 전화기에 넣고 기다리면 전면 액정 화면에 Please Wait이라는 말이 나오고 잠시 기다리면 '뚜-' 하는 소리가 들리는데, 이때 전화 번호 버튼을 누르면 된다.

▶ 돈과 환전

이스라엘의 화폐 단위는 NIS(New Israel Sheckel, 세켈), 성경에도 이 화폐 단위가 등장할 정도로 세계에서 가장 오래 된 화폐 단위이기도 하다. 그 아래 단위가 아고라인데 10아고라가 1NIS이다.

우리 나라에서 한국 돈을 이스라엘 돈으로 바꿀 수는 없다. 따라서 우리 나라에서 달러로 바꾼 뒤 이스라엘에 가서 달러를 세켈로 바꿔야 한다. 1달러가 약 4.20세켈 정도 하니까, 1세켈은 220원 정도 한다고 볼 수 있다(2006년 1월 기준).

환전은 텔아비브 공항에 도착하자마자 얼마 정도는 일단 해야 한다. 그래야 버스를 타거나 세루트를 탈 수 있기 때문이다. 그리고 예루살렘 시내나 텔아비브 시내 어느 곳에서도 은행을 만날 수 있고 거기에서 환전을 할 수가 있다. 그리고 예루살렘의 올드 시티 안에는 돈을 환전해주는 가게가 많이 있으니까 그 곳을 이용해도 좋다. 그리고 가게마다 약간의 환율 차이가 있기 때문에 환전을 할 때는 어느 곳이 가장 환율이 좋은가를 따진 뒤에 환전을 하는 것도 돈을 적게 쓰며 여행하는 방법 중의 하나이다.

그리고 예루살렘의 신시가지나 텔아비브, 에일랏 같은 대도시에는 신용 카드 현금 서비스 기계가 거리에 설치되어 있기 때문에 이것을 이용해도 좋다.

▶ 고국에 엽서와 편지를 보내는 법

예루살렘 올드시티 안에 있는 야파 문(Jaffa Gate) 근처에 크리스천 인포메이션 센터(Christian Information Center)가 있는데 바로 오른쪽에 우체국이 있다.

우편 엽서는 서울까지 1.20NIS를 받고 편지는 1.90NIS를 받는데 서울까지는 약 2주일 정도 걸린다.

예루살렘에서 장기간 체류할 땐 사서함을 설치하여 사서함을 이용하면 된다. 설치 비용은 한달에 72NIS 정도다.

▶ 뭘 먹을까

이스라엘 여행에서의 가장 큰 고민 거리이자 애로 사항은 역시 끼니를 해결하는 문제이다. 우리의 입맛에는 생소한 음식이 많고, 특히 전통 유대인들의 특이한 식습관 때문에 우리가 값싸고 쉽게 먹을 수 있는 음식점은 그다지 찾기가 쉽지 않다. 물론 세계적인 관광지답게 시내 번화가에 가면 햄버거 가게나 피자 가게, 레스토랑 등이 많이 있지만, 저렴한 여행을 하려는 사람들에겐 그림의 떡에 불과하다.

그렇다면 과연 어떤 것으로 끼니를 해결해야 할 것인가? 이스라엘 곳곳엔 아랍 사람들이나 서민들이 먹을 수 있는 음식들을 길거리나 골목길, 시장 등에서 많이 팔고 있는데, 비교적 값이 싸고 또 그들의 먹거리 문화를 체험할 수도 있다.

피타(Pitta) 우리 나라 호떡 크기의 빵인데 한쪽 귀퉁이를 칼로 자르면 주머니처럼 속이 비게 된다. 그냥 먹어도 맛있지만, 그속에다 많은 팔라페라든가 샐러드를 넣어 먹으면 맛있다. 그래도 우리 나라 사람들 입맛에 가장 맞는 것 같다.

가격도 2~3세켈 정도로 싸기 때문에 부담없이 먹을 수 있나. 콜라와 같이 먹으면 한 끼는 충분히 해결된다.

팔라페(Felafel) 콩가루로 반죽을 해서 기름에 튀긴 것으로 고소하지만 많이 먹으면 느끼하다. 중동 지역의 사람들은 물론이고 이스라엘 사람들 역시 팔라페를 피타빵 안에 넣어 먹는다.

슈와르마(Shwarma) 이스라엘의 거리를 걷다보면 자주 볼 수 있는 것이 바로 슈와르마이다. 마치 삼겹살처럼 얇게 썰은 양고기를 커다란 꼬챙이에 차곡차곡 꽂아 히터 앞에서 빙글빙글 돌리면서 익힌 다음 손님이 주문을 하면 칼로 겉면을 썰어내어 피타빵에 넣어 먹기도 한다. 보통 과일 샐러드나 팔라페를 넣은 피타보다는 조금 비싼 편이다.

베가레(Bakeries) 참깨가 많이 붙어 있는 타원형의 빵으로 그냥 먹어도 맛있다. 먼 거리로 오래 걸리는 여행을 갈 때 이 베가래를 배낭에 싸가는 것도 좋다.

포도 이스라엘엔 포도가 참 많다. 싸고 맛있는 포도를 아랍 상인들이 판다. 이스라엘 지역의 물은 석회가 많이 함유되어 있기 때문에 식수로는 사용하기 힘들다. 하지만 포도가 사람 몸 속의 석회를 희석시키는 작용을 한다고 한다. 대체로 1킬로그램에 2~3세켈 정도이기 때문에 무척 싼 편이다. 이스라엘에선 싸고 맛있는 포도를 실컷 먹을 수 있다.

▶ 환전은 올드시티에서

이스라엘은 다른 나라에 비해 TC 환율이 좋고 편리한 편이기 때문에 TC를 많이 이용하는 것이 좋다. 하지만 은행에서는 커미션이 약 15~20% 정도 되기 때문에 은행에서 교환하는 것보다는 올드시티 안에 있는 사설 환전소에서 교환하는 것이 훨씬 좋다.

▶ 여행자 안내소

야파 문(Jaffa Gate)으로 들어와 바로 왼쪽에 보면 여행자들을 위한 여행자 안내소가 있다. 이 곳에 가면 예루살렘의 지도와 여러 가지 행사, 이벤트 안내장, 그리고 여행자를 위한 숙소 등 많은 자료들을 구비해놓고 무료로 나눠주고 있다. 간단한 질문엔 친절하게 상담도 해준다.

▶ 히치하이킹

이스라엘은 전반적으로 히치가 잘 되는 편이다. 워낙 덥다보니 길에서 땀을 흘리며 차를 잡지 못해 고생하는 사람들을 보면 지나가던 차들이 멈춰 서서 태워주는 것이다. 더구나 커다란 배낭을 메고 있거나 짐이 많은 여행자들을 보면 잘 태워준다. 하지만 밤 늦게 히치를 하거나 여자끼리 히치를 하는 것은 바람직하지 않다. 위험하기 때문이다.

▶ 샌들 대신 랜드로바가 더 편한다

이스라엘은 분명히 평균 기온이 높은 곳이다. 그래서 그 곳을 배낭 여행하기에 샌들이 좋을 것이라고 생각하기 쉽다. 실제로 그 곳에서 만난 많은 아랍인들은 맨발에다 샌들을 신고 다닌다. 하지만 걸어다니는 양이 많은 배낭 여행자들에게는 맨발에 샌들보다는 면양말에 랜드로바 신발이 훨씬 더 편하다. 샌들은 하루에도 수십 킬로미터를 걸어다니는 여행자에게는 불편하기 이를 데 없고 발바닥과 발가락 사이에 물집도 생긴다. 발냄새가 좀 나더라도 땀을 잘 흡수하는 면양말에 적당히 조인 랜드로바를 신고 걸어다니는 게 훨씬 좋다는 사실을 기억해야 한다.

하지만 숙소에서 샤워실을 오가거나 가까운 거리를 다닐 때는 역시 슬리퍼나 샌들이 필요하므로 한 켤레쯤은 가져가는 것도 좋다.

▶ 가방과 배낭은 꼭 내 손 안에

이스라엘에선 가방이나 배낭을 들고 가다 버스 터미널의 화장실이나 공중 전화 박스 같은 곳에 잠시 내려놓고 볼일을 보고 오는 것은 절대 금물이다. 왜냐하면 워낙 폭발물에 의한 테러가 자주 있는 곳이라 주인 없이 혼자 덩그러니 있는 가방이나 배낭을 보면 테러범이 두고 간 폭발물인 줄 알고 가방 주변에 폴리스 라인을 설치하고 폭발물 제거반이 오기 전까지 주변을 차단하는 일이 벌어지기 때문이다.

뒤늦게 나타나서 아무리 물건의 주인이라고 주장해도 일단 폴리스 라인이 설치되면 물건을 쉽게 돌려주지 않는다. 만약에 폭발물 제거반이 나타나서 아무 이상이 없음을 확인한다 하더라도 경찰서까지 쫓아가는 번거러움이 뒤따르게 될 것이다. 따라서 절대 가방을 두고 그 곁을 떠나지 말아야 한다. 그랬다간 분명히 후회할 일이 생길 것이다.

▶ 헝겊, 보자기는 필수품

이스라엘 여행에서 꼭 필요한 것은 커다란 헝겊이나 보자기이다. 워낙 더운 지역이기 때문에 반바지 차림으로 여행을 하는 사람이 많은데 이런 사람은 이스라엘 각 지역에 분포되어 있는 교회나 사원의 유적지에서 출입 금지를 당한다. 왜냐하면 거룩한 곳을 반바지 차림으로 들어갈 수 없기 때문이다. 어렵게 유적지까지 물어 물어 찾아왔는데 단지 반바지 차림이라는 이유 하나만으로 출입을 거절당한다면 여간 낭패가 아니다.

하지만 커다란 보자기로 허리 아래를 둘러서 무릎을 가리면 상관없다. 그래서 입구에는 자신의 반바지 차림을 후회하며 들어가지 못하고 있는 관광객들을 위해 커다란 보자기를 1달러씩 받고 빌려주는 장사꾼들이 있다.

그럴 때를 대비해서 평상시에는 반바지 차림으로 여행을 하다가 유적지에 들어갈 때만 살짝 보자기로 가리면 만사 오케이다.

별것 아닐 것 같지만 그래도 보자기 하나가 가져다주는 경제적 이득 및 편리함은 엄청나다. 그리고 유스호스텔에서 옷을 갈아입을 때도 보자기는 여러 가지로 편리하다.

▶ 물은 꼭 갖고 다닐 것

워낙 더운 곳이라 걸어서 여행을 하다보면 땀을 많이 흘리게 된다. 하지만 습도가 낮은 곳이라 땀이 나도 곧바로 말라버리기 때문에 자신이 얼마나 많은 땀을 흘렸는지도 모른다. 그런데 그 곳의 수돗물에는 석회가 많이 섞여 있기 때문에 그냥 먹을 순 없다. 물론 그 곳의 아랍인들은 그냥 먹기도 한다. 그리고 가게에서 파는 생수의 값도 만만치는 않다. 그렇다고 해서 물값을 아껴서는 안 된다. 다른 건 아껴도 물값만큼은 아끼지 말고 사 마시되 가게마다 가격의 차이가 심하므로 이 곳 저 곳을 다니면서 생수값을 파악하는 것도 좋다. 통곡의 벽 광장에 있는 수도물도 먹을 수 있고, 마사다 정상에 갔을 때도 시원한 물을 무한정 공급받을 수 있다. 이때 물을 많이 담아 오는 것도 하나의 지혜가 아닐까?

▶ 여권에 입국 도장은 사절

이스라엘만 여행할 거라면 문제가 없지만 만약에 이스라엘 이외의 아랍 국가(이집트와 요르단은 제외)를 여행할 계획이 있다면, 여권에 이스라엘 입국 도장을 받아선 안 된다. 여권에 이스라엘 입국 도장이 있으면 아랍 국가에서 입국 거부를 당할 수도 있기 때문이다. 그러기 때문에 공항이나 육로의 국경으로 입국할 때에 입국 도장을 여권에 찍지 말고 입국카드에 찍어 달라고 부탁하면 그렇게 해준다.

▶ 여권과 돈 지갑은 제2의 생명

해외 여행자에게 여권과 현금, 신용 카드는 제2의 생명과도 같다. 물론 카메라나 휴대용 녹음기 같은 고가품도 중요하겠지만, 해외 여행을 오래 하는 외국인의 경우 대개 현금이 부족하기 때문에 카메라 같은 물건보다 현금을 더욱 탐내는 경우가 있기 때문이다. 특히 해외 여행자의 여권만을 노리는 위조 여권 브로커들도 있기 때문에 여권도 조심해야 한다. 허리춤에 차는 주머니를 이용하여 여권과 돈을 항시 지참하고 다녀야 하고 잠을 잘 때는 물론 화장실이나 샤워실에 가서도 꼭 눈에 보이는 가까운 곳에 두고 있는 것이 좋다.

▶ 버스표는 내릴 때까지 버리지 말아라

버스에 올라탄 뒤 돈을 내면 작은 버스표를 주는데 이 버스표는 버리지 말고 내릴 때까지 갖고 있어야 한다. 이스라엘의 버스는 구간마다 요금이 다른데 버스를 타고 가다보면 가끔 버스표 검사 요원이 올라타서 버스표를 검사하기 때문이다. 만약에 버스표가 없거나 버스 요금을 낸 것과 현재 가고 있는 곳이 다르면 몇 배의 벌금을 내야 한다.

▶ 시큐릿 요원

지방을 연결하는 시외 버스를 타고 가다보면 갑자기 정류장도 아닌 곳에 버스가 정차하고 베이지색 유니폼을 입은 남자가 올라타는 경우가 있다. 이 남자의 어깨나 가슴을 보면 Security(안전 요원)이라고 적혀 있는 것을 볼 수 있다. 이 안전 요원들은 버스에 올라타서 의자 밑을 샅샅이 뒤지고 승객들의 인상을 유심히 살펴보다가 내려간다. 이것 역시 테러범이나 수배자들을 찾기 위한 것이므로 너무 긴장할 필요는 없다.

▶ 안식일을 기억하라

이스라엘에서는 안식일에 대한 대비가 철저해야 한다. 왜냐하면 안식일에는 버스 운행은 물론 가게도 문을 닫기 때문에 이동할 수도 없고, 음식을 살 수도 없다. 그런데 문제는 유대교와 이슬람교의 안식일이 서로 다르기 때문에 그 날짜를 잘 맞춰야 한다는 것이다. 이슬람교는 금요일이 안식일이고 유대교는 토요일이다. 따라서 그 날짜가 되기 전에 음식을 미리 구입해두는 것이 좋고 이 날짜에는 이동하는 것도 불가능하기 때문에 금·토요일에는 걸어서 여러 곳을 구경할 수 있는 장소에 머무르는 것이 좋다. 하지만 올드시티 안에는 워낙 관광객들이 많기 때문에 안식일에도 장사하는 집이 많이 있다.

▶ 체류 기간이 너무 짧을 때

만에 하나 입국하는 과정에서 머무를 수 있는 기간을 너무 짧게 받았거나 비행기로 돌아갈 날짜보다 더 짧게 받았다면 이스라엘에 머무는 동안 비자 기간을 늘려야 한다. 특히 이스라엘에서 이집트로 국경을 넘어갔다 다시 돌아올 때 이런 경우가 많은데 이때는 당황하지 말고 예루살렘에 있는 입국 사무실(Ministry of interior)로 찾아가면 체류 기간을 연장해준다. 비용은 약 100NIS이 든다. 사무실은 예루살렘을 비롯해서 주요 도시에는 반드시 있는데 예루살렘에는 뉴시티에 있는 중앙 우체국 바로 뒤에 있고, 텔아비브에는 샬롬 타워 안에 있다.

▶ 교통 사고를 조심해야

예루살렘 뉴시티에선 특히 횡단 보도를 건널 때 조심해야 한다. 난폭 운전을 하는 승용차가 많기 때문이다. 분명히 파란 신호등이 켜져서 사람들이 횡단 보도를 건너야 하는데도 이를 무시하고 질주하는 젊은 운전자들을 쉽게 볼 수 있다. 이스라엘 젊은이들의 이런 난폭 운전 습관은 군대 때문이라는 얘기를 들은 적이 있다. 이스라엘의 젊은이들은 빠짐없이 군대를 다녀오는데, 그들이 군대에서 탱크를 몰던 습관 때문에 그렇다는 얘기가 있다.

▶ 이스라엘 관련 인터넷 사이트

http://www.indic.co.il	이스라엘 영화산업
http://www.israel.co.kr	이스라엘 관광국 서울 사무소
http://www.infortour.co.il	이스라엘 여행정보
http://www.travelnet.co.il	이스라엘 관광청 광고
http://www.eastmed-tour.com	동지중해 관광과 문화
http://www.israel-opera.co.il	이스라엘 오페라 공연 정보
http://www.israelhotels.org.il	이스라엘 호텔협회
http://www.kibbutz.co.il	이스라엘 키부츠 정보
http://www.haaretz.com	이스라엘 일간지Haaretz
http://www.jpost.com	이스라엘 영문일간지(Jerusalem Post)

참고 문헌

Hershel Shanks, Jerusalem an Archaeological Biography.
Connolly, Living in the Time of Jesus of Nazareth.
Chaim Richman, The Holy Temple of Jerusalem.
VISION S.r.l & DOROT AVAR Ltd, Israel past present.
J.A Thompson, Handbook of life in bible times.
Bob Baseman, Masada.
Elizer Sacks, 2000 Years of Pilgrimage to the Holy Land.
김흔중, 성서의 역사와 지리, 엘맨.
김종철, 샬롬 이스라엘, 예영커뮤니케이션.
야세르 나임, 잃어버린 부족 구하기, 시대의 창.
랄프쇠만, 잔인한 이스라엘, 미세기.
이시카와 준이치, 종교 분쟁 지도, 자작나무.
막심 로댕송, 아랍과 이스라엘의 투쟁, 두레
김정위, 중동사, 대한교과서.
J. 맥스웰 밀러, 고대 이스라엘 역사, 크리스찬다이제스트 .
원용국, 성서 고고학, 호석출판사.

이스라엘 평화가 사라져버린 5,000년 성서의 나라

1판 1쇄 발행 2006년 8월 12일
1판 5쇄 발행 2017년 6월 20일

지은이 김종철
펴낸이 김현정
펴낸곳 도서출판리수
기획·홍보 김현주
북디자인 알디
등록 제4-389호(2000년 1월 13일)
주소 서울시 성동구 행당로 76 110호
전화 2299-3703
팩스 2282-3152
홈페이지 www.risu.co.kr
이메일 risubook@hanmail.net

ISBN 89-90449-31-3 04810
※책값은 뒤표지에 있습니다.
※잘못 제본된 책은 바꾸어 드립니다.